Couvertures supérieure et inférieure
en couleur

TROISIÈME ÉDITION

FORTUNÉ DU BOISGOBEY

L'ŒIL-DE-CHAT

TOME PREMIER

CANDIDI AC TENACES

884

PARIS

E. DENTU, ÉDITEUR

LIBRAIRE DE LA SOCIÉTÉ DES GENS DE LETTRES

3, PLACE VALOIS, PALAIS-ROYAL

L'ŒIL-DE-CHAT

I

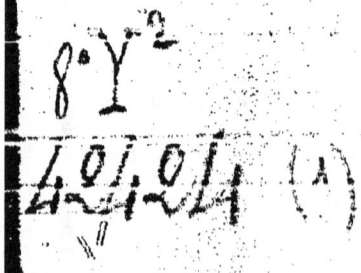

LIBRAIRIE DE E. DENTU, ÉDITEUR

DU MÊME AUTEUR

LA VIEILLESSE DE M. LECOQ. 4ᵉ édition, 2 vol . . . . 6 fr.

LES MYSTÈRES DU NOUVEAU PARIS, 7ᵉ édition, 3 vol . . . . 9 »

LES GREDINS, 2ᵉ édition, 2 vol. . . . . 6 »

LE CHEVALIER CASSE-COU, 2ᵉ édition. 2 vol . . . . 6 »

L'AS DE CŒUR, 2ᵉ édition, 2 vol. . . . . 6 »

LA TRESSE BLONDE, 5ᵉ édition, 1 vol . . . . 3 »

LE COUP DE POUCE, 7ᵉ édition, 1 vol. . . . . 3 »

LES DEUX MERLES DE M. DE SAINT-MARS, 2ᵉ édition. 2 vol. . 6 »

L'ÉPINGLE ROSE, 2ᵉ édition, 3 vol. . . . . 9 »

OU EST ZÉNOBIE? 2ᵉ édition, 2 vol. . . . . 6 »

L'ÉQUIPAGE DU DIABLE, 2ᵉ édition, 2 vol. . . . . 6 »

L'AFFAIRE MATAPAN, 2ᵉ édition, 2 vol. . . . . 6 »

LE COCHON D'OR, 2ᵉ édition, 2 vol.. . . . . 6 »

LES SUITES D'UN DUEL, 3ᵉ édition, 1 vol. . . . . 3 »

BOUCHE COUSUE, 2ᵉ édition, 2 vol.. . . . . 6 »

MÉRINDOL, 2ᵉ édition, 1 volume. . . . . 3 »

LE SECRET DE BERTHE, 3ᵉ édition, 2 volumes . . . . . . 6 »

LE MARI DE LA DIVA, 2ᵉ édition, 1 vol. . . . . 3 »

LA BELLE GEOLIÈRE, 2ᵉ édition, 2 vol. . . . . 6 »

LA BANDE ROUGE. 2ᵉ édition, 2 vol. . . . . 6 »

LE CRI DU SANG, 2ᵉ édition, 2 vol. . . . . 6 »

L'AUBERGE DE LA NOBLE ROSE, 1 volume. . . . . 1 »

LA PEAU D'UN AUTRE, 4ᵉ édition, 2 vol. . . . . 2 »

UNE AFFAIRE MYSTÉRIEUSE, 7ᵉ édition, 1 vol. . . . . 1 »

LE PIGNON MAUDIT, 2 vol. . . . . 2 »

ROMANS SUR LA RÉVOLUTION :

LES CACHETTES DE MARIE-ROSE (1793, Vendée), 2ᵉ édit., 2 vol. 6 »

LE DEMI-MONDE SOUS LA TERREUR (1794), 2ᵉ édit., 2 vol. . 6 »

LES COLLETS NOIRS (1797), 3ᵉ édition, 2 vol. . . . . . . 6 »

LA JAMBE NOIRE (1803-1804), 2ᵉ édition, 2 vol. . . . . . . 6 »

Émile Colin. — Imprimerie de Lagny.

FORTUNÉ DU BOISGOBEY

L'ŒIL-DE-CHAT

I

PARIS

E. DENTU, ÉDITEUR

LIBRAIRE DE LA SOCIÉTÉ DES GENS DE LETTRES

PALAIS-ROYAL, 15-17-19, GALERIE D'ORLÉANS
ET 3, PLACE DE VALOIS

1888

L'OEIL-DE-CHAT

I

Le jour venait de se lever, blafard et triste.

Paris — le Paris qui travaille — s'éveillait.

Les ouvriers descendaient des hauteurs de Montmartre, la pipe à la bouche et le pain sous le bras. Les petites couturières trottinaient vers l'atelier où elles vont pousser l'aiguille jusqu'à la nuit pour gagner quelques sous.

C'est l'heure où les viveurs à outrance rentrent chez eux.

Un flacre montait lentement la rue du Rocher, un de ces affreux flacres, attelés d'une rosse poussive, qu'on trouve, sur le tard, à la porte des cercles et des restaurants fréquentés par les soupeurs.

Au fond de ce véhicule délabré qui sonnait la ferraille, un jeune homme sommeillait, en mâchonnant un cigare éteint : un grand garçon, très brun, enfoncé dans un paletot dont il avait relevé le collet pour cacher sa cravate blanche, car il était en tenue de soirée et, à ses traits fatigués, on voyait bien qu'il ne s'était pas couché.

Il avait baissé une des glaces de la voiture, probablement parce qu'il éprouvait le besoin de respirer l'air frais du matin, après avoir veillé longtemps dans un lieu empesté par la fumée du tabac, et quand il entr'ouvrait les yeux, secoué par un cahot, il regardait vaguement les passants qui filaient sur les trottoirs.

Et il lui arrivait d'envier le sort de ces esclaves du labeur que la nécessité de gagner leur pain quotidien forçait à courir les rues dès l'aube ; il lui arrivait de souhaiter d'être à leur place, lui, le riche désœuvré, déjà las de vivre sans but.

Il faut dire tout de suite que ces aspirations à une existence régulière lui venaient à la suite d'une grosse perte de jeu et qu'il ne pensait pas sérieusement à se convertir.

A vingt-cinq ans on n'y songe guère, quand on a quarante mille francs de rente, un nom sonore, des relations brillantes, des succès dans tous les mondes et une santé de fer.

C'était le cas de Maxime de Chalandrey qui était entré, à sa majorité, en possession de cette jolie fortune et qui la menait grand train. Il l'avait même déjà fortement écornée, et son oncle maternel lui prédisait qu'il finirait sur la paille.

Mais cet oncle, ancien chef d'escadron, n'avait pas de crédit, car après une jeunesse orageuse et mené mauvaise vie, il en était presque réduit sous la boisson, à sa pension de retraite.

Et d'ailleurs, Maxime envisageait sans effroi l'avenir que ce philosophe chevronné lui montrait, pour tâcher de le ramener dans la voie de la sagesse.

Maxime était d'une race de soldats. Quand il aurait mangé son bien, il lui resterait la ressource de s'engager dans l'armée et la chance d'y faire son chemin.

Il avait été volontaire au 7e cuirassiers et il aurait certainement suivi la carrière militaire, s'il eût été pauvre, car elle lui plaisait.

Il devait à l'opulent héritage de ses parents d'avoir manqué sa vocation.

En attendant que cette vocation lui revînt, il passait son temps à s'amuser en jetant l'argent par les fenêtres, et il habitait, rue de Naples, un petit hôtel, acheté très bon marché à une demoiselle tombée en déconfiture.

Il ne lui manquait, pour être heureux, qu'un bonheur qui ne se vend pas et qu'on ne trouve pas toujours quand on le cherche : il lui manquait d'aimer une femme digne d'être aimée. Il en avait assez d'éparpiller ses tendresses et il se sentait mûr pour une grande passion.

Ce matin-là, particulièrement, il avait les idées tournées au sentimental, comme cela lui arrivait assez souvent lorsque le baccarat l'avait maltraité.

Il rêvait une liaison où son cœur se mettrait de la partie, et il n'espérait certes pas la nouer, en rentrant au logis à sept heures du matin, après une nuit blanche.

Il avait fini par se réveiller tout à fait, et il mit la tête à la portière pour jeter son cigare.

Le flacre allait au pas et rasait de très près le trottoir. Maxime, en se penchant hors de la voiture, se trouva presque bec à bec avec un monsieur qui descendait la rue, ses deux mains dans les poches de son pardessus et qui s'écria :

— Tiens !... Chalandrey !

— Lucien Croze !

Les deux exclamations partirent en même temps et le dialogue s'engagea d'autant plus facilement que le cocher s'empressa d'arrêter son malheureux cheval, qui ne demandait qu'à se reposer.

— En voilà une rencontre ! reprit le passant, planté devant la portière. Qu'es-tu devenu depuis le temps où nous étions de la même chambrée à la caserne ?

— Je ne suis rien devenu du tout. Et toi ?

— Moi, je suis caissier dans une maison de banque.

— Gagnes-tu beaucoup d'argent ?

— J'en gagne assez pour me suffire largement et pour aider ma sœur qui travaille de son côté. Elle peint sur porcelaine.

— Comment ! tu as une sœur ?... tu ne m'as jamais parlé d'elle !...

— Parce que, quand nous étions cuirassiers, elle était encore au couvent... c'était une fillette. Maintenant, c'est une grande demoiselle.

— Te ressemble-t-elle ?

— Oui, en beau.

— Alors, elle doit être charmante.

Lucien se mit à rire de ce compliment, très mérité, car il était fort bien de sa personne : aussi blond que Maxime était brun, avec des traits plus réguliers et une physionomie plus avenante.

— Elle n'est pas mal, dit-il gaiement, et elle a d'autres qualités : elle est bonne et intelligente.

— Et elle n'est pas encore mariée?

— Oh! il n'y a pas de temps perdu ; elle vient d'avoir dix-neuf ans. Et puis, elle est difficile et elle a le droit de l'être, quoiqu'elle n'ait qu'une toute petite dot.

— Bah! la fortune ne fait pas le bonheur.

— Non, mais elle n'y nuit pas et je te fais mon compliment d'être riche... car tu l'es...

— Moins que tu ne penses... et je suis en pleine déveine. Je viens de perdre quinze cents louis au baccarat.

— Comment! tu joues!...

— Tant que je peux!... et ça ne me réussit pas.

— Au fait, je me souviens que pendant que nous faisions notre volontariat à Meaux, tu fréquentais un café où les jeunes bourgeois de l'endroit se réunissaient pour cartonner.

— Oui... et la partie n'était pas chère. Si je m'en étais tenu à celle-là, j'aurais beaucoup de billets de mille que je n'ai plus... Parlons d'autre chose. Tu as été mon meilleur camarade au régiment, et puisque je t'ai retrouvé, j'espère que nous nous reverrons. Je demeure à deux pas d'ici... rue de Naples 29. Quand viendras-tu déjeuner avec moi?

— Je ne suis libre que le dimanche...

— Eh! bien, je t'attendrai à midi, dimanche prochain.

— C'est que... j'ai promis à Odette de la mener, ce jour-là, à Sèvres...

— Qui ça, Odette?... ta maîtresse?

— Je n'ai pas de maîtresse. Odette, c'est ma sœur. Nous devons aller visiter ensemble le musée et la manufacture...

— Ah! oui, les vases... les assiettes... les vieilles porcelaines... Je n'y entends rien, mais je m'imagine que c'est très curieux.

Eh bien! tu iras après déjeuner... et je me sens capable d'y aller avec toi, si tu veux bien me présenter à mademoiselle Odette.

— Je lui en parlerai, mais...

— Bon! c'est convenu!... à dimanche!... et avant de me quitter, donne-moi ton adresse.

— 15, rue des Dames.

— A Batignolles... nous sommes presque voisins. Je te préviens que, si tu n'es pas arrivé à midi, j'irai te chercher.

— Je ne te promets rien et je me sauve. Il faut que je sois à mon bureau avant neuf heures et il y a loin d'ici à la rue des Petites-Écuries.

Ayant dit, Lucien Crozé serra la main de son ancien camarade et reprit le pas accéléré.

Maxime allait crier à son cocher de marcher, lorsqu'une femme sortit tout à coup de la porte d'une maison devant laquelle ce cocher s'était arrêté.

franchit rapidement le trottoir, ouvrit la portière et se jeta dans la voiture.

Maxime eut à peine le temps de se reculer pour lui faire place. Il n'avait pas vu son visage, parce qu'elle était voilée jusqu'au menton, mais à sa taille, il avait deviné qu'elle était jeune et il ne songea pas une seconde à la repousser, ni même à lui demander pourquoi elle envahissait ainsi son flacre.

Il flairait une bonne fortune. L'imprévu l'attirait et il était toujours prêt à s'embarquer dans une aventure.

Bientôt, il ne douta plus d'en avoir rencontré une, car l'inconnue lui dit, en se blottissant derrière lui :

— Baissez le store de votre côté.

Il comprit qu'elle voulait se dérober aux yeux de quelqu'un qui la guettait et, en rabattant le store, il aperçut en effet, planté sur le trottoir opposé, un homme qu'il n'eut pas le temps d'examiner, car le cocher, sans attendre l'ordre d'avancer, fouetta sa rosse qui, par miracle, partit au grand trot.

— Je vous en prie, monsieur, regardez si on nous suit, reprit la dame, d'une voix étouffée.

Maxime se retourna, appliqua son œil au trou percé dans le dossier du flacre et, à travers la vitre qui fermait ce sabord d'arrière, il vit que l'homme était toujours à la même place.

— Non, madame, dit-il.

— Merci ! vous m'avez sauvée.

Maxime avait bonne envie de demander : « sauvée de quoi ? », mais il s'en garda bien, de peur d'effaroucher la dame.

L'aventure commençait bien et elle aurait pu tourner court s'il eût essayé de la brusquer.

Il attendit donc que l'inconnue s'expliquât, mais il ne se priva pas de l'examiner.

Élégamment vêtue de noir et encapuchonnée d'une pelisse garnie de fourrure, elle avait tout à fait l'air d'une femme du meilleur monde, et le soin qu'elle prenait de cacher sa figure prouvait surabondamment qu'elle craignait d'être reconnue plus tard, par son sauveur, qui, lui aussi, était du monde et qui aurait pu la rencontrer dans un salon.

Il fallait pourtant que Maxime sût où elle voulait aller et comme elle ne se pressait pas de parler, il commençait à croire qu'elle se laisserait conduire chez lui; — et l'idée de l'y amener lui souriait fort.

La maison d'où elle était sortie se trouvait entre la rue de Vienne et la rue de Madrid.

Arrivé au coin de la rue de Naples, le flacre tourna et s'arrêta bientôt devant l'hôtel où demeurait Chalandrey.

— Non... non... pas ici ! s'écria la dame.

— Pourquoi pas? demanda doucement Maxime. Cet hôtel est à moi. Je l'occupe seul. Vous y serez en sûreté.

— Je le crois... mais... on m'attend. Je vous prie, monsieur, de dire à ce cocher de me conduire boulevard Bessières.

— Aux fortifications !... Diable ! Je doute que son cheval puisse nous traîner jusque-là. Vous feriez mieux d'entrer chez moi. J'enverrai mon valet de chambre chercher une autre voiture...

— Chercher une autre voiture?... Non, ce serait trop long... faites ce que je vous demande, je vous en supplie.

— Vous me permettrez du moins de vous accompagner ?

— Oui, si vous l'exigez.

— Alors, je vais essayer de décider cet homme à marcher, mais je ne réponds pas que nous ne resterons pas en route.

A quel endroit du boulevard Bessières voulez-vous aller ?

— Je vous le dirai quand nous y serons, mais, faites vite.

Maxime descendit et promit vingt francs au cocher qui jura d'arriver, dût sa bête en crever. Et, pendant ce colloque, Maxime put constater que la rue de Naples était déserte.

Personne n'avait suivi la voiture. Il y remonta vivement et il s'aperçut que la dame avait profité de son absence pour se masquer, en mettant un *loup*, comme au bal de l'Opéra.

L'aventure se corsait et Maxime de Chalandrey n'était pas au bout de ses étonnements, car il ne pouvait pas prévoir qu'elle allait se terminer par une tragédie.

Le flacre roulait déjà vers le boulevard des Batignolles qu'il faut traverser pour arriver au chemin de ronde des fortifications qu'on a décoré de noms de maréchaux du premier Empire — Berthier, Bessières, Ney et bien d'autres.

Chalandrey fréquentait peu ces parages reculés

1.

et il se demandait ce que la dame allait faire, à pareille heure, dans un quartier si excentrique.

Elle s'abstint de le lui dire, mais elle essaya de lui expliquer pourquoi et comment elle s'était adressée à lui.

— Monsieur, commença-t-elle, d'un air assez dégagé, au moment où j'allais sortir, je me suis aperçue qu'on m'épiait et je n'ai pas franchi la porte. Votre voiture s'est arrêtée précisément devant l'allée où je me tenais cachée. Alors, l'idée m'est venue que vous pourriez me tirer de l'embarras où je me trouvais. J'ai attendu que votre ami qui causait avec vous fût parti et j'ai pris d'assaut ce fiacre où vous avez consenti à me recevoir. J'ai été bien inspirée, puisque j'ai eu affaire à un galant homme.

— Merci du compliment, madame, répliqua Maxime. Vous n'avez confiance en moi qu'à moitié, puisque vous venez de vous masquer pour m'empêcher de voir votre visage. Je n'en suis pas moins flatté de l'honneur que vous me faites et je reste à vos ordres.

— Je vous en sais un gré infini...

— Mais vous espérez bien que nos relations en resteront là,

— Qu'en savez-vous ?

— Je voudrais croire le contraire... et, à tout hasard, je vais vous dire mon nom... sans vous demander le vôtre. Je m'appelle Maxime de Chalandrey. Vous venez de voir l'hôtel que j'habite et qui m'appartient. Je ne suis pas marié et je n'ai pas de maitresse. Je suis donc complètement libre.

— Moi pas.

— C'est-à-dire, je suppose, que vous dépendez de ce monsieur qui vous guettait tout à l'heure sur le trottoir de la rue du Rocher.

— Vous l'avez remarqué ?

— Parbleu !... j'ai même deviné que c'est un jaloux. Vous ne seriez pas femme si vous n'aviez pas envie de le tromper pour le punir de vous espionner... et si vous vous y décidez, vous pouvez bien me donner la préférence.

Ce fut dit si gaiement que la dame se laissa aller à sourire, et en dépit du masque, Maxime vit qu'elle avait des dents adorables.

— Une déclaration ! s'écria-t-elle. Si je vous prenais au mot et que je fusse vieille et laide, vous seriez bien attrappé.

— Je suis sûr que vous êtes charmante.

— Monsieur mon sauveur, vous n'êtes pas sérieux. Que penseriez-vous de moi si je me jetais à votre tête ?

— Je penserais que je ne vous déplais pas.

— Je veux que vous ayez meilleure opinion de moi. Il se peut que vous me plaisiez... vous voyez que je suis franche... Il se peut aussi que je vous revoie. Seulement, je prétends choisir mon heure... et si jamais nous nous rencontrons, je veux que vous ne me reconnaissiez pas.

Notre voyage à deux va finir. Oubliez-le.

— Je vous promets de n'en parler à personne, mais l'oublier !... diable !... il faudrait que j'eusse bien peu de mémoire.

— Vous n'y penserez plus dans un mois. Plus tard, si nous nous retrouvions dans le monde, si vous vous avisiez de me faire la cour et s'il me convenait de me la laisser faire, je m'y prendrais de telle sorte que vous ne vous douteriez pas de m'avoir vue.

— Bon ! pensa Maxime, voilà une illusion que je ne chercherai pas à lui enlever.

Et il répondit en riant :

— J'accepte l'espérance que vous voulez bien me laisser. Je suis forcé de m'en contenter, mais la moindre réalité ferait beaucoup mieux mon affaire.

— Écoutez-moi, dit vivement la dame. Il m'a fallu peu de temps pour vous juger et maintenant je suis certaine que je n'ai pas eu tort de me fier à votre loyauté et à votre discrétion. J'ai contracté vis-à-vis de vous une dette de reconnaissance et je vous jure que je la paierai. Quand et comment ? Je n'en sais rien, mais je la paierai.

Ne m'en demandez pas davantage. Je ne pourrais pas vous répondre.

Peu importe du reste qui je suis et pourquoi j'ai eu recours à vous, puisque je sais qui vous êtes. Je vous ai prié d'oublier, mais je n'oublierai pas, moi.

Comptez sur l'avenir.

— J'y compte, madame, et je vous obéirai. Je ne vous questionnerai plus et je tâcherai de ne me souvenir de rien.

— Promettez-moi aussi de ne pas me suivre, quand je descendrai de cette voiture.

— Quoi ! vous voulez que je vous abandonne sur un boulevard désert ?

— Je l'exige.

— Mais il fait un brouillard à couper au couteau ! Le moins qu'il puisse vous arriver, c'est de vous égarer dans ces ténèbres.

— Ne craignez pas cela. Je connais mon chemin.

— Et si on vous attaque ?

— Je me défendrai. J'ai un revolver sur moi et je sais m'en servir. Mais on ne m'attaquera pas. Ce quartier vaut mieux que sa réputation. La nuit, je ne m'y risquerais pas volontiers ; le jour, il n'y a aucun danger.

Nous approchons du boulevard Bessières. Dès que nous y serons, je vous quitterai et, si vous tenez à me revoir, plus tard, vous resterez dans ce flacre... il vous ramènera chez vous.

— Je m'y résignerai, puisqu'il le faut, sous peine de perdre la seule chance qui me reste de vous retrouver.

Avouez que je suis obéissant et que j'aurai bien mérité la récompense promise.

— Quand je promets, je tiens.

— Mais... j'y pense... si le monsieur de la rue du Rocher s'était avisé de vous attendre à l'endroit où vous allez ?... Il n'aurait pas eu de peine à prendre une voiture marchant mieux que celle-ci et il a bien pu arriver avant nous.

— Ne cherchez pas à m'effrayer. L'homme dont vous parlez ne peut savoir où je vais... et si, par impossible, il l'avait deviné... Eh ! bien, ma destinée s'accomplirait.

— Est-ce à dire qu'il vous tuerait ?

— Non... et, je vous le répète, je ne puis rien vous apprendre. Faites-moi donc la grâce de ne plus m'adresser une seule question.

— Pas avant que vous m'ayez accordé une faveur.

— Laquelle ?

— Permettez-moi de vous baiser la main.

— Qu'à cela ne tienne, répondit sans hésiter la dame.

Et elle offrit le bout de ses doigts, gantés de noir, à Chalandrey, qui s'écria :

— Oh ! non !... pas ainsi !... Ce serait comme si j'embrassais votre masque, au lieu d'embrasser votre figure.

— Vous êtes bien exigeant, dit en souriant l'inconnue.

Et elle ôta son gant.

La main était ravissante ; blanche et fine ; une main de reine.

Maxime y colla ses lèvres et la dame le laissa faire, mais comme le baiser se prolongeait un peu trop, elle retira doucement sa main et elle se reganta.

Ce n'était pas seulement pour le plaisir de caresser une peau satinée que Maxime avait réclamé. Il espérait la revoir un jour ou l'autre, cette main qu'on lui abandonnait de si bonne grâce, et ne pas la confondre avec une autre.

C'était là une prétention quelque peu hasardée, mais Maxime ne doutait de rien, et du reste, il avait été servi à souhait, car la dame portait au petit doigt une bague très facile à reconnaître : un anneau d'or dont le chaton était formé par une pierre assez

rare qu'on appelle un *œil-de-chat* et qui passe pour
être un heureux talisman — tout au contraire de l'opale, qui a la réputation de porter malheur.

Après avoir passé devant l'église de Sainte-Marie
des Batignolles et remonté jusqu'au bout la longue
avenue de Clichy, le fiacre était arrivé au chemin de
ronde.

A gauche, c'était le boulevard Berthier qui commence à la porte de Courcelles ; à droite, le boulevard Bessières qui va jusqu'à la porte de Saint-Ouen.
En face, il y avait la porte de Clichy et, un peu plus
loin, une caserne inoccupée.

Les employés de l'octroi se tenaient dans l'intérieur du poste. Chalandrey frappa aux carreaux de
la voiture. Le cocher arrêta son cheval qui n'en pouvait plus, et l'inconnue s'empressa de descendre.

Maxime en fit autant et lui dit :

— Je ne puis vraiment pas vous laisser là. Je vais
vous suivre de loin... de très loin.

— Est-ce ainsi que vous tenez votre parole ? demanda la dame.

— Je vous ai promis de ne pas chercher à savoir
qui vous êtes, mais je ne me suis pas engagé à ne
pas me tenir à portée de vous protéger jusqu'à ce
que vous soyez en sûreté. Or, tant que vous marcherez sur ce boulevard, vous serez à la merci du premier venu. Masquée comme vous l'êtes, vous avez
l'air d'une femme qui sort du bal de l'Opéra. Il n'en
faut pas plus pour qu'on vous insulte. Aimez-vous
mieux être suivie par un rôdeur de barrières que
par moi ?... Songez donc que si je voulais pénétrer

vos secrets, ce serait bien facile. Je ne sais pas où vous allez, mais je sais d'où vous venez. Je vous ai vue sortir d'une maison de la rue du Rocher que je reconnaîtrais parfaitement et il ne tiendrait qu'à moi de m'y renseigner.

La dame hésitait.

— Songez donc aussi, reprit Maxime, que j'aurais pu faire semblant de m'en aller dans ce fiacre et en descendre pour vous suivre sans vous le dire. Vous ne vous en seriez pas aperçue.

— Eh ! bien, dit-elle brusquement, faites comme il vous plaira ; adieu, monsieur !

Et, sans laisser à son sauveur trop zélé le temps de lui répondre, elle s'enfuit par le boulevard Bessières.

Maxime, sûr de la rattraper, mit un louis dans la main du cocher et enfila, lui aussi, le chemin de ronde.

La dame était déjà loin, mais non pas hors de vue, car elle n'avait guère qu'une vingtaine de pas d'avance et le brouillard commençait à se dissiper.

Elle marchait rapidement et sans se retourner sur le rebord de cette voie, bordée d'un côté par les fortifications, et de l'autre par des clôtures en planches derrière lesquelles s'étendaient sans doute des terrains vagues.

Où pouvait-elle aller dans ce quartier inhabité ? Maxime se le demandait, lorsqu'elle disparut tout à coup.

Évidemment, elle ne s'était pas enfoncée dans une

trappe. Le boulevard Bessières n'est pas machiné comme un théâtre de féeries.

Pour savoir à quoi sans tenir, Maxime se mit à courir et arriva à l'endroit où l'inconnue s'était éclipsée comme un fantôme.

Il y avait là un rentrant, une sorte de pan coupé dans la palissade que la dame longeait au moment où elle était devenue invisible, mais cette palissade ne présentait aucune solution de continuité et elle était trop élevée pour qu'un homme pût l'escalader en quelques minutes ; une femme encore moins.

Où était passée la mystérieuse personne que Maxime surveillait à distance ? Impossible de le deviner.

Encore s'il avait pu regarder par-dessus la clôture ou au travers, mais elle avait bien deux mètres de hauteur et les planches qui la formaient étaient comme soudées les unes aux autres.

Il s'expliquait maintenant pourquoi l'inconnue n'avait pas persisté à lui défendre de la suivre.

Elle connaissait un moyen de se dérober et elle comptait bien qu'il ne saurait jamais où elle s'était cachée.

Et Maxime ne pouvait pas songer à prendre des informations, car il n'y avait pas là une seule maison, pas même une de ces baraques où des cabaretiers de banlieue vendent du vin bleu aux ivrognes errants.

En se retournant vers les talus gazonnés de l'enceinte fortifiée, il avisa à l'entrée d'un bastion, une butte en terre qui avait servi de magasin à poudre

pendant le siège. Il pensa que du sommet de cette
éminence artificielle, il dominerait les terrains que
lui masquait la palissade ; l'idée lui vint d'y grimper, et il la mit à exécution sans perdre une minute.

Il fut payé de ses peines.

Le brouillard s'était levé tout à fait et, du haut de
ce monticule, Maxime de Chalandrey eut une vue
très étendue, mais pas très gaie, car au-delà des fortifications il y a l'ancien cimetière des Batignolles,
et en deça, du côté de l'Est, c'est le quartier des Epinettes — un dédale de ruelles qui s'entre-croisent
et de masures, habitées surtout par des chiffonniers.

Il n'était pas monté là pour contempler ce vilain
paysage et il ne regarda que l'enclos où la dame
avait dû s'introduire, par un procédé qu'il ne devinait pas.

Il n'aperçut point la dame, mais il vit, isolée au
lieu d'un champ inculte, une maison qui n'avait pas
mauvaise apparence.

C'était un pavillon carré, à un seul étage, et cela
ressemblait à une de ces villas en miniature, que les
bourgeois aisés se font construire dans la banlieue
pour venir s'y reposer le dimanche.

Il y manquait le jardinet traditionnel et ce singulier logis semblait avoir poussé comme un champignon parmi les orties.

Pas une fleur, pas un arbre aux alentours ; rien
que de l'herbe desséchée et des plantes parasites.

Et plus loin, l'horizon était borné par des murs. Si
l'inconnue était entrée dans ce pavillon, qu'y venait-
elle faire ?

Il ne paraissait pas qu'elle y demeurât, car, à toutes les fenêtres les persiennes étaient closes, mais si elle y demeurait, elle n'y avait certainement pas couché cette nuit-là, puisque Maxime de Chalandrey l'avait vue, sortant, au petit jour, d'une maison de la rue du Rocher.

Et elle était si pressée d'arriver qu'elle devait courir à un rendez-vous.

Ce pavillon perdu dans un quartier désert pouvait bien servir à abriter des amoureux obligés de se cacher. Seulement, si l'homme qui, tout à l'heure, guettait l'inconnue, était son mari, comment se faisait-il qu'il s'y prît si mal pour la surprendre ?

Se planter juste devant la porte d'une femme qu'on veut surveiller, c'est par trop naïf, et ce jaloux mal-avisé en avait été pour ses peines, puisqu'elle s'était dérobée à son espionnage.

Que craignait-elle donc et pourquoi tenait-elle tant à empêcher celui qu'elle appelait son sauveur de savoir où elle allait ?

Maxime, lancé dans le vaste champ des hypothèses, n'en trouva pas une seule qui le satisfît et resta en face d'un mystère irritant qu'il résolut de percer à tout prix.

La raison lui conseillait de ne pas pousser plus loin cette bizarre aventure et de rentrer tranquillement chez lui, sans plus se préoccuper de la dame qu'il avait voiturée, mais il fut pris d'une fièvre de curiosité à laquelle il ne put pas résister.

Il se dit qu'il devait y avoir un moyen d'arriver jusqu'au pavillon et il se décida à descendre de son observatoire pour examiner avec plus de soin la clôture qui lui avait paru d'abord constituer un obstacle infranchissable.

Il revint donc à l'angle rentrant où la femme masquée avait disparu, et en y regardant de très près, il finit par apercevoir, faisant saillie sur une des planches de la palissade, une espèce de gros clou à tête ronde.

L'idée lui vint aussitôt d'appuyer dessus avec son pouce, comme on presse le bouton d'une sonnette électrique et aussitôt, s'entre-bâilla sans bruit une porte étroite, dont les charnières placées à l'intérieur, étaient complètement invisibles du dehors.

Il fallait connaître le secret pour entrer.

La dame le connaissait certainement et Maxime l'avait trouvé, par hasard.

Il n'hésita pas une seconde à profiter de sa découverte.

Il se glissa par l'ouverture où deux personnes n'auraient pas pu passer de front, et repoussa derrière lui la barrière mobile qui se referma silencieusement.

C'était une imprudence, car en procédant ainsi, il risquait de s'emprisonner et il s'avisa un peu tard de s'assurer qu'il ne s'était pas mis dans l'impossibilité de sortir de cet enclos suspect.

Heureusement, il constata, en le faisant jouer de nouveau, que le mécanisme fonctionnait des deux côtés de la palissade.

Il avait donc une retraite assurée, pour le cas où un danger imprévu l'obligerait à fuir.

Il ne s'agissait plus que d'aborder le pavillon qui s'élevait à cinquante de mètres de la porte secrète et qu'il n'avait encore vu que de haut et de loin.

C'est une construction étrange qui n'appartenait à aucun ordre d'architecture. Il y entrait de la pierre, de la brique et du bois. Cela tenait tout à la fois de la villa suburbaine et du chalet suisse, car le premier et unique étage était entouré extérieurement d'une galerie en sapin verni qui paraissait avoir été ajoutée après l'achèvement de la bâtisse et qui faisait un effet ridicule.

A coup sûr, le propriétaire de cet immeuble baroque n'était pas un homme de goût.

Au rez-de-chaussée, du côté de la barrière par laquelle Maxime était entré, il n'y avait pas de porte, probablement parce que la façade principale se trouvait du côté opposé.

La maison avait tout l'air d'être inoccupée, car il n'en sortait aucun bruit, et même abandonnée, car les murs s'effritaient et la galerie de bois se déjetait.

Maxime commençait à croire qu'il s'était trompé et que, si l'inconnue était entrée dans l'enclos, elle n'avait fait que le traverser pour gagner quelque autre logis, situé plus loin que ce château de la Belle au Bois Dormant.

Il y avait vraiment peu d'apparence qu'elle fût sortie de son domicile, en se cachant, pour venir passer sa matinée dans un pareil lieu. Des conspirateurs ou des faux-monnayeurs auraient pu s'y abriter, mais qu'une femme jeune et élégante y fût attendue, c'était par trop invraisemblable, et peu s'en fallut que Maxime ne rebroussât chemin.

Toutes réflexions faites, il résolut de compléter la reconnaissance du terrain, avant d'abandonner l'entreprise.

Il commença naturellement par faire le tour du pavillon, et il n'eût pas plus tôt dépassé l'angle du mur de soubassement qu'il aperçut une échelle appliquée contre la galerie du premier étage.

Il ne supposa pas que la dame s'en fût servie pour s'introduire dans cette boîte de pierre, mais il pensa que rien ne l'empêchait, lui, de prendre cette voie malaisée, s'il n'en trouvait pas une autre plus commode.

Et il n'en trouva point.

Il y avait bien une porte, mais cette porte était close. L'inconnue avait dû entrer par là, retirer la clé, après s'en être servie pour ouvrir et s'enfermer en dedans.

De ce côté, le terrain était entouré de hautes murailles. Donc, elle n'avait pas pu en sortir.

Après avoir achevé son exploration, il revint à l'échelle, y grimpa, enjamba sans peine la balustrade et prit pied sur le balcon de bois.

Le plus fort n'était pas fait, car les fenêtres avaient des volets pleins et les murs n'étaient pas de verre. Maxime ne pouvait pas voir ce qui se passait dans l'intérieur du pavillon. Mais, en suivant la galerie, il finit par découvrir une porte vitrée qui était entr'ouverte.

Il n'eut qu'à la pousser et il se trouva dans un couloir obscur qui semblait s'étendre à droite et à gauche.

Il prit à droite et, en avançant avec précaution, il s'aperçut qu'il marchait sur un tapis assez épais pour amortir complètement le bruit de ses pas.

Enhardi par ce début, il avança encore ; bientôt il entendit des voix : une voix d'homme forte et sonore, alternant avec une voix douce, la voix de la femme qu'il cherchait.

Il ne pouvait pas encore saisir les paroles, mais il pouvait déjà constater que ce colloque n'était pas un duo d'amoureux.

L'homme parlait d'un ton de menace ; la femme répondait d'un ton suppliant.

Et, certes, ils ne se doutaient pas qu'on les écoutait, car le diapason de leur entretien s'élevait de plus en plus.

Ils n'étaient séparés de Maxime que par une portière en tapisserie qu'il n'aurait eu qu'à soulever pour se trouver face à face avec eux. Il se contenta de prêter l'oreille, ce qui n'était pas le fait d'un gentleman. La situation, il est vrai, excusait un peu son indiscrétion, et il était assez naturel qu'il tînt à savoir à qui il avait affaire.

Il s'approcha donc presque jusqu'à toucher la tapisserie, et, ainsi posté, il ne perdit plus un mot du dialogue.

— Si tu n'as que des conseils à m'offrir, dit l'homme, ce n'était pas la peine de me donner rendez-vous ici et de m'y faire poser.

— Bon ! je suis fixé, pensa Chalandrey. Il la tutoie. Donc, il est ou il a été son amant.

— Je n'ai pas pu venir plus tôt, répondit la femme ; j'étais surveillée, et si tu savais tout ce qu'il m'a fallu faire pour arriver jusqu'ici !...

— Ça ne me regarde pas. Quand je t'ai écrit que j'étais à Paris, c'est toi qui as voulu me voir et qui as fixé l'heure et le lieu de l'entrevue. Ça m'allait, parce que je croyais que tu y serais avant moi. Je connaissais le truc pour entrer par le boulevard Bessières, mais tu savais bien que je n'avais pas de clé de la porte du pavillon. Et comme je n'ai trouvé personne, j'en aurais été réduit à battre la semelle sur l'herbe, si je n'avais pas découvert une échelle qui m'a servi à grimper jusqu'à la galerie...

— Je te répète que ce n'est pas ma faute et que...

— Je n'ai pas besoin de tes explications. Je t'ai attendue au moins trois quarts d'heure, et j'allais partir, comme j'étais venu, par la porte vitrée. Mais te voilà et je te pardonnerais d'être en retard, si tu consentais à faire ce que je te demande.

— Tu ne peux pas rester à Paris.

— Mais, si... en faisant peau neuve... pour cela, il ne me faut que de l'argent... et tu en as.

— Je ne refuse pas de t'en donner, si tu veux quitter la France et me promettre de n'y jamais revenir.

— Tu as donc bien peur que je ne dérange ta vie !

— C'est pour toi que j'ai peur. Quand on a un passé comme le tien, le pavé de Paris n'est pas tenable. Faut-il que je te le rappelle, ce passé ?

— Inutile... je le connais... et personne que toi ne s'en souvient. On prétend que les voyages forment la jeunesse, mais ils changent diablement la figure des gens. Voilà sept ans que je roule ma bosse dans les cinq parties du monde. Mes camarades d'autrefois ne me reconnaîtraient plus.

— Je t'ai bien reconnu, moi.

— Parce que je t'avais écrit que je venais d'arriver à Paris. Si je ne t'avais pas prévenue, tu aurais passé à côté de moi dans la rue, sans tourner la tête.

— Non... tu as des yeux qu'on ne peut pas oublier. Mais à quoi bon discuter là-dessus? Ma résolution est prise. Si tu restes à Paris, ce sera contre ma volonté et s'il t'arrive malheur, je ne pourrai plus rien pour toi. Mais, si tu te décides à partir immédiatement, je suis prête à t'aider.

— M'aider?... Comment?

— En te remettant trente mille francs qui te permettront d'entreprendre en Amérique un commerce quelconque et en te servant là-bas une pension de six mille francs.

— A la bonne heure! c'est parlé cela!

— Alors, tu acceptes?

— Je me tâte. J'aimerais mieux la moitié de la somme et de la pension... en France.

— En France, rien. Je te l'ai déjà dit.

— Tu les as apportés, les trente mille?

— Oui... et je me contenterai de ta parole. Si tu y manquais, je supprimerais ta pension... et si jamais tu te réclamais de moi, je te renierais.

Il y eut un silence et Maxime, dont la curiosité de plus en plus surexcitée n'était qu'à demi satisfaite, Maxime se rapprocha encore de la tapisserie.

Il en avait assez d'écouter cette conversation qui ne lui avait rien appris de positif.

Il voulait maintenant voir les causeurs.

Le rideau, le lourd et épais rideau de tapisserie n'adhérait pas exactement à la cloison qui l'encastrait, et en l'écartant un peu, il put regarder par l'interstice.

Le colloque se tenait dans une grande salle qu'éclairait très imparfaitement le jour tombant d'en haut, à travers un plafond vitré.

Le pavillon qui, du dehors, paraissait avoir deux étages n'en avait qu'un dont le centre formait ce que les anglais appellent un hall.

Cette vaste pièce n'était meublée que d'une longue table recouverte d'un tapis vert et entourée de fauteuils garnis de cuir. On eût dit qu'elle avait été aménagée pour y réunir les administrateurs de quelque grande administration financière.

L'inconnue et l'homme qu'elle était venue trouver là causaient près de la table ; la femme tournant le dos et l'homme montrant les trois quarts d'un visage barbu dont Maxime ne distinguait pas bien les traits, à la lumière terne d'une matinée brumeuse.

Cet homme était grand et taillé en force.

Maxime le vit prendre des mains de la femme un paquet de billets de banque et le fourrer prestement dans sa poche.

— Maintenant, pars, dit la dame. Va t'embarquer

au Havre et écris-moi, dès que tu seras arrivé à New-York.

— Je n'y manquerai pas, répliqua l'homme et je te quitte.

Par où veux-tu que je sorte d'ici?

— Par la galerie. Quand tu seras au bas de l'échelle, aie soin de l'enlever et de la remettre à l'endroit où tu l'as prise. Moi je sortirai par la porte du rez-de-chaussée... dans dix minutes... quand tu seras déjà loin.

— Alors... adieu?

— Oui, adieu pour toujours.

— Toujours, c'est bien long... mais puisqu'il le faut!... Merci, tout de même!... Merci de ce que tu fais pour moi.

Et sans ajouter un seul mot, sans serrer la main de celle qui venait de le payer si largement, l'homme se dirigea vers une porte qui devait donner dans le couloir où Maxime s'était glissé.

Ce couloir avait deux branches. Maxime avait pris celle de droite; l'homme passait par l'autre. Ils ne pouvaient pas se rencontrer et Maxime n'avait pas la moindre envie de courir après lui.

Maxime se demandait si, maintenant que l'inconnue était seule, il allait l'aborder avant qu'elle partît.

Il s'y serait peut-être décidé, si la scène à laquelle il venait d'assister, n'eût refroidi son ardeur.

Il avait vu la femme pour laquelle il s'était passionné donner de l'argent à un individu qui devait avoir été son amant. A quelle catégorie sociale appartenait donc cet étrange couple? Maxime soupçonnait que l'homme était un malfaiteur traqué par la police et que la dame ne valait pas beaucoup mieux. Ses illusions s'envolaient à tire-d'ailes. Il ne tenait pas à se mêler des affaires de ces gens-là. Il se dit qu'il ferait sagement de laisser l'inconnue déguerpir, de décamper lui-même, un quart d'heure après, et de tâcher d'oublier cette sotte aventure.

Il resta donc embusqué derrière la tapisserie.

La dame non plus ne bougeait pas et elle lui tournait le dos.

Les dix minutes annoncées s'écoulèrent sans qu'elle fît un mouvement; mais quand elles furent passées, elle s'achemina lentement vers le fond de la salle.

Maxime qui la suivait des yeux, la vit ouvrir une porte, s'arrêter tout à coup, en prêtant l'oreille, reculer vivement, traverser le hall, en diagonale, et finalement disparaître par une autre porte, une porte latérale qu'elle referma sur elle.

Elle avait sans doute entendu dans l'escalier un bruit qui l'inquiétait. Quelqu'un arrivait par là, quelqu'un qu'elle ne voulait pas rencontrer.

La situation se compliquait et, pour l'imprudent Chalandrey, c'était le vrai moment de filer. La curiosité le retint à son poste d'observation.

Bientôt, il vit entrer un homme, puis un autre puis un autre encore. Il en compta sept: toute une bande dont l'aspect n'avait rien de bien effrayant.

Ils étaient tous convenablement vêtus et Maxime fut tenté de croire qu'ils venaient tenir là une de ces séances maçonniques où les bourgeois se plaisent à s'entourer de mystère pour débiter solennellement des banalités humanitaires.

Impossible de les prendre pour des conspirateurs. Ils causaient gaiement et, certes, ils ne se doutaient pas qu'on les observait, car ils parlaient très haut.

Ils ne tardèrent guère à se ranger autour de la table et à prendre place sur les fauteuils comme des gens qui s'apprêtent à délibérer.

Maxime ne devinait pas à quoi tendait ce singulier conciliabule et il attendait avec impatience qu'un des compagnons qui siégeait prît la parole.

Il n'attendit pas longtemps.

— Cher président, dit un jeune, un blond assez élégant dont la physionomie ne manquait pas de distinction, vous nous avez convoqués pour une heure si matinale que, de peur de manquer au rendez-vous, je ne me suis pas couché et je ne vous cacherai pas qu'il me tarde d'aller me mettre au lit. Vous seriez bien aimable de me m'apprendre tout de suite de quoi il s'agit.

De choses graves, je suppose, puisque vous avez voulu qu'on se réunît dans le local parfaitement sûr, mais peu confortable, dont nous ne nous servons que dans les grandes occasions.

— Oui, de choses très graves, répondit le président, un beau vieillard à barbe blanche.

Un de nos associés nous trahit.

— Oh!...

— J'en ai la preuve. Ce misérable cherche à nous vendre à la police. J'ai vu la lettre qu'il a écrite. Il

2.

demande cinquante mille francs pour nous livrer tous... moins de dix mille francs par tête, ce n'est pas cher. Heureusement, j'ai à la préfecture des amis qui m'ont averti.

Je vous ai appelés pour vous [demander quel châtiment mérite cet homme.

— La mort ! répondirent des voix.

— C'est mon avis, reprit le vénérable chef. Est-ce aussi le vôtre, mon cher Jules ?

— Absolument, répliqua sans hésiter l'interpellé. Seulement, il ne sera peut-être pas facile d'appliquer la peine.

— Très facile, au contraire. Nous pouvons même l'appliquer, séance tenante. Le traître est ici.

— Nommez-le! cria le chœur.

— Le voilà ! dit le vieux, en désignant du doigt le joli jeune homme blond. Voulez-vous que je vous montre sa lettre?

— C'est inutile. Nous la connaissons.

L'accusé changea de visage et, au lieu de d'essayer de se justifier, il fit un mouvement pour se lever.

Sans doute, il se sentait perdu et il voulait fuir.

Son voisin de gauche, un colosse, le prit à bras-le-corps et le maintint sur son fauteuil, pendant que le voisin de droite lui passait autour du cou le nœud coulant d'une corde qu'il avait cachée sous son paletot.

Ce fut fait en un clin d'œil.

Le coup évidemment était préparé d'avance et le simulacre d'interrogatoire n'avait eu d'autre but que de détourner l'attention du malheureux dont la mort était résolue.

Condamné sans jugement et exécuté sans avoir eu le temps de se mettre en défense, il râlait déjà.

— Ne le lâche pas, mais ne serre pas trop fort, dit au bourreau improvisé l'abominable vieux qui présidait cette assemblée d'assassins. J'aurai tout à l'heure quelque chose à lui demander.

Et maintenant, messieurs, que nous le tenons, que ferons-nous de sa carcasse, quand nous l'aurons expédié? Moi, je propose de l'enterrer dans le sout   n. Personne ne viendra l'y chercher, puisque personne n'y passe que nous.

— Pourquoi l'enterrer? Ce serait beaucoup trop long, dit un des juges, Nous n'avons qu'à planter un clou dans le mur du souterrain et à l'y accrocher. Si jamais on l'y trouvait, on croirait qu'il s'est pendu. Il restera là, pour l'exemple.

— Diable! ricana un autre, ce sera bien désagréable de côtoyer ce cadavre en décomposition, quand nous viendrons tenir conseil ici.

— Bah! nous y venons tout au plus deux fois par an.

— C'est égal, je persiste à croire qu'il vaut mieux l'enterrer. Ce sera plus sûr, il va disparaître du monde où il vit et il faut que nul ne sache ce qu'il est devenu. Du reste, on l'oubliera vite, car il n'a pas beaucoup d'amis.

— Eh! bien, qu'on l'enterre, mais finissons-en, conclut l'homme qui tenait la corde.

Le patient suffoquait, mais il n'avait pas perdu

connaissance et il devait entendre ses meurtriers
discuter froidement la question de savoir ce qu'ils
feraient de son corps.

Maxime croyait rêver. Il entendait, lui aussi, et
il voyait les six bandits groupés autour de leur victime, comme des vautours qui se préparent à déchi-
queter un mort.

Cette scène, renouvelée des séances des *Francs-
Juges* du moyen âge, assemblés pour punir un faux
frère, confondait sa raison.

Il lui semblait assister à la représentation d'un
vieux mélodrame de l'Ambigu, et il se prenait à
espérer que cette parodie sinistre allait cesser tout
à coup, comme cesse un cauchemar.

Il ne tenait qu'à lui d'y mettre fin, en se montrant,
mais son intervention lui coûterait probablement la
vie, car des scélérats qui étranglaient si lestement
un des leurs ne se feraient aucun scrupule de se
débarrasser, par le même procédé, d'un témoin du
crime.

Ils seraient six contre un, et Chalandrey n'avait
pas sur lui le moindre revolver, pas même un couteau de poche.

La partie serait trop inégale.

Et d'ailleurs, il se souciait médiocrement de risquer sa peau pour secourir un gredin qui ne valait
sans doute pas mieux que ses bourreaux.

Tous ces messieurs-là devaient s'être associés
pour diriger une œuvre de malfaisance.

Quelle œuvre? Maxime ne pouvait pas le deviner,
car ils n'avaient rien dit qui le mît sur la voie, et

pour le moment, il ne se préoccupait guère de connaître leur secret. Il pensait à s'esquiver par la galerie extérieure et à courir au poste le plus voisin pour avertir les sergents de ville.

Il allait s'y décider, lorsque le président dit :

— Relâche un peu le nœud coulant. Je veux qu'il puisse répondre à une question que je vais lui poser.

L'ordre fut exécuté immédiatement, mais le condamné profita de cet instant de répit pour crier de toutes ses forces :

— Au secours !... A l'assassin !

La peur l'affolait, car il n'avait pas de secours à attendre.

Et cependant, un cri répondit à cet appel désespéré, un cri qui semblait sortir de la cloison.

Les meurtriers se tournèrent de ce côté; l'étrangleur donna un tour de corde qui étouffa aussitôt la voix de l'étranglé et le chef de la bande courut à la petite porte derrière laquelle Maxime avait vu disparaître l'inconnue.

Absorbé par le spectacle qu'il avait sous les yeux, Maxime avait momentanément oublié qu'elle était là, mais il comprit vite ce qui allait se passer et il faut lui rendre cette justice qu'il ne pensa plus à fuir.

Il ne pouvait pas laisser égorger une femme et il se jura de la sauver ou de périr avec elle.

Encore fallait-il voir ce que ces brigands allaient faire de leur prisonnière et choisir pour les attaquer le moment psychologique.

Il se promettait déjà de leur tomber dessus en criant : « A moi, les camarades ! » comme s'il y avait eu derrière lui une escouade d'agents de police, et il espérait que les coquins se laisseraient prendre à cette ruse et ne songeraient qu'à décamper.

L'homme à la barbe blanche reparut, traînant par le bras la pauvre inconnue qui se soutenait à peine ; il la poussa contre la table et il lui dit, en lui mettant le poing sous le nez :

— Qu'est-ce que tu fais ici, toi ?

Et comme la malheureuse ne répondait pas, le vieux coquin, reprit, en la secouant rudement :

— Tu y est venue pour nous espionner.

— Non, balbutia-t-elle, je vous jure que non. J'y suis venue parce que j'y avais donné rendez-vous à... à quelqu'un.

— A ton amant, parbleu !... où est-il ?

— Je ne l'ai pas vu... et lasse de l'attendre, j'allais partir, quand j'ai entendu des pas dans l'escalier... j'ai eu peur et je me suis cachée dans ce cabinet.

— Comment es-tu entrée dans la maison ?

— Par la porte du rez-de-chaussée.

— Tu avais donc la clé ?... et tu connaissais donc le secret pour ouvrir la palissade ?

— Oui... ce pavillon a appartenu autrefois à mon père.

— A ton père !... très bien ! maintenant, je sais qui tu es... et je veux bien croire que tu ne travailles pas pour la police. Mais ça ne te sauvera pas. Tu nous as vus et tu pourrais nous reconnaître. Tu vas mourir.

— Eh ! bien, tuez-moi.

Maxime, prêt à entrer en scène, regardait de tous ses yeux.

La dame n'avait plus son masque, mais il faisait si peu clair dans cette vaste salle qu'il ne la voyait pas beaucoup mieux que pendant leur voyage en fiacre.

A la grise lumière tamisée par le vitrage du plafond, les objets et les personnes lui apparaissaient comme à travers un brouillard.

Il n'était pas sûr de pouvoir reconnaître, s'il les rencontrait plus tard, les acteurs de ce drame, mais il admirait le courage de la prisonnière et il commençait à espérer qu'elle se tirerait, sans lui, de la terrible situation où elle se trouvait.

— Tu mériterais que je te prisse au mot, dit le féroce vieillard ; et du reste, tu ne perdras rien pour attendre... mais tu vas d'abord me remettre la clé dont tu t'es servie.

— La voici, murmura la pauvre femme.

— Bon ! maintenant, réponds. Ce n'est pas la première fois que tu viens ici ?

— Non... j'y venais autrefois avec mon père quand la maison était à lui.

— Alors, tu en connais la disposition intérieure ?

— Je ne connais que la salle où nous sommes et le cabinet où je me suis cachée... je n'ai jamais vu les pièces qui sont au rez-de chaussée.

— Et tu es toujours arrivée par le même chemin ?

— Toujours. Mon père me l'avait montré.

— Sais-tu pourquoi il a fait bâtir ce pavillon ?

— Non. Il l'a vendu, un an avant sa mort, et je n'ai jamais su non plus à qui il l'a vendu; mais je savais qu'il n'était pas habité et je pensais n'y rencontrer personne.

— J'en suis convaincu; mais l'homme que tu attendais le connaît aussi, le pavillon.

— Il le connaît si peu qu'il n'a pas su le trouver.

— C'est-à-dire qu'il t'a fait poser; mais il peut se présenter d'une minute à l'autre. Donc, il faut en finir.

Tu vois ce gredin qui à la corde au cou... c'est un traître que nous allons pendre. Eh! bien, on va t'en faire autant. Tu as surpris nos secrets. Si nous te laissions vivre, tu nous dénoncerais.

— Non... j'ignore qui vous êtes... et si je vous dénonçais, je me perdrais.

— Es-tu prête à jurer de te taire?

— Oui, et je tiendrais mon serment. Il m'en coûterait trop cher d'y manquer.

— Qu'en dites-vous, messieurs?

Les bandits se consultèrent et l'un deux répondit:

— Il n'y a que les morts qui ne parlent pas. Expédions-la. C'est plus sûr.

— Soit!... mais je vous préviens qu'il n'en sera pas de la disparition de cette femme comme de la disparition de cette canaille de Jules. Elle est riche et elle a dans le vrai monde des amis qui la chercheront.

— Qu'en sais-tu?

— J'ai connu son père et quelques-uns d'entre vous l'ont connu aussi. Elle a hérité de lui.

— Tout ça ne l'empêchera pas de nous signaler à la police, si nous la laissons partir.

— Non, car si elle racontait ce qu'elle a vu ici, on lui demanderait ce qu'elle y faisait et elle serait obligée d'avouer qu'elle attendait son amant.

— Tu répètes ce qu'elle vient de nous dire. Et moi, je te répète ce que tu as dit tout à l'heure : finissons-en.

La malheureuse écoutait, impassible, les scélérats qui discutaient sa vie ou sa mort.

L'homme qu'ils avaient condamné était toujours assis dans le fauteuil où on l'avait poussé et celui qui lui avait passé la corde autour du cou n'avait qu'un mouvement à faire pour achever de l'étrangler.

Maxime attendit, haletant d'émotion et plus que jamais résolu à se jeter en avant, si ces atroces coquins se décidaient à tuer sa protégée.

Deux contenaient le traître. Le président prit les quatre autres à part et se mit à conférer avec eux.

Il parut qu'ils s'étaient promptement accordés, car la délibération ne fut pas longue.

Le vieux s'approcha du bourreau et de son acolyte, leur parla tout bas, puis, revenant à la femme, il lui dit :

— Suivez-moi, madame. Je vais vous conduire hors d'ici.

Elle le regarda, tout étonnée de ce changement de ton et de cette invite à la liberté.

— Oh ! n'ayez pas peur, reprit-il. Vous allez sortir, car, dans un instant, nous serons sûrs que vous ne parlerez pas.

Que signifiait cette promesse énigmatique et l'espèce de restriction qui l'accompagnait?

La femme hésitait; mais à quoi lui eût-il servi de refuser d'obéir ?

Elle se laissa emmener par ce président des assassins qui, en passant avec elle derrière le fauteuil où agonisait le condamné, saisit tout à coup les deux mains de la prisonnière, les ouvrit de force, y mit la corde, les referma dessus et la contraignit à tirer violemment, pendant que ses complices pesaient sur les épaules du patient.

Il n'en fallait pas tant pour qu'il rendît l'âme, car il était déjà à demi mort.

Cette secousse l'acheva.

L'inconnue poussa un cri d'horreur; elle se débattit, mais les doigts de fer de l'horrible vieux l'empêchèrent de lâcher prise, jusqu'à ce que la victime eût expiré.

Maxime commençait à comprendre.

— Maintenant, ricana le chef de la bande, te voilà notre complice. Tu nous as aidés à étrangler ce traître. Je ne crains plus que tu bavardes. D'ailleurs, tu seras surveillée. Rentre chez toi et vis comme tu voudras, pourvu que tu ne donnes plus de rendez-vous à tes amants dans cette maison. Tu n'entendras jamais parler de nous, mais nous saurons tout ce que tu feras. Une démarche imprudente, un propos suspect et tu mourras.

Oh! nous n'irons pas te tuer à domicile; mais il t'arrivera des accidents.

Je ne t'en dis pas davantage. A bon entendeur, salut !

A présent, viens !... Je vais t'ouvrir la porte du rez-de-chaussée et te lâcher dans l'enclos. Tu sortiras comme tu est entrée, par le boulevard Bessières.

Oublie ce chemin : oublie ce que tu as vu, et ne recommence plus, si tu tiens à la vie.

Sur cette conclusion menaçante, il prit la dame par le bras et il l'entraîna vers le fond de la salle, en disant à ses dignes associés :

— Enlevez ce cadavre, vous autres! je vais vous attendre au bas de l'escalier.

Ainsi fut fait. Le président disparut avec la malheureuse qu'il emmenait, et les six coquins s'empressèrent d'exécuter les ordres de leur chef.

Ils s'attelèrent tous à la corde, probablement pour qu'il ne fût pas dit qu'un seul avait refusé de mettre la main à la besogne, et ils traînèrent le corps du supplicié hors de la salle du supplice.

Maxime vit de loin la porte se refermer sur ce sinistre cortège et il entendit le bruit des deux tours de clé qu'ils donnèrent à la serrure.

Ils partaient pour ne plus revenir, ce n'était pas douteux, et ils allaient enterrer ou pendre le mort dans la cave.

Mais quel sort réservaient-ils à la femme qui n'était pas encore tirée de leurs griffes? Et s'ils lui rendaient la liberté, par où allaient-ils passer pour sortir définitivement du pavillon?

Existait-il donc une communication souterraine

entre ce pavillon et une maison située au delà du mur qui bornait l'enclos?

Maxime était tenté de le croire, mais il n'eut garde d'aller s'en assurer.

C'était un vrai miracle que ces brigands ne se fussent pas aperçus de sa présence, et courir après eux c'eût été, comme on dit, tenter le diable.

Maxime se hâta de rentrer dans le couloir et de se glisser jusqu'à la porte vitrée qui donnait sur la galerie.

De là, il eut la joie de voir sa protégée traverser, seule le champ qui s'étendait entre le pavillon et la palissade.

Le président avait tenu sa parole. Elle était libre.

Elle fit jouer le ressort caché dans les planches de la barrière, et elle disparut.

Maxime aspirait à en faire autant et il n'était pas certain de s'en tirer à si bon compte, car les bandits qui l'avaient épargnée veillaient peut-être, embusqués dans quelque coin.

Il attendit cinq minutes, mais il ne pouvait pas rester là et il se décida à tenter l'aventure, en rampant le long de la galerie, jusqu'à l'échelle dont il s'était servi pour y grimper.

Il avait oublié que la dame avait recommandé à l'homme du rendez-vous de l'enlever, après s'en être servi pour descendre.

L'homme n'y avait pas manqué. L'échelle n'y était plus.

Heureusement, un saut de quatre mètres en pro-

fondeur n'était pas pour effrayer un garçon jeune et
leste qui avait fait beaucoup de gymnastique.

Maxime enjamba délibérément la balustrade, s'y
accrocha avec les deux mains et se laissa couler en
pliant les genoux.

Le choc fut rude et il roula sur l'herbe, mais il se
releva aussitôt et il se mit à courir à toutes jambes
jusqu'à la palissade. Il y arriva vite et tout en appuyant sur le bouton qu'il avait remarqué en entrant, il tourna la tête pour voir si on le poursuivait.

Il lui suffit d'un coup d'œil pour s'assurer qu'il
n'y avait personne derrière lui, ni même dans
l'enclos.

Les étrangleurs étaient rentrés sous terre.

Une seconde après, il se trouva hors de leurs at-
teintes et, en prenant pied sur le macadam du boulevard, il respira enfin, aussi content qu'un nau-
fragé qui aborde au rivage après avoir longtemps
nagé sans espoir.

Il se sentait renaître. Il lui semblait que le chemin
de ronde avait un aspect plus gai, que le ciel était
plus bleu, et il savourait le bonheur de rentrer dans
sa vie de Parisien insoucieux qui ne pense qu'à ses
plaisirs.

Sa joie, à vrai dire, n'était pas sans mélange, car
il se demandait, avec une certaine inquiétude, s'il
avait le droit de s'en tenir là, au lieu d'aller immédiatement raconter au commissaire du quartier
l'histoire de sa matinée.

Toutes réflexions faites, il crut pouvoir s'en dispenser, sous prétexte qu'il ne devait pas s'exposer à

compromettre une femme qui n'avait à se reprocher qu'une imprudence.

Après tout, les affaires des bandits du pavillon ne le regardaient pas et ce n'était pas son métier de les signaler à la police qui n'avait pas su les découvrir.

Maxime avait horreur des complications, à ce point qu'il s'efforçait déjà d'oublier la scène tragique à laquelle il venait d'assister, malgré lui.

La belle inconnue l'intéressait davantage, mais pas assez pour qu'il se mît en campagne à seule fin de la retrouver.

Au surplus, il tombait de fatigue et il lui tardait d'aller se coucher pour se reposer de tant d'émotions.

Aussi arrêta-t-il au passage le premier flacre qu'il rencontra et se fit-il ramener chez lui, rue de Naples, sans trop se préoccuper des suites de son aventure, et surtout sans prévoir qu'elle en aurait de fort inattendues.

Une idylle finit quelquefois par un drame, mais il arrive aussi qu'un drame finit par une idylle.

II

— Voilà un joli sauterne, ou je ne m'y connais pas, s'écria le commandant Pierre d'Argental, en posant sur la nappe le verre qu'il venait de vider, à petites gorgées, en fin gourmet qu'il était.

— Alors, revenez-y, mon oncle, répondit gaiement Maxime de Chalandrey.

— Je ne te demande pas l'adresse de ton fournisseur, attendu que je ne suis plus assez riche pour lui en acheter, mais je déclare qu'on n'en sert pas de pareil à la table du cercle où je dîne... pour mes péchés.

— Voulez-vous que je vous en envoie une pièce?

— Merci! Je n'ai plus de cave. Et d'ailleurs, j'aime mieux en boire avec toi. Décidément, j'ai bien fait de venir te demander à déjeuner, ce matin. Je m'étais levé de mauvaise humeur et me voilà tout ragaillardi.

— Et pourquoi, diable! étiez-vous triste, mon cher oncle? Ça ne vous arrive pas souvent.

— Non, c'est vrai. Mais... que veux-tu?... il y a des jours où j'ai des idées noires.

— Vous !... un philosophe !...

— Un philosophe de l'école de Diogène... et je me
figure que Diogène s'ennuyait dans son tonneau,
quand le soleil ne luisait pas... s'il avait fait beau
aujourd'hui, j'aurais monté la jument que tu as
achetée dernièrement au tattersall... mais il fait un
temps gris qui me met la mort dans l'âme. Et puis...
si tu crois que c'est gai de vivre comme je vis !...
J'ai soixante ans, mon cher, et j'en suis réduit à la
portion congrue. Quand je ne dîne pas en ville, je dîne
à mon cercle, par économie. Les femmes ne m'amu-
sent plus, les hommes m'ennuient... Bref, si je ne
t'avais pas, je crois que je me ferais sauter le caisson.

— Mais vous m'avez... et vous m'aurez longtemps,
car je n'ai pas la moindre envie de prendre congé de
l'existence.

— Tu te trouves donc heureux comme tu es ?

— Pas complètement heureux, mais le bonheur
parfait n'est pas de ce monde. Il faut se faire une
moyenne et je suis content de ma part.

— Et tu comptes mener la même vie jusqu'à ce
que tu n'aies plus le sou ?

— Ma foi ! oui.

— Alors tu finiras comme moi... vieux garçon
ruiné...

— Que voulez-vous que j'y fasse, si c'est ma destinée ?

— Je veux... parbleu ! je veux que tu te maries.

Maxime éclata de rire si franchement que l'oncle
fit chorus et se versa un plein verre de sauterne,
que, cette fois, il avala d'un seul trait.

Ce dialogue se tenait dans la salle à manger du petit hôtel de la rue de Naples, et, le déjeuner tirait à sa fin, Maxime avait renvoyé son valet de chambre qui servait à table ; il était resté en tête à tête avec le commandant, et, au moment où il s'y attendait le moins, après beaucoup de joyeux propos, la conversation avait tout à coup tourné au sérieux, à son grand étonnement.

L'oncle Pierre n'aimait pas les sermons et son neveu n'en revenait pas de l'entendre prêcher ainsi.

Cet oncle aimable était un grand vieillard, sec, mince et droit comme un parapluie. Il n'avait perdu ni un cheveu, ni une dent et, n'eût été sa moustache blanche, on aurait pu le prendre pour un jeune homme.

On voyait bien qu'il se souvenait d'avoir été un superbe officier, car il soignait sa personne et sa tenue, comme au temps où il plaisait aux dames, et il n'était pas prouvé qu'il ne fît pas encore des conquêtes.

Il avait vraiment grand air, avec son port de tête un peu hautain et sa taille cambrée dans une redingote noire, agrémentée de la rosette d'officier de la Légion d'honneur.

Et, quoi qu'il en dît, il menait une existence agréable, reçu, recherché et fêté dans le meilleur monde, écouté à son cercle comme un oracle, aimé des débutants, qui le consultaient volontiers sur leurs affaires de cœur et chéri de son neveu qu'il traitait en camarade.

Aussi était-il resté gai comme un sous-lieutenant

et il ne lui arrivait guère de regretter tout haut la petite fortune qu'il avait jetée aux quatre vents du plaisir.

Sur quelle herbe avait-il marché en venant déjeuner chez le fils unique de sa sœur regrettée ? Chalandrey se le demandait et commençait à soupçonner qu'il y avait anguille sous roche ; mais il se garda bien de le pousser dans la voie des aveux. Il aimait mieux, comme on dit, le voir venir, sachant bien que ce vieux soldat allait toujours droit au but, quand il avait en tête un projet.

— T'imagines-tu que je plaisante ? dit ce brave oncle, après avoir bu ; ou bien, est-ce l'idée de te marier qui te fait pouffer de rire ?

— Non ; mais j'avais si peu prévu que vous poseriez, ce matin, au dessert, la question conjugale...

— C'est le moment où jamais. Où en es-tu de ton capital ?

— J'en ai encore pour cinq ans... au moins.

— C'est-à-dire qu'à trente ans, tu auras tout mangé. Moi, j'y ai mis plus de temps et j'étais beaucoup moins riche que toi. Mais je ne te blâme pas d'aller si vite. Quand on est décidé à se ruiner, il vaut mieux se ruiner de bonne heure, parce qu'on peut encore se refaire.

Du moins, c'était possible autrefois... on s'engageait et on avait la guerre de Crimée... la guerre d'Italie... le Mexique. Maintenant, tu mettrais sept ans à décrocher l'épaulette et tu serais retraité capitaine. Je rêve pour toi un autre avenir.

Je rêve de te voir épouser une femme riche et

charmante, qui te donnera de beaux enfants que je
ferai sauter sur mes genoux, en attendant que je leur
apprenne à monter à cheval.

— Je ne vous vois pas très bien dans ce rôle-là. Et
puis, je ne me sens pas encore mûr pour le mariage.

— Tu n'es donc pas las de courir les drôlesses?

— Mais, si. J'en ai par-dessus la tête.

— Eh! bien, alors?...

— Ah! voilà!... avec ces demoiselles, on est libre
de s'en aller quand on veut... en réglant la note...
C'est beaucoup plus facile que de divorcer.

— Oh! si tu te maries avec l'arrière-pensée de
divorcer, un jour ou l'autre, autant vaut rester garçon.

— C'est bien mon avis.

— Tu en changerais, si tu trouvais la femme qu'il
te faut.

— En auriez-vous, par hasard, une à me pro-
poser?

— Justement.

— Bon! je m'en doutais en vous écoutant discourir
sur les inconvénients du célibat. Eh! bien, mon
cher oncle, ne vous arrêtez pas en si beau chemin.
Nommez-moi celle qui doit faire mon bonheur.

Seulement, je vous préviens que, si je la connais,
je n'en voudrai pas.

— Et pourquoi?

— Parce que, de toutes celles que je vois dans le
monde où je vais, il n'y en a pas une qui me con-
vienne.

— Tu ne le connais pas. Elle ne fréquente pas les mêmes salons que toi.

— Où la rencontrez-vous donc ?

— Chez elle. J'y ai mes grandes entrées et avant-hier encore, j'y ai passé la soirée. Elle reçoit beaucoup et rien que des gens de très bonne compagnie. Elle ne sait même pas que tu existes; je ne lui ai jamais parlé de toi.

— Et vous vous imaginez qu'elle m'épouserait ?

— Parfaitement... si tu lui plaisais... et il ne tient qu'à toi d'essayer de lui plaire, car je te présenterai quand tu voudras.

— Elle est donc bien pressée de se marier ?

— Pas du tout. Elle est, au contraire, très difficile... et elle a le droit de l'être, d'abord parce qu'elle est très riche... et ensuite parce qu'elle est très belle, très intelligente et très bonne.

— Autant de raisons pour qu'elle m'éconduisît, si je m'avisais de poser ma candidature. Mais cette personne si avantagée n'est pas une jeune fille, je suppose ?

— Non. Elle est veuve depuis trois ans et elle n'a été mariée que six mois.

— Quel âge a-t-elle ?

— A peu près le même âge que toi. Ce serait le seul mauvais côté de ce mariage..., mais il y aurait tant de compensations... cent cinquante mille francs de rente, un cœur d'or, une figure charmante, un caractère excellent...

— Trop de qualités pour une femme seule, dit ironiquement Maxime. Quoi! pas un pauvre petit défaut?

— Si !... elle a la manie de la bienfaisance. C'est une passionnée de charité. Elle passe une partie de son temps à courir la ville pour assister les indigents... elle va soigner les malades à domicile.

— Diable ! je ne serais pas d'humeur à l'y aider. Mais si on n'a pas autre chose à lui reprocher...

— Il y a... l'origine de sa fortune. Son père l'a faite, cette fortune, on ne sait trop comment. Il spéculait sur les vins, sur les huiles... il spéculait sur tout... et il n'avait pas très bonne renommée. J'ai toujours pensé que c'était là ce qui avait poussé sa fille à se jeter dans les bonnes œuvres. Elle veut racheter les torts de ce père peu scrupuleux, la chère comtesse.

— Ah ! elle est comtesse ?

— Oui, puisqu'elle est veuve du comte de Pommeuse, un seigneur ruiné qui l'avait épousée pour ses écus et qui ne songeait qu'à la gruger.

— Attendez donc !... mais je l'ai, sinon connu, du moins entrevu, Pommeuse... c'était un triste sire... ne s'est-il pas tué en tombant de cheval au bois de Boulogne ?

— Oui, fort heureusement pour sa femme. Et pourtant, elle lui a fait l'honneur de le pleurer. Elle a porté son deuil, deux ans. C'est seulement cet hiver qu'elle s'est décidée à recevoir.

Maintenant, mon cher, te voilà renseigné et quand tu l'auras vue, tu conviendras que ma veuve est une merveille.

— La vue n'en coûte rien, dit gaiement Maxime ; et puisque vous tenez tant à me la montrer...

— Ce soir, si tu veux. C'est son jour. Dîne au cercle, je viendrai t'y prendre vers neuf heures et je te conduirai chez elle... avenue Marceau... un hôtel superbe...

— Comme vous voudrez, mon cher oncle... mais si nous passions au fumoir? Le café nous y attend et j'ai reçu, dernièrement, de la Havane, des *partagas* dont vous me direz des nouvelles.

Le commandant se leva et suivit son neveu, qui le conduisit dans un petit salon, meublé à l'orientale, où il passait volontiers une heure à fumer, après son déjeuner.

Ils allumèrent leurs cigares et Maxime, après avoir versé le café, s'établit dans un fauteuil, pendant que l'oncle se promenait à grands pas pour se dégourdir les jambes, après une longue station à table.

Il ne tarda guère à s'arrêter devant un portrait qui représentait un jeune homme en uniforme d'officier des guides.

— C'est étonnant comme tu te mets à lui ressembler, dit-il. Quand tu étais enfant, tu ressemblais à ma pauvre sœur, que tu n'as jamais vue, puisqu'elle est morte en te mettant au monde. A présent, tu me rappelles ton père; tu as sa voix, ses gestes... et beaucoup de son caractère. Tu n'en peux pas juger, car tu ne l'as guère connu.

— J'avais quinze ans, lorsque je l'ai perdu, et j'étais, depuis deux ans, au collège, en Angleterre.

— C'est moi qui t'ai ramené en France pour conduire le deuil.

— Je m'en souviens... je me vois encore, marchant à côté de vous derrière le cercueil. Nous pleurions tous les deux.

— Oui... je l'aimais bien, quoique nous n'ayons pas toujours vécu en bonne intelligence, murmura le commandant.

Puis, tout à coup :

— Tu n'as jamais su comment il est mort ? demanda-t-il.

— Je sais qu'il est mort subitement, répondit Maxime, tout étonné de cette question. Vous m'avez toujours dit qu'il avait succombé à la rupture d'un anévrisme.

— Oui, murmura le commandant, je l'ai dit cela, mais...

— Vous m'avez même dit qu'il était tombé, foudroyé, en se promenant, à Vincennes.

— Je ne pouvais pas te dire autre chose... tu n'étais qu'un enfant. On a trouvé, en effet, son corps dans le bois de Vincennes... et, comme il avait sur lui des cartes de visite avec son nom et son adresse, le commissaire de police a bien voulu ne pas l'envoyer à la Morgue.

— A la Morgue ! répéta douloureusement Maxime.

— C'est la règle en pareil cas. Mais on a ouvert une enquête, comme on le fait toujours, quand il y a eu mort violente...

— Ou accidentelle.

— Il ne s'agissait pas d'un accident.

— Quoi ! mon père se serait suicidé !

— Certainement, non.

— Ah ! je comprends !... il a été tué en duel.

— Peut-être.

— Comment, peut-être ?... Et pourquoi m'avez vous caché la cause de sa mort ?

— Parce que, je te le répète, tu étais trop jeune. Je me réservais de te l'apprendre plus tard... et je n'en ai rien fait... pour des motifs que je t'exposerai, tout à l'heure.

Maintenant que dix ans ont passé sur ce malheur, je puis bien te dire la vérité que peu de personnes ont connue, lors de la catastrophe.

Oui, il est plus que probable que ton père a été tué en duel. Il a reçu un coup de pointe en plein cœur et il avait mis habit bas pour se battre.

Dans la clairière où il gisait sur l'herbe, on n'a pas trouvé les armes dont les adversaires s'étaient servis ; mais l'examen de la blessure n'a laissé aucun doute. C'est une épée de combat qui lui a troué la poitrine.

— Le nom de son meurtrier ? s'écria Maxime, très ému.

— Voilà ce qu'on n'a jamais su... pas plus qu'on n'a su la cause de ce duel, ni les noms des témoins, si tant est qu'il y ait eu des témoins.

— S'il n'y en a pas eu, ce duel a été un assassinat.

— C'est ce qui n'a pas été prouvé, et la justice n'a pas donné suite à l'affaire. Malheureusement, ton père en avait eu beaucoup... affaires d'honneur, affaires de femmes... il allait sur le terrain pour un oui ou pour un non et ses bonnes fortunes lui avaient fait des ennemis... On a supposé qu'il avait dû subir les conditions d'un mari offensé qui aura exigé une rencontre sans témoins.

Tout cela était très difficile à t'expliquer, tu en conviendras, mon cher Maxime.

— J'en conviens... mais il y a longtemps que j'ai l'âge de raison.

— D'accord. Seulement, je n'osais pas aborder ce pénible sujet... et j'en suis à me demander pourquoi je viens de m'y décider tout à coup, après déjeuner.

Est-ce l'effet de ton sauterne?... non, je n'en ai bu que deux bouteilles. C'est plutôt parce que je ne dois plus avoir de secrets pour un neveu qui a atteint sa grande majorité et que je me suis mis en tête de marier bientôt.

Et puis... je te connais... si je t'avais conté trop tôt cette tragique histoire, tu aurais pensé immédiatement à venger ton père, et tu aurais perdu ton temps à chercher le coupable. Maintenant, il y a prescription et tu ne seras pas assez fou pour te lancer dans une chasse qui n'aboutirait à rien.

— Non... mais si jamais le hasard me mettait face à face avec cet homme, je lui ferais payer cher le coup d'épée qui a tué mon père.

— Tu n'aurais pas tort, et c'est la grâce que je te souhaite. J'espère que tu ne m'en veux pas de t'avoir révélé ce triste secret. Il pesait sur ma conscience et, depuis que je t'ai renseigné, je me sens soulagé.

A présent, parlons de choses moins lugubres. Nous irons, ce soir, chez la comtesse de Pommeuse ; mais que comptes-tu faire de ta journée?

— Je n'en sais trop rien. J'éprouve le besoin de me distraire et je n'ai pas le cœur à m'amuser. Je me contenterai probablement de prendre l'air en marchant, sans but, à travers Paris. C'est le remède que j'emploie toujours, quand je me sens déséquilibré.

— Pas mauvais, le remède. J'en use aussi quelquefois. Promène-toi, mon garçon ; ça te fera du bien. Seulement, n'oublie pas de rentrer pour t'habiller, avant dîner. Après, tu n'aurais pas le temps, puisque je viendrai te chercher à neuf heures.

— Soyez tranquille ; je serai prêt. Mon valet de chambre m'apportera au cercle de quoi faire ma toilette... comme tous les soirs.

— C'est juste. J'oubliais que tu es toujours en habit, à partir de sept heures. Moi, je me mets en grande tenue, quand je ne peux pas m'en dispenser. Je m'y mettrai, ce soir, et en attendant, je vais faire un tour du côté des fortifications.

— Voilà un singulier but de promenade !

— Mon cher, j'ai une amie qui habite le quartier des Épinettes. Elle loge dans une cité dont tu n'as certainement jamais entendu parler... la cité du Bastion... entre le chemin de fer de ceinture et le boulevard Bessières.

A cette indication fort inattendue, Maxime dressa l'oreille et se demanda un instant si son oncle allait lui parler de l'affaire du pavillon.

Mais M. d'Argental ajouta, en riant :

— Ne t'imagine pas que je vais courir le guilledou à la barrière ; l'amie en question est la ci-devant

cantinière de mon ancien régiment, le 3º chasseurs
d'Afrique. Elle a fait avec moi la campagne de Crimée et elle tient maintenant un gargot à l'enseigne
du *Lapin qui saute*. Elle a des moustaches et elle va
sur ses soixante ans. C'est une brave femme et j'aime
à causer du vieux temps avec elle. Nous l'appelions
là-bas la *mère* Caspienne et le surnom lui est resté...
Celle du 1ʳ chasseurs était la *mère* Noire... au 2º, il y
avait la *mère* d'Azof... ça me rajeunit quand je pense
à nos bêtes de calembours d'autrefois.

— Ils sont assez drôles, murmura le neveu, rassuré sur les intentions de son oncle, mais assez surpris d'apprendre que cet oncle fréquentait un quartier où la plus étrange aventure l'avait entraîné, tout
récemment, lui, Maxime de Chalandrey, qui n'allait jamais plus loin que le boulevard des Batignolles.

Après quelques autres propos militaires, le bon
commandant prit congé, et Maxime le vit partir
sans trop de regret, car il lui tardait d'être seul
pour donner audience aux pensées qui se pressaient
dans son esprit.

Depuis quelques jours, il avait déjà beaucoup réfléchi à l'histoire qui lui était arrivée et il persistait
dans la résolution de la garder pour lui, sans chercher à pénétrer les mystères du pavillon où il avait
vu étrangler un homme.

Il éprouvait bien quelque remords de se taire,
mais il en était presque arrivé à se persuader que
ces gens, y compris la dame masquée, avaient joué
devant lui une tragi-comédie, dont il n'apercevait

pas le but et qui ne l'intéressait pas personnellement.

Il n'avait rien lu dans les journaux qui se rapportât à cette affaire et il cherchait à l'oublier, lorsque le commandant était venu lui parler d'un drame qui le touchait de plus près.

Un clou chasse l'autre, dit le proverbe et, maintenant, Maxime pensait beaucoup plus à la fin lamentable de son père qu'à la belle inconnue.

Il n'avait pas eu le temps de l'aimer, ce père, mais il en avait gardé pieusement le souvenir et le récit de sa mort l'avait profondément ému.

Il aurait donné volontiers tout ce qui lui restait de fortune pour découvrir le meurtrier, non pas pour le dénoncer à la justice, mais pour lui appliquer la peine du talion, en le tuant d'un coup d'épée.

Malheureusement, il ne pouvait guère se flatter d'arriver à satisfaire sa juste vengeance et son oncle ne paraissait pas disposé à l'y aider.

Pour le moment, Maxime n'avait rien de mieux à faire que d'aller se promener, afin de se rafraîchir les idées, en attendant que sonnât l'heure de la présentation à cette comtesse de Pommeuse, tant prônée par l'ancien chef d'escadron.

Chalandrey se défiait quelque peu des appréciations enthousiastes de ce vieux soldat, mais il ne lui déplaisait pas de les contrôler en se laissant conduire chez la belle veuve de l'avenue Marceau.

Il pouvait bien faire cette concession à un excellent homme qui l'aimait beaucoup, et d'ailleurs, il ne risquait pas grand'chose, car il avait assez vécu pour ne s'enflammer qu'à bon escient.

Ce n'était guère qu'à ses moments perdus qu'il songeait à se marier, mais il n'y répugnait pas absolument, car la vie de garçon commençait à lui peser.

Du reste, Maxime n'avait de parti pris sur rien. Sa devise était : « Tout finit toujours par s'arranger », et, en conséquence, il se laissait aller au cours des événements, de sorte que c'était le hasard qui gouvernait son existence.

Ce système l'avait déjà mené loin et devait le mener plus loin encore, pour peu qu'il continuât à le mettre en pratique.

Par extraordinaire, s'étant levé de bonne heure, ce jour-là, il était déjà habillé et, après avoir donné à son valet de chambre ses ordres pour le soir, il s'empressa de sortir.

On était à la fin de l'hiver et il faisait un temps superbe, un de ces temps clairs qui poussent hors de leurs logis les Parisiens désœuvrés.

Sans trop savoir où il irait flâner, Maxime commença par descendre la rue du Rocher.

Il n'était point d'humeur à s'en aller revoir le quartier excentrique vers lequel son oncle se dirigeait, en ce moment, et comme il ne cherchait qu'à se distraire, il s'achemina instinctivement vers le boulevard des Italiens, sauf à pousser, après, jusqu'aux Champs-Élysées où il était sûr de voir passer de brillants équipages.

Il se sentait heureux de vivre et il oubliait peu à peu les tristes confidences du commandant qui l'avaient pourtant fortement remué.

Depuis son aventure du pavillon, il n'était guère sorti qu'en voiture, et il prenait plaisir à marcher sur les pavés secs en respirant à pleins poumons l'air vif d'une journée printanière.

Maxime de Chalandrey était ainsi fait que les impressions les plus vives ne le troublaient jamais longtemps.

Et, du reste, pourquoi se serait-il complu à méditer sur la mort tragique de son père, puisqu'il n'espérait pas le venger?

Il pensait encore moins à la rencontre qu'il avait faite, trois jours auparavant, dans cette même rue du Rocher; mais elle lui revint en mémoire, lorsqu'il reconnut la maison d'où la dame voilée était sortie et il s'arrêta un instant pour examiner le point de départ d'une série d'événements bizarres.

Elle avait l'apparence la plus bourgeoise du monde, cette maison, et pas du tout l'air mystérieux.

Quatre étages, quatre fenêtres à chaque étage; deux boutiques au rez-de-chaussée, une porte à deux battants dont l'un était ouvert, un corridor assez large au fond duquel on apercevait les premières marches d'un escalier.

Était-ce là le domicile de la dame? Maxime en doutait, et il n'était pas à même de s'en informer.

Demander des renseignements au concierge sur une personne dont il ignorait le nom et dont il n'avait pas vu le visage, c'eût été perdre sa peine.

Il reconnut aussi le mur contre lequel il avait entrevu un homme adossé et il remarqua que ce mur soutenait la terrasse d'un jardin qui dominait la rue.

Puis, il se souvint tout à coup de sa rencontre avec son ancien camarade Lucien Croze et il se reprocha d'avoir totalement oublié ce brave garçon.

— Je l'ai invité à déjeuner pour demain dimanche, murmura-t-il ; c'est fort heureux que j'y aie pensé aujourd'hui... Il me semble même qu'il a été question d'une promenade à Sèvres et à Saint-Cloud, en accompagnie de sa sœur... Eh ! bien, au fait, pourquoi pas?... Ce sera champêtre et vertueux... ça me changera et ça m'amusera peut-être mieux que la soirée de madame de Pommeuse.

Elle ne me dit rien qui vaille, cette comtesse.

Épouser une veuve, ce n'était pas précisément ce que rêvait Maxime de Chalandrey et si, pour en finir avec la vie qu'il menait, il se décidait à passer par la porte solennelle du mariage, une jeune fille aurait beaucoup mieux fait son affaire.

Il se serait même contenté d'une liaison sérieuse avec une femme digne d'être aimée. Quoi qu'il en eût dit à son oncle, ce moyen terme correspondait à ses aspirations secrètes et il ne désespérait pas de rencontrer, par hasard, ce qu'il cherchait sans empressement.

Il ne s'attarda point devant la maison qui venait de lui rappeler une aventure bien plus imprévue que la rencontre souhaitée, et il continua sa promenade hygiénique sans se demander où le mènerait la prolongation de cet exercice.

Il arriva bientôt au boulevard, et là, au lieu de se

diriger vers les Champs-Élysées, comme il y avait
songé un instant, il s'engagea dans l'avenue de l'O-
péra, à la suite d'une personne agréablement tour-
née qui venait de prendre ce chemin.

Maxime n'avait pas le projet de l'aborder, mais
quand on ne sait où on va, il est amusant de se
laisser conduire par une femme qui ne s'aperçoit pas
qu'on la suit.

Et celle-là ne paraissait pas s'en douter.

Elle filait, sans se retourner, de ce pas vif et
décidé auquel on reconnaît les Parisiennes de race.

L'Anglaise avance résolument, comme un grenadier qui monte à l'assaut. L'Américaine court. La
provinciale hésite et s'arrête pour consulter le com-
missionnaire du coin qui lui indique la première à
gauche et la troisième à droite. La Parisienne seule
sait marcher.

Maxime ne pouvait pas s'y tromper et il était fort
expert en l'art de suivre une femme sans la compromettre. C'est toute une stratégie. Il y a deux écueils
à éviter : si on suit de trop loin, on risque de perdre
la piste ; si on suit de trop près, on risque d'effaroucher la dame.

L'abordage est encore plus difficile, et il y a bien
des façons de s'y prendre, sans compter celle qu'on
ne peut employer qu'avec les promeneuses de bonne
volonté.

Mais Maxime, ce jour-là, suivait pour le plaisir
de suivre et d'examiner une jolie allure féminine,
comme il se serait plu à regarder trotter un beau
cheval bien dressé.

La taille était fine, la toilette élégante.

Un vrai régal pour les yeux d'un connaisseur.

Maxime n'en demandait pas davantage. Pour voir
la figure de cette nouvelle inconnue, il n'aurait eu
qu'à accélérer le pas jusqu'à ce qu'il l'eût dépassée,
mais il aimait autant ne pas se presser, de peur
d'une déception.

Il n'était pas impossible, après tout, qu'elle fût
laide et il tenait à conserver ses illusions le plus
longtemps possible.

Du reste, il pensait qu'elle finirait bien par s'arrêter devant la vitrin) d'une boutique et qu'il pourrait,
en passant, la dévisager d'un coup d'œil.

Il se contenta donc de lâcher la bride à son imagination et de se figurer qu'il suivait une duchesse
adorablement belle.

Cette fois, il n'avait pas à redouter que la poursuite se terminât par un drame. L'avenue de l'Opéra
ne ressemble pas du tout au boulevard Bessières, et
on n'y voit que de majestueuses maisons gardées par
d'imposants concierges, des immeubles respectables
où il ne se tient pas de conciliabules de bandits et où
on n'étrangle personne.

Il y a bien, dans les rues adjacentes, de vieilles
bâtisses qui ont échappé à la pioche des démolis-
seurs, lors du percement de la nouvelle avenue. Il
est resté, à droite et à gauche de cette large voie, des
tronçons de l'ancien quartier de la butte Saint-Roch,
qui a toujours été mal habité.

Mais Maxime ne pouvait pas supposer que la dame
allait s'engager dans une de ces ruelles. Les pieds

mignons qui foulaient si allègrement l'asphalte du large trottoir de l'avenue n'étaient pas faits pour aller se meurtrir sur les pavés inégaux de ces chemins étroits.

Aussi fut-il assez étonné de la voir tourner tout à coup par la rue Saint-Roch qui ne paie pas de mine, et peu s'en fallut qu'il n'abandonnât la chasse.

Il suivit pourtant, toujours poussé par le désir de savoir où allait cette élégante marcheuse.

Aux Tuileries, peut-être, où le beau temps attire toujours beaucoup de monde; et si elle s'asseyait dans le jardin, il pourrait la voir tout à son aise et même trouver l'occasion de lui parler.

Il en fut pour ses peines.

Arrivée à la hauteur de l'église, elle s'arrêta brusquement et se retourna pour s'assurer que personne n'était à ses trousses.

Elle aperçut Maxime qui s'était beaucoup rapproché, et elle s'éclipsa. Il entendit tinter la sonnette d'une barrière à claire-voie, et il comprit qu'elle s'était jetée dans une allée.

Ce fut si vite fait qu'il put à peine entrevoir sa figure, à demi cachée par une voilette.

Il avança vivement et il se trouva devant un corridor sombre, dont une clôture mobile barrait l'entrée, mais la dame avait déjà disparu dans les profondeurs de ce couloir.

Peu disposé à l'y poursuivre, il recula jusqu'au milieu de la rue et, en levant les yeux, il constata que celle qu'il prenait pour une grande dame s'était réfugiée dans une maison borgne.

Façade vermoulue, fenêtres sans persiennes, toit déjeté : tout cela sentait la misère et le vice.

— Parbleu ! dit-il entre ses dents, je n'ai pas de chance avec les inconnues ! L'autre jour, j'en ai protégé une qui m'a entraîné dans un coupe-gorge ; celle-ci vient d'entrer dans un bouge. Au diable les rencontres ! Je me priverai désormais de ces divertissements-là !... et cette fois, je ne pousserai pas plus loin l'aventure.

C'est dommage !... elle m'amusait et, autant que j'ai pu en juger, cette fille était jolie.

Mon oncle se moquerait de moi, s'il me voyait contemplant, tout penaud, l'entrée de ce taudis. Il prendrait texte de ma déconvenue pour me vanter encore le mariage et ses agréments. Il procéderait par comparaison et il aurait beau jeu, car j'aime à croire que sa belle veuve ne court pas les rues de Paris, à pied, toute seule, comme une bourgeoise dévoyée.

Mais il aurait beau dire. Je ne serai jamais qu'un fantaisiste.

Sur cette conclusion, peu rassurante pour son avenir, Maxime se remit en route, non sans avoir donné un dernier coup d'œil à l'allée noire qui devait aboutir à un escalier fangeux conduisant à des logements garnis.

Il suivit la rue Saint-Roch jusqu'au bout et il éprouva une certaine satisfaction à déboucher dans la rue de Rivoli, tout ensoleillée.

Il la remonta, toujours sans dessein arrêté, jusqu'aux guichets de la place du Carrousel et là, l'idée

lui vint d'entrer au musée du Louvre pour compléter cette promenade au hasard.

Il avait deux heures à perdre avant de se rabattre
sur le cercle, où il comptait, avant d'y dîner, tâter
un peu la veine qui lui tournait le dos depuis quelques jours. Autant valait employer ces deux heures
à passer en revue des chefs-d'œuvre.

Maxime n'était pas aussi connaisseur en tableaux
qu'en femmes, mais s'il n'avait pas un goût passionné pour la peinture, il aurait pu dire : « Je ne la
crains pas », comme le roi Charles X, à qui on demandait s'il aimait la musique.

Maxime appréciait toutes les belles choses ; il admirait les grands peintres du seizième siècle. Il sentait la musique de Mozart et il savait par cœur
beaucoup de vers.

Il lui était même arrivé quelquefois d'en faire,
mais il s'en cachait comme d'un ridicule, car il vivait dans un monde où il est de mode de mépriser
les lettres et les lettrés.

En ce moment, du reste, il n'avait pas l'esprit
tourné à la poésie, et depuis sa mésaventure de la
rue Saint-Roch, il s'était repris à réfléchir à sa situation qui ne pouvait pas manquer de s'embarrasser
de plus en plus, s'il continuait à manger son fonds
avec son revenu.

Il s'apercevait aussi que tout commençait à l'en-
nuyer et qu'en changeant d'existence, il n'aurait rien
à regretter, pas même sa liberté dont il faisait un si
sot usage.

Il se disait cela en montant l'escalier du musée,

mais ses velléités de conversion n'étaient jamais de longue durée, et il fut bientôt distrait par le spectacle que présentait le salon carré qui précède la grande galerie.

Les visiteurs n'y étaient pas nombreux : des étrangers circulant, le livret à la main, et quelques flâneurs, venus là pour tuer le temps, comme ils seraient allés voir juger des prévenus en police correctionnelle.

En revanche, les copistes foisonnaient. Ce n'était, de tous côtés, que chevalets dressés devant les tableaux illustres.

Il y en avait trois devant l'Antiope du Corrège et quatre devant l'Assomption de Murillo.

Et les pinceaux allaient, maniés activement par des artistes des deux sexes : rapins fourbus exécutant une commande obtenue à grand'peine ; demoiselles hors d'âge copiant des anges et des vierges et, par ci par là, quelques fillettes travaillant pour apprendre, sous la surveillance de mères attentives.

Les femmes étaient là en majorité, — surtout des vieilles, — cachant sous de longs sarreaux leurs robes élimées : pauvres diablesses, réduites à gagner leur pain, en barbouillant, pour les revendre à des brocanteurs juifs, des toiles achetées à crédit.

Les ateliers sont gais, mais tout ce monde était triste. On ne causait pas ; on peinait à la besogne et, du haut de leur cadre, les magniques seigneurs vénitiens des noces de Cana, semblaient prendre en pitié ces parias de l'art qui cherchaient à imiter, pour vivre, l'inimitable Véronèse.

4.

Pas un frais minois parmi ces travailleurs à la tâche. Maxime n'en put découvrir un seul et, comme cet encombrement le gênait pour regarder les tableaux, il passa dans la galerie.

Les chevalets y étaient plus rares et il poussa tout d'abord jusqu'à la travée des maîtres Flamands qu'il aimait presque autant que les maîtres Vénitiens.

Là se dressaient des échafaudages devant les immenses toiles où Rubens a représenté allégoriquement le mariage de Marie de Médicis, et des copistes, grimpés sur des échelles, s'escrimaient à les reproduire, en forçant les couleurs.

Ces travaux gigantesques n'intéressaient pas beaucoup plus Maxime que ceux des peintres en bâtiments et il allait passer outre lorsqu'il avisa, assise sur un tabouret, près de l'embrasure d'une fenêtre donnant sur le quai, une jeune fille occupée à copier un portrait placé sur la cimaise, un portrait de femme où on reconnaissait à première vue la main du maître Anversois.

Maxime eut comme un éblouissement, et ce n'était pas le portrait qu'il regardait, c'était l'artiste.

Elle était adorable avec ses cheveux blond-cendré, ses yeux bruns et son teint dont la blancheur semblait avoir été dorée avec un rayon du soleil.

Cette merveille de beauté n'avait certainement pas vingt ans, et Maxime, cloué sur place par l'admiration, se plaça de façon à la contempler, sans trop se faire remarquer.

Il lui était arrivé de s'enflammer à première vue

pour une femme, mais jamais au point d'en perdre la tête.

Cette fois, c'était le coup de foudre, et il se disait :

— La voilà, celle que j'aimerai !

C'était aller un peu vite, et l'oncle d'Argental n'aurait pas manqué de hausser les épaules s'il eût entendu son neveu dire tout haut ce qu'il pensait tout bas.

On se trompe souvent lorsqu'on juge sur l'apparence. Maxime ne savait pas du tout si cette admirable jeune fille était honnête, et il était permis d'en douter, car une demoiselle bien élevée ne va guère sans sa mère, ou du moins sans une femme plus âgée qu'elle, et celle-là était venue, seule, peindre dans cette galerie publique, où les oisifs pouvaient la regarder sous le nez et lui tenir des propos inconvenants.

Il fallait qu'elle eût été accoutumée de bonne heure à se protéger elle-même, à moins qu'elle n'eût déjà jeté son bonnet par-dessus les moulins, supposition que démentaient son attitude et l'air de son visage.

On aurait pu lui appliquer les qualificatifs employés par La Bruyère, l'immortel auteur des *Caractères*: « si jeune, si belle et si sérieuse. »

Elle travaillait avec tant d'ardeur qu'elle ne s'était pas encore aperçue que Maxime la dévorait des yeux.

Il ne se gênait pourtant pas beaucoup pour la regarder et il mourait d'envie de lui adresser la parole, mais il ne savait comment s'y prendre.

C'était bien la première fois de sa vie qu'une femme l'intimidait, et il n'avait pas son pareil pour engager adroitement une conversation avec une inconnue.

La circonstance s'y prêtait d'ailleurs et les entrées en matière ne manquaient pas : un éloge murmuré discrètement ; une phrase enthousiaste à propos de l'éclatant coloris de Rubens. Maxime n'avait que l'embarras de choix.

Maxime hésitait pourtant. Les peintres, perchés à quelques pas de là, le gênaient.

Il s'était approché sournoisement et il tournait autour du chevalet de la jeune fille, comme un papillon de nuit tourne autour d'une lampe, dont la flamme finit par lui brûler les ailes.

Elle ne tarda guère à remarquer ce manège et sans y mettre d'affectation, elle se leva pour aller causer avec un artiste à barbe grise, qui venait de descendre de son échelle et qu'elle paraissait traiter en camarade.

Maxime en était presque jaloux, mais il eut une idée. Ce qu'on n'ose pas dire, on ose l'écrire et il avait en poche un carnet qui ne lui servait guère qu'à marquer ses différences de jeu.

Rien ne l'empêchait de profiter de l'occasion pour rédiger un billet doux et le déposer sur le tabouret vacant où elle le trouverait en reprenant sa place.

Comment le rédiger, ce billet? une proposition trop directe aurait tout gâté et il aurait eu honte de tourner un compliment banal.

Il s'avisa tout à coup de le mettre en vers, ce compliment, et pour l'improviser, il s'enfonça dans l'embrasure de la fenêtre, où tout en faisant semblant de regarder la Seine, il traça au crayon, sans trop tâtonner, ces huit lignes pensées et rimées à la diable :

> Rubens, le grand Rubens, dont la main magistrale
> A peint cette Flamande à la beauté royale,
> S'il eût vu vos grands yeux et si fiers et si doux,
> Pour modèle en son temps, n'aurait choisi que vous.
> L'art, depuis deux cents ans, vous eût faite immortelle.
> Mais je ne pourrais plus vous adorer, ma belle...
> Quand le cœur ne bat plus, à quoi sert de charmer?
> Mieux vaut être vivante et se laisser aimer.

Quand ce fut écrit, il relut ses vers et il n'en fut pas mécontent. Ils n'étaient pas bons, mais en fait de poésie, les femmes ne sont pas difficiles, pourvu que le poète leur plaise.

Et Maxime avait beaucoup de raisons de croire qu'il leur plaisait.

Il fallait maintenant que le message arrivât à son adresse. L'auteur du madrigal détacha la feuille de son carnet, la plia en quatre, passa d'un air indifférent devant le chevalet et plaça le billet sur la planchette qui supportait la toile.

La destinaire n'y vit rien. Elle était occupée à causer de l'autre côté de la galerie et elle tournait le dos à son tableau.

Maxime n'avait plus qu'à attendre l'effet de sa déclaration en vers de douze syllabes.

Il pensait bien que, après l'avoir lue, la charmante blonde n'allait pas venir lui demander des explications, mais il comptait qu'il arriverait de deux choses l'une : ou payant d'audace, elle se remettrait au travail, comme si de rien n'était ; ou bien, au contraire, elle plierait bagage pour couper court aux tentatives galantes d'un inconnu.

Et, dans les deux cas, il comptait l'aborder, ou sur place, ou à la sortie du musée.

Ce serait beaucoup moins embarrassant, car il n'y a que le premier pas qui coûte et le premier pas était fait.

Maxime, en attendant le moment propice, s'éloigna un peu, se planta devant un des immenses Rubens et feignit de s'absorber dans la contemplation des plantureuses néréides qui nagent autour du vaisseau de la reine Marie de Médicis débarquant à Marseille.

Il surveillait du coin de l'œil la jeune fille, afin de surprendre sur son visage l'impression que produirait la lecture du billet rimé.

La mine était chargée ; il voulait la voir éclater.

Il fut servi à souhait.

A peine assise, la demoiselle blonde aperçut le papier, le déplia, le lut, rougit, releva la tête, et ses yeux rencontrèrent ceux de Maxime qui lui lançait des regards passionnés.

L'effet fut immédiat.

Elle quitta encore une fois la place qu'elle venait de reprendre, ôta vivement son tablier de travail. mit son chapeau et fit signe au pointre grisonnant qui était remonté sur son échelle et qui s'empressa d'en descendre.

Maxime n'entendit pas ce qu'ils se dirent, mais il les vit s'acheminer côte à côte vers le salon carré.

Évidemment la jeune fille s'en allait pour ne plus revenir, ce jour-là, et par prudence elle se faisait escorter jusqu'à la sortie du musée par un homme assez âgé pour lui servir de chaperon.

La question était tranchée. Maxime s'était adressé à une vertu farouche qui n'entendait pas qu'on lui fît la cour.

Il aurait pu la suivre, mais il n'osa pas de peur de devenir ridicule.

Que lui aurait-il dit, après cette première attaque manquée ? Il s'y était mal pris, parce qu'il l'avait mal jugée. C'était un siège à refaire ; un siège qui nécessiterait de longs travaux d'approche. Mais la tranchée était ouverte et l'asssaillant ne renonçait pas à l'espoir de venir à bout de la défense.

Sa déclaration était un peu vive, mais la poésie autorise bien des licences, et après tout, elle ne contenait rien d'offensant.

La jeune fille d'ailleurs n'avait pas déchiré le billet et il était permis de supposer qu'elle le garderait.

Il s'agissait pour Maxime de se faire pardonner un début trop brusque, en se montrant désormais plus respectueux.

Elle reviendrait certainement au Louvre, le lendemain, puisque sa copie n'était pas achevée. Il ne tenait qu'à lui de revenir aussi, de revenir tous les jours, en se contentant de l'admirer d'un peu loin, jusqu'à ce qu'il crût pouvoir se permettre de la saluer discrètement, comme on salue une personne qu'on rencontre souvent au même endroit.

Tant d'assiduité et tant de réserve finiraient sans doute par la toucher et avec le temps, il en arriverait peut-être à se faire écouter d'elle.

Il comptait bien aussi se renseigner en attendant.

Les gardiens du musée devaient la connaître et son nom était probablement inscrit au secrétariat de la direction qui délivre les permis de copier.

Et une fois fixé sur la situation personnelle de la jeune artiste, Maxime pourrait pousser les choses plus loin.

Il n'aurait certes pas pris la peine de combiner des plans pour la revoir, s'il n'avait songé qu'à s'embarquer dans une amourette sans conséquence. Mais il sentait qu'il n'oublierait jamais cette figure de jeune fille, alors même qu'il ne la reverrait plus.

Et il comptait bien la revoir dans cette galerie où son avenir venait de se décider, à cette place où elle avait laissé son petit bagage d'artiste, sa toile, sa palette, sa boîte à couleurs et son tabouret.

Pour le moment, il n'avait plus rien à faire là, puisqu'elle était partie, et il s'en alla aussi.

A la porte du salon carré, il se croisa avec le peintre qui s'en revenait tout seul, après l'avoir accompagnée, et il lui sembla que ce rapin hors d'âge le regardait d'un air goguenard.

— Pourvu qu'elle ne lui ait pas montré mes vers se dit Maxime, en hâtant le pas afin de ne pas céder à la tentation de lui demander des explications.

Une fois qu'il fut hors du Louvre, il jugea qu'il avait assez marché et il arrêta un flacre pour se faire conduire à son cercle où il pourrait rêver à la blonde enfant qui occupait toutes ses pensées.

Ce cercle, situé près de l'Opéra, n'était pas le plus aristocratique de Paris. On y recevait d'emblée des gens qu'on aurait criblé de boules noires, s'ils avaient tenté de se faire admettre au Jockey-Club ou à l'Union.

Il comptait plusieurs centaines de membres et, dans le nombre, il s'en trouvait quelques-uns d'une honorabilité contestable.

Mais c'était un des plus vivants et un de ceux où on jouait le plus cher.

Maxime qui s'y plaisait, à cause des fortes parties, en était quitte pour y trier ses compagnies. Il y rencontrait beaucoup de gens auxquels il n'adressait jamais la parole et dont il ne savait même pas le nom. Mais il y voyait aussi des hommes très bien posés dans le monde et des clubmen très en vue, attirés là, comme Maxime de Chalandrey, par le gros jeu.

Quand il y arriva, ce n'était pas encore l'heure où sévit le baccarat, quoiqu'il commençât assez souvent avant le dîner, pour reprendre plus vigoureusement vers minuit.

Il ne vit que des joueurs de whist, attablés au fond du grand salon, et quelques causeurs groupés autour de la cheminée.

Chalandrey s'établit, près d'eux, dans un vaste fauteuil à dossier renversé et ferma les yeux pour mieux évoquer l'image de la jeune fille du Louvre.

Malheureusement, il ne pouvait pas fermer ses oreilles et il entendait les propos qui se croisaient autour de lui.

Ces messieurs parlaient des nouvelles du jour et surtout des scandales récents. Ils faisaient bon marché de la réputation des femmes et ils traitaient les plus haut placées comme de simples horizontales.

Ils ne ménageaient pas non plus les hommes. A les en croire, personne n'était honnête.

Maxime, accoutumé à ces dénigrements, n'y prêtait pas grande attention, sachant bien que la médisance et même la calomnie défraient la plupart des conversations parisiennes; mais il n'était pas fâché de constater que, au lieu d'avoir une maîtresse dans le grand monde, mieux vaudrait aimer une ouvrière, dont les oisifs des clubs ne disaient jamais de mal, par l'excellente raison qu'ils ne la connaissaient pas.

— Messieurs, dit tout à coup un grand garçon, très répandu et toujours très bien informé, je vais vous en apprendre une raide...

— Est-elle plus raide que l'histoire de la petite baronne, demanda en riant un boursier, qui avait la spécialité de raconter les fredaines des femmes titrées.

— La mienne n'est pas du même genre, mais elle va vous plonger dans la stupéfaction. Avez-vous lu dans les journaux un fait divers où il est question d'un cadavre qu'on a ramassé dans le fossé des fortifications, près de la porte de Clichy?

Chalandrey, à ces mots, leva la tête et écouta avec plus d'attention.

— Eh! bien, ricana le boursier, ça arrive tous les jours, ces choses-là, et si c'est là votre fameuse nouvelle...

— Attendez un peu, dit le jeune homme bien informé. Ce cadavre est celui d'un monsieur qu'on a étranglé... à telles enseignes qu'il avait encore au cou la corde qui a servi à le pendre.

— A moins qu'il ne soit pendu lui-même.

— On a la preuve du contraire. Il s'agit d'un beau crime. Le mort était élégamment vêtu et, comme on n'a trouvé sur lui ni cartes de visites, ni lettres, ni papiers d'aucune sorte, on l'a porté à la Morgue.

— Naturellement!... Je persiste à déclarer qu'elle n'est pas curieuse du tout, votre histoire.

— Laissez-moi l'achever. Aujourd'hui j'ai déjeuné chez un ami qui a le tort de demeurer dans l'île Saint-Louis. J'y suis allé à pied et, en passant devant la Morgue, j'ai eu l'idée d'y entrer.

— Bon ! et après ?

— Le monsieur y était, couché sur une dalle... et je l'ai reconnu...

— Ah! bah!

— Parfaitement... et si vous y allez, vous le reconnaîtrez aussi, car vous l'avez vu, ici, au cercle.

— Pas possible !

— C'est comme je vous le dis. Il n'y venait pas très souvent, mais il s'y montrait quelquefois.

— Comment s'appelle-t-il?

— Je n'ai jamais su son nom et très probablement

vous ne le savez pas non plus. Nous sommes six
cents membres de notre club des Moucherons et,
pour ma part, je n'en connais pas cent... mais je vais
vous décrire celui-là : un blond, qui avait un teint
de papier mâché et d'assez bonnes façons... avec un
air en dessous, tout à fait déplaisant.

— Est-ce qu'il jouait ?

— Je ne l'ai jamais vu tenir les cartes ; mais il
pariait assez souvent, à l'écarté, et quand il taillait le
baccarat, il se tenait volontiers derrière le banquier.
On lui a même fait à ce sujet des observations qu'il
a très bien prises.

— Oui... maintenant j'ai une vague idée de ce personnage... Il m'a toujours semblé suspect.

Qui diable l'avait présenté ?

— Je me le demande... Le gérant doit le savoir...
et du reste, ça m'est bien égal.

— Alors, vous n'avez pas fait votre déclaration au
greffe de la Morgue ?

— Pas si bête. Je ne me mêle jamais de ce qui ne
me regarde pas... et je n'ai aucune envie de m'attirer
des tracasseries. Ma tranquillité avant tout.

— Je comprends ça... mais cependant, s'il y a eu
crime et si on ouvre une instruction, vous serez
interrogé.

— Pourquoi, moi...! plutôt que vous ou n'importe
quel membre du cercle ? C'est l'affaire de la police de
découvrir que cet individu en était, du cercle... et de
rechercher les gens qu'il y connaissait. Moi, je ne lui
ai jamais parlé. Il est probable d'ailleurs que ce n'est
qu'un coquin de moins et que l'enquête n'aboutira pas.

— Etonnant de philosophie, ce Goudal! — Le narrateur s'appelait Goudal. — Il parle d'un assassinat nouveau, comme il parlerait des débuts d'une chanteuse de café-concert!

— Eh! mon cher, s'il fallait s'émotionner à propos d'histoires pareilles, on en tomberait malade. Et puis, qu'est-ce que ça me fait que cet homme ait été des nôtres?... quel est donc le cercle où il n'y a pas des messieurs qui sortent on ne sait d'où? Et vous imaginez-vous qu'ici, il n'y en a pas d'autres que celui-là? Notre comité reçoit à tort et à travers et il n'y a pas de jour où je n'aperçoive au jeu des figures nouvelles. Nous ne sommes pas une réunion fermée; oh! non!... on entre chez nous un peu comme au moulin. C'est même ce qui fait que la partie est si belle. Quand les pontes sont écœurés d'avoir trop perdu, il en arrive d'autres.

— Et avec ce va-et-vient perpétuel, on n'est jamais sûr de ne pas être volé.

— Un petit mal pour un grand bien. C'est à nous d'ouvrir l'œil sur les messieurs qui trichent. Et si nous étions moins nombreux, vous n'auriez pas pour six francs des dîners que vous paieriez un louis au restaurant.

— Le fait est que la cagnotte a dû fortement s'engraisser, hier. Il y avait là un étranger qui a mis cinq cents louis en banque et qui en a emporté quatre mille.

— Un nouveau venu?

— Oui... un Américain, m'a-t-on dit. Il parle pourtant le français comme un Parisien pur sang. Mais il

a la tête d'un homme qui a fait la traite des nègres...
à moins qu'il n'ait été pirate.

C'est un rude veinard. Il abattait à tous les
coups.

— Elle ne durera pas toujours, sa veine.

— Vous pourrez la suivre. Il a annoncé qu'il
reviendrait, ce soir. Je crois même qu'il dînera ici.

Maxime ne perdait pas un mot de cette conversation qui avait déjà changé d'objet et il se préoccupait
surtout des propos du commencement.

Ce cadavre, ramassé près de la porte de Clichy,
devait être celui du malheureux à la mort duquel il
avait assisté, caché derrière un rideau.

Les assassins qui projetaient de l'enterrer ou de
le laisser accroché au mur d'un souterrain s'étaient
ravisés, puisqu'ils l'avaient jeté dans le fossé des fortifications ; mais le crime avait été consommé et
Maxime ne pouvait plus se figurer que ces scélérats
s'en étaient tenus à un simulacre de pendaison destiné à effrayer la femme qu'ils avaient surprise dans
le pavillon.

Et il se trouvait que l'individu jugé, condamné et
exécuté sommairement faisait partie du cercle des
Moucherons.

Maxime ne se souvenait pas de l'y avoir jamais vu,
mais ce Goudal n'avait aucun intérêt à mentir en
cette affaire, et Maxime se disait que la police arriverait certainement à découvrir le nom du mort, ses
antécédents, ses relations ; qu'elle finirait par mettre
la main sur ces coquins, affiliés à une œuvre de
malfaisance dont il ne connaissait pas le but précis ;

peut-être même sur la femme à laquelle ils avaient
fait grâce.

Mais il se flattait encore que lui, Chalandrey, ne
serait pas inquiété.

Personne ne l'avait vu entrer dans l'enclos palis-
sadé ; personne ne l'en avait vu sortir. La belle
inconnue elle-même ne se doutait pas qu'il était là,
lorsque le président des assassins l'avait forcée à
tirer sur la corde pour achever le patient ; et l'eût-elle
su, elle se serait bien gardée de parler à qui que ce
fût d'une aventure où elle avait joué un triste
rôle.

Chalandrey n'avait donc rien à craindre et pourtant il n'était pas rassuré. Il se sentait entouré d'ennemis invisibles, à peu près comme l'Angelo, tyran
de Padoue, du drame de Victor Hugo.

Ce cercle, où il était si assidu, comptait peut-être
parmi ses membres d'autres associés de la même
bande et il suffisait, pour éveiller leurs soupçons,
qu'il laissât échapper devant eux une parole imprudente.

Il allait être forcé de s'observer, lui, l'indépendant
et insoucieux garçon à qui toute contrainte était
insupportable.

Aussi pensait-il sérieusement à changer d'existence : à cesser de fréquenter ce club équivoque et à
se consacrer tout entier à ses nouvelles amours.

Au lieu de chercher à percer des mystères qui ne
le touchaient pas directement, ne ferait-il pas mieux
de s'enquérir de la blonde aux yeux noirs et de s'ef-
forcer de lui plaire, sauf à se rabattre, s'il n'y par-

venait pas, sur la veuve accomplie dont le commandant d'Argental lui vantait les mérites.

Pendant qu'il se montait la tête sur les avantages d'un prochain retour à une vie moins décousue, un monsieur entra dans le salon, flanqué de deux autres que Maxime avait souvent vus au jeu.

Ce monsieur qu'il ne connaissait pas était un homme de quarante à quarante-cinq ans, solidement bâti et portant barbiche au menton, — sans moustache, — à la mode américaine : une vraie figure de Yankee, osseuse, anguleuse et tannée par le soleil.

— Parbleu ! dit à demi-voix Goudal, le proverbe a raison : quand on parle du loup... voici le grand vainqueur qui a raflé cette nuit trois mille cinq cents louis. Je vous avais annoncé qu'il reviendrait. Vous voyez qu'il ne perd pas de temps. Il est à peine cinq heures...

— Et il s'en va tout droit au salon rouge pour y poser une banque, acheva le boursier.

— Il y trouvera à qui parler. Il y a là-bas des gens qui le guettent pour tâcher de se rattraper.

— Et qui vont encore se faire tondre. Cet Atkins ne peut pas perdre.

— Vous croyez donc qu'il triche ?

— Je n'en sais rien... mais avez-vous remarqué sa physionomie ? Il a des yeux d'oiseau de proie...

— Et des mains crochues. Je ne me frotterai pas à ce gaillard-là. Le piquet est moins dangereux. Allons faire un Rubicon, à dix sous le point. Nous ne nous ruinerons pas.

— Ça va !

Les deux interlocuteurs, étant tombés d'accord, allèrent prendre possession d'une table vacante, à l'autre bout du salon, et les désœuvrés qui les écoutaient se dispersèrent.

Chalandrey resta seul assis près de la cheminée et se remit à réfléchir, mais ses réflexions n'avaient déjà plus le même objet. Il pensait maintenant à cette partie qu'allait engager un étranger cousu d'or, et il se disait que l'occasion était belle pour se refaire de ses récents désastres. Le démon du jeu le ressaisissait peu à peu et, au lieu de se demander si ce citoyen des États-Unis n'était pas un filou, comme semblaient le croire ces messieurs, il songeait à lui enlever son bénéfice de la veille, tout en se promettant de ne plus revenir si souvent au cercle où on faisait en une nuit des différences de quatre-vingt mille francs.

Il n'avait sur lui qu'une somme insignifiante et il lui importait peu de la risquer et même de la perdre sur une pareille chance.

Et puis, ce serait si beau de *tomber* cet hercule du baccarat qui avait *tombé* tout le monde.

Le désir de gagner se compliquait d'une question d'amour-propre.

C'est le cas de presque tous les joueurs. Ils en arrivent facilement à se persuader qu'ils doivent leurs succès à leur intelligence et que la fortune n'est pas si aveugle qu'on le pense. Mais quand ils perdent, c'est toujours elle qui a tort.

Chalandrey hésita pourtant avant de tenter l'aventure.

La douce image de la jeune fille du musée passait et repassait devant ses yeux, mais ce n'était qu'un rêve — un souvenir et une espérance — tandis que la réalité était à sa portée. Il n'avait qu'à passer d'un salon dans un autre pour se trouver sur le champ de bataille où il se flattait de vaincre.

Il pouvait bien tout au moins se donner le plaisir d'observer l'ennemi, sauf à s'abstenir de l'attaquer, si ses manœuvres lui paraissaient suspectes.

Pour s'affermir dans son imprudente résolution, il alluma un cigare; après quoi, il se dirigea vers le lieu réservé aux adorateurs du hasard.

Il y trouva une douzaine de joueurs, rangés sur des chaises, à droite et à gauche de M. Atkins qui tenait les cartes, mais la partie n'était pas encore très animée. Les pontes, étrillés la veille, attaquaient mollement et le banquier avait l'air dédaigneux d'un millionnaire qu'on a dérangé pour une affaire sans importance.

Il était bien tel que Goudal l'avait décrit; seulement, ses yeux d'oiseau de proie étaient superbes, et s'il eût porté toute sa barbe, au lieu de cet unique bouquet de poils sous la lèvre inférieure, il aurait pu *prétendre en belle tête*, comme on disait au dix-huitième siècle.

Assurément, Chalandrey le voyait pour la première fois, et cependant lorsque ce gentleman d'outre-mer demanda si le jeu était fait, Chalandrey se figura qu'il avait déjà entendu quelque part cette voix de basse profonde.

C'était une voix forte et bien timbrée, une voix de

chantre au lutrin, comme on en entend dans les églises, et M. Atkins articulait nettement, au lieu de parler du nez, comme beaucoup d'Américains.

Il n'avait pas d'accent ou, s'il en avait un, c'eût été plutôt l'accent parisien, caractérisé par le grasseyement, mais pas très marqué.

Où et dans quelles circonstances cet organe mâle et sonore avait-il déjà résonné à ses oreilles ? Chalandrey ne s'en souvenait pas et comme il était bien sûr de n'avoir jamais vu ce personnage transatlantique, il finit par croire qu'il se trompait.

Les jeux étaient faits et le banquier allait donner les cartes, lorsque Chalandrey, qui se tenait debout, faute de siège pour s'asseoir, avança le bras pour placer deux billets de cent francs sur le tableau de droite.

Ce mouvement fit que M. Atkins aperçut le nouveau venu et au lieu de détacher la première carte du talon, il se mit à le regarder fixement.

Cela ne dura qu'un instant, mais il y eut un temps d'arrêt qui étonna un peu les pontes, accoutumées depuis deux jours à voir ce banquier modèle tailler avec une régularité et une impassibilité extraordinaires.

Chalandrey, encore plus surpris que les autres, se demanda pourquoi M. Atkins le dévisageait ainsi et ne trouva point l'explication de cette singularité.

Cet homme avait l'air de chercher à le reconnaître, absolument comme, lui, Chalandrey cherchait tout à l'heure à se rappeler où il avait déjà entendu le son de sa voix.

Les cartes furent données et les deux tableaux gagnèrent.

Pendant que le troupier payait, Atkins dit tout bas quelques mots à un employé du Cercle qui lui répondit assez haut pour que Chalandrey devinât qu'il était question de lui.

Evidemment, Atkins avait demandé son nom et cet employé venait de le lui apprendre.

Pourquoi l'Américain se renseignait-il ainsi sur un joueur qui débutait par un coup de dix louis assez insignifiant?

Ce n'était certes pas pour s'enquérir de sa solvabilité, puisqu'il jouait argent sur table. Etait-ce donc que ce joueur ressemblait à quelqu'un qu'il avait connu autrefois?

Maxime s'en tint à cette dernière supposition et se promit d'éclaircir ses doutes après la partie qui commençait bien pour lui, puisqu'il venait de gagner.

Il prenait ce bénéfice pour un présage favorable et il résolut de mener grand train la chance qui semblait se dessiner.

Les autres pontes, qui l'avaient souvent vu à l'œuvre, savaient qu'il était sans égal pour pousser un paroli jusqu'à ses plus extrêmes limites et ils s'attendaient à une lutte émouvante, car l'Américain était de force à se défendre, et lui aussi, il avait fait ses preuves en tenant la veille, des bancos énormes.

Maxime voyait tous les yeux braqués sur lui et il n'en fallait pas tant pour surexciter sa vanité de joueur hardi.

Atkins, qui ne savait pas encore à quel audacieux il allait avoir affaire, jeta nonchalamment ses cartes dans la corbeille que des perdants facétieux ont surnommée : le cimetière des illusions. Puis, d'un coup d'œil dédaigneux, il évalua les mises laissées sur le tapis.

Celle de Chalandrey était la plus forte et elle n'était que de vingt louis ; mais les petits ruisseaux font les grandes rivières et, au sixième coup, l'heureux Chalandrey, qui n'avait rien retiré de ses gains répétés, eut devant lui une masse de six cent quarante louis.

— Vous faites moitié, n'est-ce pas ? lui demanda Atkins qui commençait à se préoccuper un peu plus de ce nouvel adversaire.

— Je fais tout, répliqua sans broncher Maxime.

Et comme le banquier semblait hésiter :

— Si vous ne tenez pas le coup, je prendrai la banque.

— Pas encore, monsieur, dit ironiquement Atkins. Je tiens tout ce que vous voudrez.

Et après avoir donné lentement les cartes, il releva les siennes et il abattit neuf.

Les six cent quarante louis de Chalandrey s'en retournèrent en Amérique. Il s'était trop pressé de prendre des airs de triomphateur ; son château en Espagne s'écroulait, et le redoutable banquier n'était nullement disposé à lui céder la place.

Maxime, par le fait, ne perdait que sa première mise de deux cents francs, mais le revers qu'il venait de subir l'avait piqué au vif et il n'était déjà plus de sang-froid.

Maintenant, pour réparer cette perte insignifiante, il aurait risqué tout ce qu'il possédait.

Trois billets de mille francs qu'il avait dans son portefeuille y passèrent.

Il demanda cinq cents louis en jetons et comme il jouissait d'un bon crédit à la caisse du cercle, le garçon de jeu s'empressa de les lui apporter.

Les cinq cents louis s'envolèrent; puis cinq cents autres.

La veine se prononçait pour le banquier, une veine formidable et d'autant plus dure à supporter qu'elle succédait tout à coup à une veine en sens contraire.

On eût dit que la fortune avait voulu tendre un piège aux joueurs en les laissant gagner, d'abord, pour les exciter à augmenter leur jeu.

Ce n'était plus un combat, c'était une déroute.

Quand les pontes abattaient huit, le banquier abattait neuf. Quand il avait le triste point de un, les pontes avaient baccarat. Au tirage, il leur donnait des bûches et il amenait, pour lui, des quatre sur des cinq.

Le rateau du croupier raflait régulièrement les enjeux sur les deux tableaux. On ne gagnait pas un coup sur dix.

La taille finit avant que la chance tournât et Maxime, décavé, allait s'adresser de nouveau au garçon de jeu, lorsque M. Atkins, après avoir compté et empoché son bénéfice, se leva en disant :

— A un autre, messieurs ! Qui veut prendre la banque ?

Maxime en grillait d'envie, mais au point où était montée la partie, il aurait fallu exposer une grosse somme et il avait déjà perdu tout ce que le règlement du cercle lui permettait d'émettre de jetons remboursables dans les vingt-quatre heures.

Force lui fut donc de ronger son frein.

Les autres joueurs n'étaient pas moins mécontents. Il y eut des murmures. Des mots malsonnants bourdonnèrent aux oreilles de l'Américain qui ne parut pas s'émouvoir. Il usait de son droit en quittant la partie et peu lui importait qu'on lui reprochât de faire Charlemagne.

Il s'était remis à regarder Maxime de Chalandrey, mais, cette fois, il le regardait à la dérobée.

Maxime s'en aperçut et le sang lui monta au visage. Il n'avait pas sujet d'être de bonne humeur et il n'aspirait qu'à chercher querelle à l'homme qui venait de lui gagner si lestement une grosse somme et qui semblait le narguer en le regardant avec une persistance inconvenante.

Il se contint cependant, parce que le moment eût été mal choisi pour demander une explication.

S'il eût apostrophé ce Yankee, on aurait cru à une rancune de joueur malheureux et c'était justement ce qu'il ne voulait pas.

Pour se calmer, il sortit brusquement de la salle de jeu et il rentra dans le paisible salon où il avait laissé les amateurs de whist à cent sous la fiche, et de piquet à dix sous le point.

Il comptait sur l'influence des milieux et il ne se trompait pas tout à fait, car sa colère tomba comme par enchantement. Il se dit que M. Atkins était probablement un aventurier et qu'en le provoquant, il lui ferait beaucoup trop d'honneur.

Chalandrey prit moins facilement son parti de la perte qu'il venait de subir. Elle n'était pas énorme, mais elle succédait à tant d'autres qu'elle lui était très sensible : d'autant plus qu'il n'avait pas chez lui la somme nécessaire pour retirer ses jetons et qu'il allait être forcé de vendre des valeurs, car en fait d'immeubles, il ne possédait que son petit hôtel de la rue de Naples.

Et pour peu qu'il continuât à diminuer ainsi son capital, la ruine totale ne pouvait pas manquer d'arriver à brève échéance.

Après ce nouvel accroc à sa fortune, c'eût été le cas de mettre à profit les conseils de son oncle, en poussant sa pointe auprès de la riche veuve du comte de Pommeuse, mais il y était si peu disposé qu'il regrettait de s'être engagé à passer la soirée chez elle.

Il ne pouvait plus s'en dédire, puisque le commandant devait venir le prendre, à neuf heures, pour l'y conduire, mais il se promettait de ne pas s'y éterniser, ce soir-là, et de n'y plus reparaître.

La blonde aux yeux noirs qu'il avait vue au Louvre l'occupait tout entier et il s'imaginait que désormais les autres femmes lui paraîtraient laides.

En attendant qu'il fût mis à cette épreuve, il s'agissait de s'occuper, sans jouer, jusqu'à l'heure du dîner, et sans quitter le cercle.

On vint l'avertir que son valet de chambre était arrivé, et il allait monter, pour s'habiller, dans un des cabinets de toilette du club, lorsque M. Atkins sortit du salon rouge et le salua, en passant.

Cette politesse inattendue irrita Maxime encore plus qu'elle ne le surprit et peu s'en fallut qu'il n'y répondît en tournant le dos à ce monsieur.

Son étonnement devint de la stupéfaction, quand il vit l'Américain s'arrêter, se retourner et venir à lui, le sourire aux lèvres.

Maxime se préparait à le recevoir fort mal, mais comment se fâcher contre un homme qui vous aborde par ces phrases onctueuses :

— Ce soir, monsieur, vous avez vraiment joué de malheur et j'espère qu'à notre prochaine rencontre la chance vous reviendra. Nous sommes destinés à nous revoir souvent, car vous êtes le seul adversaire sérieux que j'aie trouvé ici... Il est vrai que je ne fais partie de ce Cercle que depuis deux jours... mais je n'aurai certainement jamais affaire nulle part à un plus beau joueur.

Ce compliment, débité sur le ton le plus courtois, désarçonna Chalandrey, qui répliqua assez rudement:

— Vous êtes vraiment trop bon de me plaindre. Je vous ai vu, ce soir, pour la première fois et vous ne me connaissez pas, je suppose.

— Non, monsieur... à mon grand regret... mais...

— Pourquoi donc m'avez-vous regardé avec tant d'attention, quand je suis arrivé à la partie?

— Si je vous répondais qu'on regarde plus volontiers une figure sympathique...

— Je croirais que vous vous moquez de moi, et si je croyais cela...

— Vous auriez tort, monsieur. La vérité est que vous ressemblez beaucoup à un de mes amis d'autrefois... un ami qui n'est plus de ce monde... Vous lui ressemblez à ce point que, pour savoir si vous n'étiez pas son fils, j'ai demandé votre nom à mon voisin de table.

— Eh! bien, vous le savez, maintenant, mon nom.

— Oui, monsieur, et j'ai vu que je me trompais. Mon ami s'appelait Caxton... il était de Chicago...

— Je n'imaginais pas qu'on pût me prendre pour un citoyen de Chicago, dit dédaigneusement Maxime; mais nous en resterons là, si vous le voulez bien.

— Comme il vous plaira, monsieur, répliqua l'Américain.

Et il passa son chemin.

Chalandrey le suivit des yeux jusqu'à la porte du salon et se persuada de plus en plus qu'il avait déjà vu cet homme quelque part.

— Lui aussi devait me connaître de vue, se disait-il, et cette prétendue méprise n'est qu'un prétexte qu'il a mis en avant pour s'excuser d'avoir demandé mon nom à un croupier. Je raconterai ce soir cette ridicule histoire à mon oncle et je le prierai de m'aider à découvrir d'où sort ce personnage.

III

A Paris, sans compter le demi-monde qui comprend autant de sous-genres que l'autre, ce qu'on appelle le monde se compose de beaucoup d'éléments disparates.

Il y avait, autrefois, autant de mondes que de quartiers.

L'aristocratie de naissance boudait au faubourg Saint-Germain; l'aristocratie financière brillait au faubourg Saint-Honoré; le haut commerce tenait le faubourg Poissonnière; la vieille bourgeoisie se cantonnait au Marais.

Toutes ces catégories se sont mêlées peu à peu et il s'en est formé de nouvelles qui habitent de préférence les parages de la place de l'Etoile.

La colonie étrangère y domine, et les larges avenues qui aboutissent au rond-point de l'Arc-de-Triomphe sont bordées d'hôtels où on reçoit encore, quoique, par le temps qui court, on n'y donne pas souvent de ces grandes fêtes qui attiraient jadis un tout-Paris, disparu depuis la guerre.

Celui de la comtesse de Pommeuse s'élevait à l'angle de l'avenue Marceau et de la rue Galilée.

Il n'était pas très grand, mais il faisait très bonne figure avec sa façade ornementée, sa cour précédée d'une grille dorée et son jardin planté de grands arbres.

Il lui venait de son père, qui l'avait fait bâtir, vers 1860, sur des terrains achetés à bon compte avant la transformation de ce coin de Paris.

Ce père, grand spéculateur en tous genres, avait toujours eu la main heureuse, et la comtesse lui devait une grosse fortune dont elle faisait très bon usage.

Le mariage n'ayant été dans sa vie qu'un accident, pour ainsi dire, elle avait été accoutumée de bonne heure à se gouverner elle-même et, depuis trois ans qu'elle était veuve, elle avait su se former une société amusante, sans se lancer dans la mauvaise compagnie et sans donner prise à la médisance.

Elle ne recevait que des gens aimables et bien élevés. Peu de femmes, et toutes triées sur le volet : quelques anciennes amies de pension, veuves comme elle et d'une conduite irréprochable.

En fait d'hommes, une élite : des financiers, des artistes et même des savants pas trop ennuyeux.

Son salon était un terrain neutre, où ne dominait aucune influence exclusive.

Il y a des soirées de jeu, des soirées littéraires, des soirées musicales, des soirées politiques.

Chez madame de Pommeuse, on causait de tout, mais on n'y pérorait jamais ; on n'y faisait pas de lectures, et, si on chantait parfois, c'était au piano.

A moins pourtant qu'elle n'offrît à ses amis un concert ou un bal.

Cela lui arrivait trois ou quatre fois par an, et dans ces occasions exceptionnelles, elle étendait le cercle de ses invitations, sans les prodiguer toutefois, car elle tenait avant tout à ne pas faire parler d'elle.

Et elle y avait réussi; les journaux ne citaient jamais son nom, et les demoiselles à la mode ne la connaissaient pas.

Comment, sans se répandre, avait-elle réussi à grouper autour d'elle des gens distingués? Bien fin qui l'aurait pu dire. On pouvait discuter là-dessus comme on discute sur la création du monde, dont nous voyons l'effet sans en voir clairement les causes. Mais personne ne contestait que sa maison fût recherchée entre toutes et les plus difficiles briguaient l'honneur d'y être admis.

Le commandant Pierre d'Argental y avait été présenté par un général en retraite, qui était resté très mondain et qui ne se cachait pas trop d'aspirer à la main de l'opulente veuve, quoiqu'il eût dépassé la soixantaine.

C'était même cette ridicule prétention qui avait suggéré à l'ex-chef d'escadrons l'idée de faire épouser la comtesse par Maxime de Chalandrey.

Maxime ne comptait pas de glorieux états de services dans l'armée, mais Maxime avait toutes ses dents et tous ses cheveux. Maxime était fait pour plaire à une jeune femme intelligente; et, puisqu'il ne refusait pas de tenter l'aventure, l'oncle Pierre n'avait pas perdu de temps pour offrir à son neveu cette planche de salut.

A neuf heures, il était venu chercher Maxime au cercle, et il l'avait trouvé en tenue de combat, c'est-à-dire habillé de noir et cravaté de blanc, mais sombre et préoccupé, comme un homme qui vient de passer par beaucoup d'émotions désagréables.

Il ne lui avait pas demandé pourquoi il avait l'air si renfrogné et Maxime n'était pas d'humeur à le lui apprendre, car il redoutait les sermons, et il avait fait d'avance le sacrifice de sa soirée, résigné qu'il était à subir la présentation, sauf à déclarer ensuite que la dame de l'avenue Marceau ne valait pas le sacrifice qu'il ferait en renonçant au célibat.

L'oncle et le neveu n'échangèrent pas dix paroles pendant le trajet qu'ils firent en fiacre, et ce fut seulement à l'a porte de l'hôtel, que le commandant dit à Chalandrey :

— Mon cher, tu t'es laissé amener ici d'aussi mauvaise grâce qu'un chien qu'on fouette, mais j'espère que tu ne me feras pas l'affront de rester maussade, lorsque je t'aurais mis en présence de la comtesse.

— Pour qui me prenez-vous, mon oncle? répondit Maxime; je ne m'engage pas à tomber amoureux d'elle, mais je vous promets d'être poli.

— Poli, ce n'est pas assez... et je compte sur l'effet de ses beaux yeux... ils t'inspireront.

— Je ne demande pas mieux.

Ils montèrent côte à côte le grand escalier, tout

tapissé de fleurs, et ils entrèrent de front sans qu'on les annonçât, dans un salon où ils trouvèrent une vingtaine de personnes appartenant aux deux sexes.

Les hommes s'empressaient autour de madame de Pommeuse, qui leur offrait du thé et qui, en apercevant M. d'Argental, les quitta aussitôt pour venir à sa rencontre.

Maxime resta ébloui de sa beauté. Elle était pâle et brune comme la nuit, et elle avait des yeux à tomber à genoux devant.

Grande avec cela et marchant bien.

Le commandant ne l'avait pas trop vantée.

— Madame, lui dit-il militairement, je ne suis qu'un vieux soldat et je manque à tous les usages en vous amenant, sans autorisation préalable, mon neveu, Maxime de Chalandrey, que j'ai l'honneur de vous présenter... un garnement qui se convertira peut-être, si vous voulez bien lui permettre de revenir chez vous.

Maxime ne s'attendait guère à être introduit de la sorte, et il donnait son oncle à tous les diables, mais son embarras n'était rien au prix de l'émotion que trahissait le visage de madame de Pommeuse.

Elle était si troublée qu'au lieu de répondre avec la bonne grâce aisée d'une grande mondaine, elle balbutia une phrase inintelligible.

— Est-ce que vous le connaissiez déjà ? demanda en riant M. d'Argental. J'en serais bien étonné, car il ne va que dans le mauvais monde.

Maxime ne comprenait rien à l'effet qu'il produisait, et il était presque tenté de croire qu'il avait rencontré quelque part cette admirable femme.

Elle se remit très vite, et elle répondit galamment:

— Vous ne vous trompez pas, cher monsieur. J'ai déjà vu aujourd'hui M. de Chalandrey. Il ne s'en souvient pas, et c'est tout naturel, car il ne m'a pas parlé; je ne l'ai pas regardé et c'est tout au plus s'il a pu apercevoir un instant ma figure.

L'oncle se posa en point d'interrogation.

— Monsieur m'a suivie, reprit en riant la comtesse.

— Dans la rue!... il en est bien capable, s'écria le commandant.

— Mon Dieu, oui. M. de Chalandrey m'a suivie jusqu'à la porte d'une maison de la rue Saint-Roch, mais je m'empresse de proclamer qu'il s'est abstenu d'y entrer avec moi... et j'ajoute que je ne lui en veux pas du tout. Il aurait pu m'aborder, et il s'est tenu tout le temps à distance respectueuse.

Maxime tombait de son haut, mais il retrouva bientôt l'aplomb qu'il avait perdu un instant.

— Pardonnez-moi, madame, dit-il d'un ton assez dégagé; et ne vous en prenez qu'à l'élégance de votre personne. Elle m'a tellement frappé que je vous aurais suivie au bout du monde... mais vous me rendrez cette justice, que j'y ai mis de la discrétion.

— Je viens de le déclarer hautement... et je suis très flattée de l'honneur que vous m'avez fait, mais vous avez dû mal penser de moi, en me voyant disparaître au fond d'une allée noire; c'est pourquoi je tiens à vous apprendre que j'allais chez un de mes pauvres... car j'ai des pauvres, monsieur... j'en ai même beaucoup... et je passe une partie de mon temps à les visiter.

— Il le sait, s'écria le commandant. Je le lui ai dit, chère madame... avec tout le bien que je pense de vous. Ne lui tenez pas rigueur pour son étourderie, mais grondez-le bien fort, pendant que j'irai serrer la main au général Bourgas, que j'aperçois là-bas à une table de whist.

Et l'oncle s'éloigna, enchanté de laisser son neveu en tête à tête avec la comtesse.

Chalandrey n'était pas fâché de rester seul près de la veuve qui abordait si franchement les questions délicates, et de reprendre un entretien où les banalités d'usage n'avaient plus rien à faire.

Il ne doutait pas de ce que disait madame de Pommeuse, mais il s'étonnait de sa hardiesse. Rien n'obligeait cette comtesse à raconter à M. d'Argental que le jeune homme qu'il lui présentait l'avait suivie, comme il aurait suivi la première jolie fille venue.

Maxime s'étonnait aussi qu'elle l'eût reconnu à première vue, et il s'étonnait encore plus, qu'elle eût tout d'abord perdu contenance en se trouvant face à face avec le héros d'une petite aventure dont elle n'avait pas à rougir.

Il commençait même à penser qu'elle avait mis en avant cette rencontre insignifiante pour expliquer — assez maladroitement — une émotion qui avait une cause plus sérieuse.

— Je compte sur votre indulgence, reprit-il, et je vous promets de ne plus recommencer.

— Si vous recommenciez, dit-elle en souriant, je ne chercherais plus à vous éviter. Je viendrais à vous et je vous avertirais charitablement que je suis chez moi, tous les samedis, et que, pour causer, on y est beaucoup mieux que dans la rue.

— Alors, vous me permettez de revenir?

— Non seulement je vous le permets, mais je vous en prie. Votre oncle est un de mes bons amis, et je lui sais gré de vous avoir amené. Ce soir, vous entendrez chanter une jeune fille charmante, qui a beaucoup de talent, et j'espère que vous ne vous ennuierez pas. Samedi prochain, Coquelin, de la Comédie-Française, nous dira un monologue.

Maxime n'écoutait plus madame de Pommeuse. Il regardait une bague qu'elle portait au petit doigt.

— Bon! dit gaiement la comtesse, voilà que vous vous ennuyez déjà, car vous n'êtes plus du tout à la conversation; me ferez-vous la grâce de m'apprendre à quoi vous pensez pendant que je m'évertue à vous vanter les charmes de mes soirées?

Est-ce ma main qui vous donne des distractions?

— Non, répondit Maxime, en regardant fixement madame de Pommeuse; c'est votre bague.

— Vous manquez une bonne occasion de me faire un compliment... mais je ne les aime pas et on m'a dit assez souvent que j'avais une jolie main.

— Une main adorable... mais... cette bague?

— Eh bien, elle a pour chaton un *œil de chat*. C'est une pierre assez rare. J'y tiens beaucoup, parce qu'elle me vient de mon père. Elle passe aussi pour porter bonheur... je ne m'en suis pas encore aperque... mais n'en avez vous donc jamais vu une pareille... L'œil de chat est pourtant très à la mode.

La comtesse parlait vite et elle affectait de plaisanter, mais sa voix s'altérait et elle changeait de visage.

Maxime comprenait maintenant pourquoi elle s'était troublée, lorsque son oncle l'avait présenté. Tous ses souvenirs d'une dramatique aventure lui revenaient à la fois; il reconnaissait la voix qu'il avait entendue, il reconnaissait la main qu'il avait baisée et il s'étonnait de n'avoir pas deviné plus tôt que madame de Pommeuse et la dame masquée du voyage en fiacre n'étaient qu'une seule et même personne.

Elle l'avait reconnu tout de suite, elle, et il fallait qu'elle eût une grande puissance sur elle-même pour avoir repris si vite son sang-froid.

Mais, depuis qu'il était question de la bague, elle perdait évidemment la tête, et il ne tenait qu'à Maxime de lui faire confesser la vérité.

Il eut pitié d'elle et il lui dit doucement :

— J'en ai vu une toute semblable et une main aussi belle que la vôtre... dans des circonstances que je n'ai pas oubliées... et que je n'oublierai jamais.

— Pas plus que je ne les oublierai, dit vivement la comtesse. A quoi bon feindre?... A quoi bon mentir? Oui, c'était moi. Et maintenant que je sais qui vous êtes, je me reproche d'avoir tant tardé à vous remercier du service que vous m'avez rendu.

— Comment! elle avoue! se disait Maxime, stupéfait.

— Votre conduite a été celle d'un galant homme et je me dois à moi-même de vous expliquer la mienne... autant que je puis le faire, sans trahir des secrets qui ne m'appartiennent pas.

— Bon! pensa Maxime. Le serment qu'elle a prêté sur le cadavre du pendu. Quel aplomb!

— Quand je me suis jetée dans la voiture où vous étiez, je venais de passer la nuit, près d'une malade..... une malheureuse femme à laquelle je m'intéresse tout particulièrement. Si vous me faisiez l'injure d'en douter, il ne tiendrait qu'à vous de vous en assurer en allant la voir dans cette maison de la rue du Rocher... elle demeure au cinquième étage et elle s'appelle Julie Granger.

— A Dieu ne plaise que j'en doute, madame... et je n'ai nul besoin d'en savoir davantage.

— Mais, moi, je veux que vous sachiez tout... du moins, tout ce que je puis vous dire en ce moment. Un jour viendra, je l'espère, où je n'aurai plus rien à vous cacher. Maintenant, je dois me taire sur l'homme qui m'espionnait. Vous ne pouvez plus supposer que c'était mon mari, puisque vous savez que je suis veuve. Faites-moi l'honneur de croire que ce n'était pas mon amant.

— Parbleu! non, répondit mentalement Maxime; c'est l'autre qui est ou a été l'amant... celui qui a empoché les trente mille francs.

— Cet homme possède un secret qui me met presque à sa merci... Un secret dont je n'ai pas à rougir personnellement... mais le sort de quelqu'un qui me touche de près est entre ses mains... et s'il avait su où j'allais, il n'aurait pas épagné ce... cette personne.

Grâce à vous, j'ai pu lui échapper... et bientôt je n'aurai plus rien à craindre ni pour moi ni pour un autre.

— Je vous jure, madame, que je ne vous demande rien de tout cela.

— J'ai fini. Vous m'avez menée où je voulais aller et vous avez eu la loyauté de ne pas me suivre. Je vous en suis profondément reconnaissante et je ne puis mieux faire que de vous promettre de compléter plus tard le récit de ma triste aventure.

Maxime se rappela tout à coup qu'elle ne pouvait pas se douter qu'il avait assisté aux scènes du pavillon, et il s'expliqua enfin qu'elle n'eût pas nié le reste.

Il ne songea pas un seul instant à lui déclarer qu'il en savait beaucoup plus long qu'elle ne voulait lui en apprendre. Il eut même la délicatesse de feindre d'accepter comme vraie cette confession tronquée, mais il se promit d'en faire son profit, c'est-à-dire de ne plus prétendre à la main d'une femme qui avait tant de secrets à garder.

Et l'idée lui vint de lui rendre un dernier service en lui signalant, pour la mettre sur ses gardes, la découverte du cadavre ramassé dans le fossé des fortifications.

Il était bon qu'elle fût avertie que la police allait peut-être mettre la main sur les assassins qui avaient fait d'elle leur complice.

— Madame, lui dit-il, je suis très flatté de la confiance que vous m'accordez, mais vous attachez vraiment trop d'importance à une histoire très simple. Je ne me souvenais presque plus de notre voyage au boulevard Bessières; demain, je ne m'en souviendrai plus du tout. J'avoue cependant que, ce matin, j'étais inquiet. Je venais de lire dans un journal qu'on a trouvé près de la porte de Clichy, le corps d'un malheureux qui a été étranglé... et je me suis demandé ce qu'il était advenu de vous qui m'aviez quitté justement devant cette porte, pour vous lancer toute seule sur un chemin désert. Mais me voilà rassuré, puisque je vous revois.

— Un homme étranglé ! balbutia la comtesse, tout émue.

— Mon Dieu, oui. Il paraît qu'il avait encore la corde au cou. Joli quartier que celui-là !

— Et... on ne sait pas où ce crime a été commis ?...

— Non ; jusqu'à présent on ne connaît pas le nom de la victime. Le cadavre est exposé à la Morgue. On l'y reconnaîtra peut-être. Mais... pardon de vous entretenir de choses lugubres... et de vous retenir si longtemps... je dois faire des jaloux, car je m'aperçois qu'on nous regarde.

— Vous avez raison, monsieur, dit madame de Pommeuse ; mes amies me réclament, et le commandant manœuvre pour se rapprocher de nous. Permettez-moi donc de vous quitter... pas pour longtemps, je l'espère.

Et la comtesse ajouta en souriant à demi :

— Ne dites pas trop de mal de moi à votre oncle.

Maxime s'inclina, sans répondre, et la laissa rejoindre ses invités groupés autour de la table où le thé était servi.

M. d'Argental n'attendait que ce moment pour interroger son neveu qu'il n'avait pas perdu de vue un seul instant.

— Eh ! bien ? lui demanda-t-il en lui prenant le bras pour l'entraîner dans un coin du salon, il me semble que tout a très bien marché, pour une première entrevue. Un grand quart d'heure de tête-à-tête avec la belle des belles !... tu n'as pas à te plaindre.

— Et je ne me plains pas.

— Bon ! mais comment la trouves-tu ?

— Charmante.

— Et tu lui as plu, j'ai vu ça tout de suite. Alors, ça ira très vite. C'est donc vrai que tu l'as suivie, aujourd'hui, sans la connaître ?... Tu as été joliment bien inspiré. Rien ne flatte l'amour-propre des femmes comme de faire une conquête dans la rue... surtout la conquête d'un garçon tourné comme tu l'es... et respectueux, par dessus le marché. Tu vois ce qu'on gagne à se comporter convenablement... si tu lui avais adressé des galanteries à la hussarde, tu aurais gâté ton affaire...

— Qui sait ? interrompit en riant le sceptique neveu.

— Oh ! toi, tu ne crois pas à la vertu des femmes.

— Vous n'y croyez pas beaucoup plus que moi, mon cher oncle.

— Je crois à la parfaite honnêteté de madame de

Pommeuse. Celle-là, tu peux l'épouser, les yeux fermés... et il me paraît que le mariage est en bon train. Si tu m'en crois, tu ne laisseras pas traîner l'affaire. Le hasard t'a servi à souhait. Profite de l'excellente impression que tu as produite et pousse ta pointe vivement.

Je me chargerai de faire la demande quand tu voudras. Tâche que ce soit bientôt.

— Oh! rien ne presse.

— Comment, rien ne presse!... attendras-tu pour te présenter que tu sois complètement ruiné?... ça ne tardera guère du reste, si tu continues à te flanquer des culottes de trente mille francs... deux en moins d'une semaine, c'est trop, mon bonhomme, et il est grand temps d'arrêter les frais, en épousant la comtesse.

Maxime avait bonne envie de répondre : je ne l'épouserai jamais, mais il aurait fallu expliquer pourquoi et il ne voulait pas raconter au commandant son aventure avec la dame. Il avait pitié d'elle et pour rien au monde, il n'aurait trahi la confiance qu'elle avait mise en lui.

— Nous verrons cela, répondit-il évasivement.

— C'est tout vu! s'écria l'oncle. Tu n'as pas d'autre moyen de te tirer d'affaire et tu ne retrouveras jamais une pareille occasion. Madame de Pommeuse, je te le répète, a cent cinquante mille francs de rente ; tu conviens toi-même qu'elle est charmante, et cependant tu me fais l'effet de manquer d'enthousiasme.

Qu'as-tu à dire contre elle?

— Absolument rien. Mais, en vérité, vous allez trop vite. Je ne peux pas me jeter à sa tête et je ne suppose pas qu'elle va se jeter à la mienne. Elle m'a engagé à revenir chez elle; je reviendrai et quand nous nous connaîtrons mieux...

— Prends garde de te laisser couper l'herbe sous le pied. Elle est très demandée, mon cher; et il y a ici de jolis messieurs qui lui font une cour très serrée. J'en vois même un que je ne connaissais pas encore... ce grand blond qui cause avec elle, là-bas.

L'oncle et le neveu s'étaient cantonnés dans l'embrasure d'une fenêtre, et, depuis qu'ils s'y tenaient, ils n'avaient pas fait attention à ce qui se passait à l'autre bout du vaste salon, ni aux personnages qui arrivaient.

Des groupes s'étaient formés. Les amies de la comtesse entouraient une nouvelle venue, et la comtesse avait entamé une conversation avec un jeune homme qui, lui aussi, venait d'entrer.

— Ce grand blond! s'écria Maxime; mais je le connais... c'est Lucien Croze.

— Qui ça, Lucien Croze? demanda le commandant.

— Un ancien camarade à moi... Nous avons fait notre volontariat ensemble. Du diable si je me doutais qu'il fréquentait chez des comtesses!

— Et il y est très bien accueilli, ma foi!... on jurerait que celle-ci lui fait les yeux doux. Un rival, mon cher!... et un rival dangereux, car il est très beau garçon.

— Sans compter que madame de Pommeuse, étant brune, doit aimer les blonds... en vertu de la loi des contrastes.

— Et tu en prends gaiement ton parti !... Je commence à croire que tu mourras célibataire... et ruiné... ça te regarde, mon petit... comme on fait son lit, on se couche... et si tu finis sur un grabat, ce ne sera pas faute d'avoir été averti. J'en ai assez de te prêcher et je vais faire un whist avec le général.

Chalandrey ne chercha point à retenir son oncle qui lui posait des questions embarrassantes. Il aimait bien mieux s'aboucher avec son ami, Lucien, et lui demander comment il connaissait la comtesse.

Justement, Lucien venait de quitter madame de Pommeuse et c'était le vrai moment de l'aborder.

Les deux amis se rencontrèrent au milieu du salon, assez loin des femmes qui s'étaient rapprochées du piano et des whisteurs, relégués dans un coin.

Lucien tout surpris, s'écria :

— Toi, ici, mon vieux Maxime !... Oh ! que je suis content !

— Et moi donc ! répondit Chalandrey, en lui serrant énergiquement la main.

— Tu ne peux pas l'être autant que moi. C'est la première fois que j'y viens et ce qui m'étonne le plus, c'est de m'y voir... tandis que toi qui es un habitué...

— Pas du tout, avant ce soir, je n'y avais jamais mis les pieds.

— Mais tu es dans ton monde... et je ne suis qu'un pauvre diable d'employé.

— On ne s'en douterait pas, cher ami. Tu portes à merveille l'habit noir et la cravate blanche. Je crois même que tu as donné dans l'œil à la comtesse.

— Quelle femme adorable! Elle m'a fait un accueil!...

— Que tu mérites bien... Mais tu la connaissais déjà, je suppose?

— Non, j'ai été invité par raccroc. Ma sœur chante quelquefois dans les salons... pas pour rien hélas!... nous n'avons pas de fortune et elle est obligée d'utiliser son talent...

— Je croyais qu'elle faisait de la peinture.

— Elle est musicienne aussi et elle a une voix superbe. Elle aurait de grands succès au théâtre, mais elle n'a jamais voulu y entrer, parce qu'elle est avant tout honnête fille. Elle se contente de chanter dans des concerts et encore... à condition que je sois là. Elle exige qu'on m'invite... et je me laisse inviter.

Du reste, nous n'allons que là où il nous plaît d'aller. Mais je ne regrette pas d'avoir accepté les offres de madame de Pommeuse, puisque je t'ai trouvé chez elle.

— Alors, elle est ici, ta sœur?

— Naturellement... et toutes ces dames lui font fête... Tu l'entendras tout à l'heure.

— J'espère bien que tu vas me présenter à elle.

— Très volontiers. Je lui ai parlé de notre rencontre matinale dans la rue du Rocher. Elle désire beaucoup te connaître... et je lui avais annoncé ta visite...

— Pour demain. C'est dit... notre déjeuner tient toujours... et après, nous irons voir la manufacture de Sèvres... je suis bien allé aujourd'hui au musée du Louvre.

— Je crains que, demain, Odette ne soit pas disposée à entreprendre une longue promenade... la soirée de madame de Pommeuse finira sans doute assez tard et ma sœur sera fatiguée. Moi, j'ai des comptes à vérifier pour mon patron et mon dimanche y passera.

— Alors, nous remettrons à huitaine le déjeuner et la partie. Mais présente-moi tout de suite.

— Je ne demande pas mieux. Odette est là-bas, fort entourée. Rapprochons-nous, et dès qu'elle sera un peu plus seule, nous l'aborderons.

Ils se dirigèrent ensemble vers le piano, que les invités de la comtesse leur masquaient. Ils y arrivèrent au moment où ces dames rompaient le cercle, et Maxime pensa tomber de son haut en se trouvant tout à coup face à face avec la jeune fille qu'il avait vue, ce jour-là, copiant un portrait de Rubens dans les galeries du bord de l'eau.

— Ma chère Odette, dit aussitôt Lucien, voici mon ami, Maxime de Chalandrey...

Odette rougit et fronça le sourcil, en reconnaissant le galant malavisé qui s'était permis de lui écrire une déclaration.

— Qu'as-tu donc? lui demanda son frère.

Maxime eut l'esprit de comprendre que c'était à lui d'éclaircir la situation.

— Mon cher Lucien, dit-il gaiement, j'ai fait une sottise tantôt et je te prie d'intercéder pour moi.

— Comment?... que signifie?...

— J'ai rencontré mademoiselle au Louvre... sa beauté m'a tellement frappé que, n'osant pas lui adresser la parole, je me suis conduit comme un collégien... tu sais qu'au régiment, j'avais déjà la manie de rimailler...

— Quoi!... c'était toi! interrompit Lucien en riant.

— Mademoiselle t'a donc raconté cette ridicule histoire?

— Mais, oui... et elle m'a montré tes vers... qui ne sont pas trop mauvais... autant que je suis capable d'en juger. Ton crime n'est pas bien gros et je suis sûr que ma sœur ne t'en veut pas du tout.

La physionomie d'Odette disait assez qu'elle avait déjà pardonné. Elle tendit la main à l'ami de son frère avec une bonne grâce parfaite et un air de franchise qui charma Chalandrey.

Une sotte se serait fâchée, une prude lui aurait fait froide mine. Odette prenait la chose gaiement.

— Je suis bien sûr que celle-là n'a pas de secrets, se dit Maxime en pensant à ceux de madame de Pommeuse, qui n'était pas loin.

Elle causait avec une vieille dame et elle la quitta pour venir rejoindre les trois jeunes gens qu'elle n'avait pas cessé d'observer du coin de l'œil.

— Vous vous connaissez donc? leur demanda-t-elle en souriant.

— Lucien Croze et moi, oui, madame, et depuis

7

longtemps, répondit Chalandrey. Mais je n'avais pas
l'honneur de connaître mademoiselle.

— Eh bien! la connaissance est faite... et j'en profite pour vous demander un service. Êtes-vous musi-
cien?

— Un peu.

— L'êtes-vous assez pour remplacer l'accompa-
gnateur que j'avais commandé et qui me fait faux
bond.

— J'essaierai... mais je ne réponds de rien.

— Nous excuserons les notes fausses, et nous
tâcherons de n'entendre que la voix de mademoiselle Croze.

— Alors, je me risque.

— Les partitions sont sur le piano. Mademoiselle
choisira. Venez, monsieur, ajouta la comtesse en
s'adressant à Lucien. Je prétends vous garder près
de moi pendant que mademoiselle votre sœur chan-
tera.

Et elle emmena le jeune caissier tout fier de s'asseoir à côté de madame de Pommeuse, qui l'avait
littéralement subjugué.

Maxime, ravi de rester en tête à tête avec Odette,
ne perdit pas de temps pour la conduire au piano.

Il bénissait la comtesse et il la soupçonnait de
chercher à accaparer Lucien, mais il ne lui en voulait pas pour cela, car il sentait bien qu'il ne pourrait
jamais aimer que la blonde aux yeux noirs, quoi qu'en
pût dire l'oncle d'Argental.

Il s'agissait de profiter des instants d'isolement
pour déclarer sa flamme à mademoiselle Croze, non

plus en vers comme au Louvre, mais à mots couverts, discrètement, timidement pour commencer. Il était destiné à la revoir souvent et il n'avait plus besoin de brusquer les choses. Il lui suffisait qu'elle comprît, ce soir-là, qu'il l'aimait.

La situation se prêtait assez mal à ses projets. La jeune fille était venue là pour chanter. Il fallait qu'elle chantât, et il n'est pas commode d'intercaler des déclarations entre les vocalises d'un air qu'on accompagne.

Mais il y a les préparatifs et Maxime ne se fit pas faute de les prolonger.

— Qu'allez-vous nous dire, mademoiselle? demanda-t-il en remuant les partitions.

— J'avais l'intention de commencer par un morceau de Don Juan de Mozart... celui que chante Zerline, au premier acte... Mais l'accompagnement est assez difficile et je crains...

— Que je ne m'en acquitte fort mal. Rassurez-vous, mademoiselle. Je raffole de Mozart et je sais par cœur tout l'opéra de Don Juan.

Maxime se vantait, assurément. Il était si bien doué qu'il pouvait déchiffrer à première vue n'importe quelle musique, mais il allait plus souvent à l'Opéra pour le ballet que pour entendre les œuvres des maîtres.

Et il avait, sans le savoir, touché la corde sensible de la jeune fille qui s'écria :

— Je suis heureuse que vous aimiez Mozart. Moi, je l'adore depuis que je suis au monde.

— Donc, nous sympathisons, mademoiselle,

puisque nous avons les mêmes goûts... J'aime aussi Rubens...

— Je le sais... il vous a inspiré des vers...

— Ne vous moquez pas de moi, je vous en supplie... j'avais perdu la tête... C'est l'effet du coup de foudre...

— Mais vous voilà remis, j'espère.

— Remis, oh! non... Seulement, je sais maintenant que vous êtes la sœur de mon ami Lucien, et je...

— Les amis de mon frère sont les miens... Mais je m'aperçois qu'on nous attend... Si nous commencions?

— Pardonnez-moi, mademoiselle... Je cherche cette partition et je ne la trouve pas.

— Vous l'avez sous la main, dit-elle en riant.

— C'est vrai... Je ne sais ce que je fais.

— Est-ce toujours la suite du coup de foudre?

— Je n'en guérirai jamais, murmura Maxime en regardant passionnément la jeune fille.

Il était temps que ces préliminaires prissent fin. On commençait à chuchoter dans le salon : les femmes sous leurs éventails et les hommes en se parlant à l'oreille.

Les joueurs de whist avaient suspendu poliment leur partie et Maxime remarqua que son oncle s'agitait beaucoup sur sa chaise.

— Il me fait les gros yeux, parce qu'il s'aperçoit que je préfère la demoiselle à la veuve, pensa l'indocile neveu du commandant. Ça m'est parfaitement égal.

Il plaqua des accords et Odette attaqua son air avec un brio incomparable.

Elle avait un vrai talent de prima donna et il n'aurait tenu qu'à elle de gagner beaucoup d'argent à la scène. Sa voix aurait rempli n'importe quelle salle de théâtre et on voyait bien qu'elle ne la donnait pas toute entière, mais cette voix de cristal avait peut-être encore plus de charme dans le salon de la comtesse.

Quand elle eut fini, ce fut une explosion de bravos, absolument comme à l'Opéra.

Maxime n'avait pas trop mal accompagné et la chanteuse l'en complimenta tout bas. Mais il ne fallait plus songer à reprendre la douce causerie. Les invités, mis en goût, demandaient un autre morceau et la jeune fille ne se fit pas prier pour les satisfaire. Elle en dit quatre, choisis dans les œuvres des maîtres, et elle termina par un air ancien, une vieille romance de Martini qu'elle chanta délicieusement.

Cette fois, ce fut de l'enthousiasme. Quelques femmes sentimentales pleuraient, attendries par la romance. Madame de Pommeuse, qui ne pleurait pas, se leva et vint embrasser Odette, toute confuse de son succès.

La comtesse s'empara d'elle, la fit asseoir à la place que Lucien venait de quitter et se mit à la féliciter, en lui tenant les deux mains, pendant que ses amies entonnaient en chœur les louanges de la jeune artiste.

Maxime n'avait rien à faire là; il s'était déclaré et il était sûr qu'Odette l'avait compris.

Il ne lui restait plus qu'à dire au frère ce qu'il pensait de la sœur et à lui demander quand il pourrait la revoir.

Lucien Croze s'était réfugié tout au fond du salon après une longue séance auprès de madame de Pommeuse, et savourait à l'écart le bonheur qu'il venait de goûter. La comtesse avait fondu la glace du caractère de ce garçon froid et réservé. Il n'était plus le même homme. Ses yeux brillaient ; sa figure rayonnait.

Maxime, qui s'y connaissait, comprit tout de suite.

— Lui aussi, murmura-t-il ; lui aussi, il a reçu son coup de foudre. Mais celle qui l'a foudroyé me paraît bien calme. Décidément, c'est une femme très forte. L'explication qu'elle vient d'avoir avec moi l'a troublée un instant, mais c'est déjà passé. Elle rit avec ses amis comme si elle n'avait rien à craindre des bandits qui l'ont surprise dans le pavillon, ni de la police qui cherche les assassins du pendu, ni du joli monsieur qui lui a extorqué trente mille francs, ni du mystérieux personnage qui la surveille. Cette veuve est une énigme dont je ne me charge pas de trouver le mot... Et mon brave oncle la prend pour une fleur d'innocence et un parangon de vertu !... je ne le désillusionnerai pas, mais je n'en ferai qu'à ma tête.

Ce monologue fut interrompu par Lucien qui vint à la rencontre de Chalandrey et qui l'aborda en lui disant avec feu :

— Ah ! mon ami, quelle femme !

— La comtesse ? répliqua en riant Maxime. Elle

est adorable... et je te fais mon compliment, car je suis certain que tu lui as beaucoup plu.

— J'en doute... et je regrette de l'avoir vue.

— Pourquoi donc !

— Parce que j'ai peur de tomber amoureux d'elle.

— Et quand cela t'arriverait ?...

— Je serais malheureux toute ma vie. Elle est comtesse, elle est riche et je ne suis qu'un pauvre diable.

— L'amour rapproche les distances.

— Jamais madame de Pommeuse ne consentirait à m'épouser ?

— Ah ! s'il te faut le mariage ?

— Veux-tu dire qu'elle consentirait à être ma maîtresse ?

— Qui sait ?

— Ce que je sais, c'est que je ne voudrais pas être son amant.

— Peste ! Tu es bien difficile.

— Non, je suis raisonnable. Une liaison avec une femme bouleverserait toute mon existence, et je n'ai pas le droit de disposer de moi. Je ne m'appartiens pas... J'ai charge d'âmes.

— Comment ?... charge d'âmes ?

— Mais, oui ; j'ai Odette. Tu ne comprends pas, parce que tu n'as pas de sœur, parce que tu as de la fortune et parce que tu n'as jamais eu à penser qu'à toi. Mais... laisse-moi te raconter mon histoire. Au régiment, je ne t'en ai jamais parlé et tu as pu croire que j'étais comme toi, un fils de famille. Mon père vivait encore, après avoir honorablement

servi dans l'armée, il était retraité capitaine et il
occupait dans une compagnie d'assurance un emploi
très bien rétribué. Ma mère était morte depuis longtemps. Je l'ai à peine connue et Odette ne l'a pas
connue du tout. Quand nous avons perdu notre père,
elle était encore en pension. Il nous laissait, en
tout et pour tout, soixante mille francs, péniblement
économisés sur son traitement... à peine de quoi
vivre... à deux. C'est alors qu'il m'a fallu, comme on
dit maintenant, combattre pour la vie, et je me suis
tiré d'affaire, à force de persévérance et d'énergie.

— Tu n'en as que plus de mérite.

— Oh! ma chère petite sœur m'a vaillamment
secondé. Elle est arrivée très vite à se suffire à elle-
même, pendant que je faisais mon chemin dans une
maison de banque. Aujourd'hui, nous n'avons plus
à redouter la misère, mais c'est à condition d'être
toujours sur la brèche.

Que deviendrions-nous, si je perdais ma place?...
Et je la perdrais infailliblement, si...

— Si tu t'amourachais d'une cocotte... parce que
tu pourrais te laisser aller à faire des dépenses folles...
Mais quand tu deviendrais le préféré de madame de
Pommeuse...

— Ce serait bien pis. Je ne penserais plus qu'à
elle... Je lui consacrerais tout mon temps... et puis,
j'ai là-dessus des idées très arrêtées. Je ne veux pas
donner prise à la calomnie.

— Tu pousses trop loin le scrupule. Personne ne
t'accuserait d'exploiter la situation. Ton passé répond
pour toi.

— N'importe. Ce serait déjà trop qu'on me soupçonnât.

— Mais, mon cher, si tu épousais la comtesse, on dirait que tu l'épouses pour son argent.

— Aussi ne l'épouserai-je pas.

— Alors, tu es résigné d'avance à végéter dans la médiocrité jusqu'à la fin de tes jours?

— Oui, plutôt que de manquer à mes principes.

— C'est très beau, les principes... mais tu les exagères. A ce compte-là, on ne se marierait jamais qu'entre égaux... et le monde finirait. Alors, tu trouverais mauvais que ta sœur s'unît à un homme plus riche qu'elle?

— Ma sœur fera ce qu'elle voudra. Je la connais assez pour être sûr qu'elle ne se trompera pas quand elle choisira un mari. Je crois, du reste, qu'elle n'y songe guère. Nous vivons heureux... et elle est aussi contente de son sort que je le suis du mien...

— Jusqu'au jour où une inclination viendra déranger votre bonheur... négatif... car il est fait de privations, votre bonheur.

— Tu te trompes, mon cher Maxime. Il ne nous manque rien et nous ne souhaitons rien tant que de rester comme nous sommes.

— Alors, je déclare que je vous admire... elle surtout... mais enfin, si l'un de vous deux se mariait à son gré, je suppose que l'autre ne s'en fâcherait pas.

— Non, certes, car nous sentons de même et nous voyons de même. Qui plaît à l'un plaît à l'autre.

— Alors, je me félicite d'être ton ami.

— Veux-tu dire que tu aspires à plaire à ma sœur?

7.

— J'en serais très fier et je te prie de croire à la pureté absolue de mes intentions. Elle ne me connaît pas encore pour que je me permette de les lui déclarer... il me suffit qu'elle ne me défende pas d'espérer.

— Parles-tu sérieusement? demanda Lucien Croze, en regardant son ami dans le blanc des yeux.

— Ce serait m'offenser que d'en douter. Oh! je sais bien qu'il me faudra faire mes preuves. Je les ferai... si tu veux me prendre à l'essai.

— Comment l'entends-tu?

— J'entends que, toi et moi, nous renouerons notre bonne camaraderie d'autrefois... que nous nous verrons le plus souvent possible, que tu m'autoriseras à tâcher de me faire agréer par mademoiselle Odette... et que, si j'y parvenais, tu ne t'opposerais pas à notre mariage, sous prétexte que j'ai encore un peu de fortune... qui ne durera pas longtemps si je suis condamné à rester garçon.

Lucien, le sage Lucien, ne savait que répondre à une ouverture si inattendue.

— La preuve que je suis de bonne foi, reprit Maxime de Chalandrey, c'est que je vais, dès ce soir, parler de mes projets à mon oncle. Je ne te cacherai pas qu'il s'était mis en tête de me faire épouser madame de Pommeuse. Mais je suis comme toi, je ne veux pas me marier pour de l'argent. Et si je n'ai pas le bonheur de plaire à mademoiselle Odette, je ne me marierai pas du tout... Je mangerai ce qui me reste... je le mangerai pour m'étourdir... et après je m'engagerai.

Tiens! le voilà qui vient à nous, mon oncle. Veux-tu que je lui dise tout cela devant toi?... après t'avoir présenté, bien entendu.

— Non... non, je t'en prie. Dieu sait ce qu'il penserait de moi ! Odette me fait signe de revenir près d'elle. Je te laisse avec lui.

Lucien s'esquiva pour aller rejoindre sa sœur, que la comtesse n'avait pas quittée, et le commandant aborda son neveu par ses mots :

— Est-ce que tu deviens fou ? Tu causes avec ton concurrent, au lieu de faire ta cour à la comtesse ! Et tu réserves toutes tes amabilités pour une chanteuse à gages ! Elle est jolie, cette petite, et je conçois qu'elle t'ait donné dans l'œil ; mais tu prends mal ton temps pour lui dire des douceurs. La comtesse doit être furieuse contre toi.

— Je ne crois pas... mais quand elle le serait... je m'en consolerais.

— Alors tu ne tiens pas à l'épouser?

— Oh! pas du tout. Et je suis convaincu qu'elle ne songe pas à m'offrir sa main.

— Te l'offrir, non... mais te l'accorder?...

— Pas davantage et je ne la lui demanderai pas. J'ai d'autres visées. Je suis amoureux.

— Depuis quand?... et de qui, bon Dieu !

— Depuis ce soir. J'aime mademoiselle Odette Croze, sœur de mon ami Lucien et fille d'un brave soldat.

— Cette marchande de roulades ?

— Oui, mon cher oncle; c'est elle que j'épouserai... si tant est que je me marie, car je ne suis pas certain qu'elle voudra de moi.

— Et tu oses me dire cela en face ?

— Je n'ai rien de caché pour vous et je n'ai jamais su mentir. Mais de quoi vous plaignez-vous ? Je renonce à la vie de garçon que vous me reprochiez de mener. Me voilà converti à vos idées... et je ne fais que suivre vos conseils...

— Je ne t'ai jamais conseillé de prendre une femme qui n'a pas le sou.

— Il me reste assez de fortune pour deux.

— Décidément, je crois que tu te moques de moi.

— Dieu m'en garde, mon cher oncle. Je n'ai jamais été si sérieux. Je viens de me jurer à moi-même de ne plus toucher une carte.

— Serment de joueur, serment d'ivrogne.

— Vous verrez. Je vais commencer une vie nouvelle... à telles enseignes que, un de ces jours, je donnerai ma démission du cercle.

— Tout ça pour les beaux yeux d'une péronnelle !

— Quand vous la connaîtrez, vous ne parlerez pas d'elle sur ce ton-là.

— J'espère bien ne jamais la connaître.

— Même quand elle sera votre nièce.

— Jamais, te dis-je. Je ne suis pas ton père et, par conséquent, je n'ai pas le droit de t'empêcher de faire une sottise, mais il ne sera pas dit que je m'y associerai, en continuant à te voir, après ce beau mariage. Je ne mettrai plus les pieds chez toi... et je te trouve si bête que je ne regretterai que ton Sauterne.

Cette boutade fit rire Maxime et dérida un peu le commandant qui reprit sur un ton moins vif :

— Mon cher, j'ai tort de m'emporter. Tu es libre après tout, de te gouverner à ta guise. Mais mon devoir était de t'avertir que tu te prépares un triste avenir... plus triste que si tu restais célibataire et ruiné. On supporte la ruine, quand on est bien trempé. On ne supporte pas la gêne en ménage... or, ce sera la gêne, pour toi qui es habitué à dépenser sans compter. Et si tu as des enfants, ils seront obligés de travailler pour vivre.

Maintenant, j'ai dit et je vais retrouver cet excellent général Bourgas qui réussira peut-être auprès de la comtesse, puisque tu lui laisses le champ libre.

— Grand bien lui fasse !... quant à mon ménage, ne vous inquiétez pas... il ira tout seul et vous viendrez dîner chez nous.

Cette fois, le commandant, au lieu de répondre, se mit à chantonner, sur un air connu :

Gai ! gai ! marions-nous, mettons-nous dans la misère.

— Une misère dorée, mon cher oncle ; car...

Gai ! gai ! marions-nous, mettons-nous la corde au cou.

Maxime, désespérant d'en tirer autre chose que ce refrain populaire, tourna le dos à M. d'Argental qui le planta là.

Il ne faut quelquefois qu'un mot pour réveiller un souvenir et l'amoureux d'Odette se mit à répéter tout bas :

— Oui... la corde au cou... comme le pendu qu'on a trouvé dans le fossé des fortifications... c'est madame de Pommeuse qui l'a tirée cette corde-là... et quand il n'y aurait que cette aventure pour m'empêcher de l'épouser... si je lui parlais maintenant, je crois que je lui dirais que j'ai tout vu... J'aime mieux aller me coucher.

IV

Le lendemain de la soirée de madame de Pommeuse, Maxime de Chalandrey s'était demandé, en se levant, ce qu'il allait faire de ce dimanche qu'il aurait bien voulu passer avec son ami et surtout avec la sœur de son ami.

C'était malheureusement une partie manquée, puisque le jeune caissier devait être retenu toute la journée à son bureau.

Maxime n'aurait pas osé se présenter, sans lui, rue des Dames.

Il avait pu, la veille, au musée, risquer un billet doux, alors qu'il prenait mademoiselle Croze pour une artiste émancipée, mais maintenant qu'il la connaissait, il n'était plus tenté d'user avec elle de procédés cavaliers.

Et c'était la meilleure preuve qu'il l'aimait sérieusement, car l'amour vrai ne va pas sans le respect, et jusqu'à ce jour, Maxime n'avait guère respecté que les vieilles femmes et les femmes laides.

Il avait déclaré ses intentions au frère et obtenu la permission de venir faire sa cour à mademoiselle

Odette, mais pour profiter de cette permission, il lui fallait attendre que Lucien pût assister au moins à la première visite. Et comme Lucien n'était libre qu'une fois par semaine, l'entrevue se trouvait retardée de huit jours, au grand chagrin de l'amoureux Maxime.

Il n'était pas homme à en prendre son parti et il espérait bien inventer un moyen d'abréger ce délai, mais il avait beaucoup d'autres sujets de préoccupation.

Depuis la veille, sa vie était orientée autrement. Il avait, comme Saint-Paul, trouvé son chemin de Damas, et il ne songeait plus qu'à faire son salut en se mariant — pas selon le vœu de son oncle — mais très légitimement.

Il ne s'agissait de rien moins que d'une réforme radicale : renoncer au jeu, aux drôlesses, aux joyeux soupers : en un mot, mettre bas ce qu'on appelait autrefois l'équipage du diable.

Il y était très décidé. Seulement, il ne dépendait pas de lui de biffer instantanément de son souvenir des événements récents et son aventure avec la comtesse n'était pas sortie de sa mémoire.

Il se défiait de madame de Pommeuse, mais il ne pouvait pas s'empêcher de la plaindre et il lui savait gré d'avoir si bien accueilli Odette.

Il aurait voulu la préserver des dangers qui la menaçaient ; il aurait voulu aussi connaître le véritable but du voyage qu'elle avait fait avec lui de la rue du Rocher au boulevard Bessières.

Et il souhaitait ardemment qu'elle n'eût rien à se

reprocher, car il ne doutait pas que Lucien Croze ne
fût aussi épris d'elle qu'il l'était, lui, Chalandrey, de
la sœur de Lucien.

Or, les demi-confidences de la dame ne le rassuraient guère, et les propos qu'il avait entendus au
cercle le rassuraient encore moins.

Ce pendu était-il, comme tout semblait l'indiquer,
l'homme qu'il avait vu étrangler ?

Et le corps serait-il reconnu ?

S'il l'était, la police parviendrait sans doute à découvrir les assassins. Et si on les arrêtait, ils dénon-
ceraient peut-être la comtesse comme leur complice,
ne fût-ce que pour le plaisir d'être jugés en bonne
compagnie.

Dans ce cas, Chalandrey, seul témoin oculaire du
crime, ne pourrait pas se tenir à l'écart. Sa conscience lui commanderait d'intervenir pour raconter
ce qu'il avait vu et pour déclarer, sous la foi du serment, que ces misérables avaient forcé madame
de Pommeuse à mettre la main à leur sinistre besogne.

Et les conséquences de cette intervention obliga-
toire l'effrayaient. Quand on ne pense qu'à filer le
parfait amour, c'est une triste perspective que celle
de se trouver mêlé malgré soi à un procès criminel.

Maxime en vint bientôt à se dire qu'il ferait bien
d'avoir le plus tôt possible une explication complète avec la comtesse.

Les journaux du matin commençaient à s'occuper
beaucoup de cette affaire, dont quelques-uns seule-

ment avaient dit un mot, la veille. Les reporters s'évertuaient maintenant à la grossir et à la dramatiser. Les uns parlaient de la découverte d'un souterrain qui aurait servi de repaire à une association de malfaiteurs. Les autres annonçaient que le mort appartenait aux classes dirigeantes et qu'il avait été victime d'une vengeance politique. Tous en étaient encore aux conjectures, mais ils faisaient de leur mieux pour surexciter la curiosité du public, et ils devaient y avoir pleinement réussi.

Le meurtre de la porte de Clichy était peut-être un meurtre vulgaire, peut-être même un simple suicide. Ces messieurs étaient en train d'en faire un crime célèbre.

Le prêtre vit de l'autel, disait-on jadis. Il en vit fort mal sous la République, mais les reporters vivent très bien des faits divers, et ils allaient largement exploiter celui-là.

Chalandrey n'avait donc pas de temps à perdre pour confesser à fond la comtesse et pour s'entendre avec elle sur la conduite qu'il devrait tenir, s'il arrivait qu'elle fût compromise.

Rien ne l'empêchait d'aller la voir, tout exprès, et il comptait bien qu'elle ne refuserait pas de le recevoir en tête-à-tête, car une veuve de vingt-cinq ans n'est pas tenue d'être aussi réservée qu'une jeune fille.

Mais, avant de se présenter chez elle, il jugea qu'il ferait sagement de se renseigner un peu plus et l'idée lui vint d'aller regarder le cadavre, afin de s'assurer que c'était bien celui de l'individu exécuté sous ses yeux par une demi-douzaine de scélérats qu'il ne se faisait pas fort de reconnaître, s'ils les rencontrait, tant il les avait mal vus.

Il irait de là chez madame de Pommeuse et, après sa visite à la Morgue, il serait armé de toutes pièces pour aborder la grave question.

Il prit une voiture et il se fit conduire au coin du quai et de la rue du Cloître-Notre-Dame.

En descendant de son flacre, il fut assez surpris de voir qu'il y avait foule à la porte de la *halle aux refroidis*, comme disent, en leur langage imagé, les *voyous* de Paris.

La Morgue a ses habitués comme le théâtre de l'Ambigu et les débuts d'un sujet remarquable n'y passent jamais inaperçus.

Or, les feuilles à un sou avaient si bien travaillé que le populaire s'était porté en masse à l'exposition qu'elles annonçaient.

On faisait queue pour y entrer et les visiteurs n'étaient pas tous des ouvriers en rupture d'atelier ou des grisettes en quête d'émotions fortes.

Les blouses et les bonnets de linge étaient en majorité, mais il y avait aussi des redingotes noires et des chapeaux à plumes.

Chalandrey n'avait jamais pénétré dans ce sinistre édifice qui occupe la pointe orientale de la Cité, et il ne savait pas du tout comment il était aménagé intérieurement.

Du dehors, on n'aperçoit qu'un mur, élevé là pour épargner aux passants trop impressionnables la vue du vitrage derrière lequel sont exposés les corps.

Aux deux bouts de ce mur, on a ménagé deux passages, l'un pour l'entrée, l'autre pour la sortie.

On entre à droite, on passe devant la cloison de verre et on sort à gauche ; à la file, comme au guichet d'un théâtre.

Seulement, le spectacle est gratuit.

Maxime ne se décida pas sans quelque répugnance à faire comme les autres, mais il n'était pas venu là pour reculer au dernier moment et il suivit le monde comme un simple badaud.

Les curieux qui l'entouraient ne se doutaient guère qu'il était en mesure de fournir des renseignements utiles aux policiers, apostés là, comme toujours, quand il y a présomption de crime, et les sergents de ville qui réglaient le défilé ne s'étonnaient pas du tout de voir un monsieur bien mis au milieu de cette foule.

En entrant dans la salle largement éclairée, il put lire sur les parois en stuc poli les inscriptions qui invitent les gens à faire au greffe leur déclaration de reconnaissance, s'il y a lieu, et qui les avertissent que cette déclaration ne leur occasionnera pas de frais.

Mais il était décidé à ne pas mettre à profit cet avis engageant.

Il lui suffisait d'avertir la comtesse au cas où il reconnaîtrait le mort.

On avançait lentement, mais on avançait, et il aperçut bientôt des loques suspendues à la muraille, tristes épaves de la misère échouées là avec les malheureux qui les avaient portées avant d'en finir avec la vie.

Il y avait, ce jour-là, trois noyés, hideux, gonflés, verdâtres, mais ils étaient relégués au fond de la salle mortuaire, probablement parce qu'on n'espérait guère que leurs restes informes seraient reconnus.

De même que, sur un théâtre, les figurants se tiennent à l'arrière-plan ; de même, à la Morgue, on place au dernier rang les morts sans importance.

La première rangée des dalles de marbre est réservée aux morts de distinction, comme le devant de la scène est réservé aux acteurs aimés du public.

Celui que cherchait Maxime occupait la place d'honneur. Par une intelligente dérogation au règlement, on ne l'avait pas déshabillé. On lui avait même laissé la corde au cou.

Et Maxime reconnut aussitôt, non pas les traits défigurés, par la mort, mais le costume de l'homme qu'il avait vu dans le pavillon.

C'était bien le grand blond correctement vêtu que ses complices avaient condamné et exécuté sous ses yeux.

Ses bourreaux ne l'avaient pas tué pour le voler, car sa chaîne de montre s'étalait encore sur son gilet et il portait au petit doigt de la main gauche une bague que Chalandrey n'avait pas remarquée pendant la scène du meurtre, mais qui attira aussitôt son attention.

Le chaton de cette bague était un œil-de-chat.

Il n'y avait pas moyen de s'y tromper, car les employés de la Morgue avaient placé la main bien en évidence, sur la poitrine, en pleine lumière.

La comtesse aussi portait un œil-de-chat et cette bizarre coïncidence frappa beaucoup Maxime, quoiqu'elle fût probablement l'effet d'un hasard.

Si l'œil-de-chat était un signe de ralliement adopté par une bande de coquins, assurément madame Pommeuse, qu'ils avaient menacée de mort, parce qu'elle les avait surpris en flagrant délit d'assassinat, n'était pas affiliée à cette criminelle association.

Maxime, qui avait tout vu, ne pouvait pas la supçonner d'être d'accord avec eux ; il se promit pourtant de lui signaler le fait, s'il en arrivait à s'expliquer avec elle, à fond, sur sa terrible aventure.

Du reste, il n'eut pas le temps d'examiner longtemps le cadavre anonyme, car les gardiens de service ne permettaient pas aux curieux de stationner devant le vitrage. Il fallait regarder vite, passer et sortir, toujours à la file.

Ainsi fit Maxime et sans regret. Il avait vu ce qu'il voulait voir et il lui tardait d'être dehors.

On avançait assez lentement, car l'issue n'est pas large, et les gens qui s'en allaient formaient une ligne parallèle à celle des gens qui entraient de l'autre côté de la salle.

Chalandrey remarqua dans la foule, marchant en sens inverse de lui, une femme dont la toilette assez élégante contrastait avec celle des autres visiteurs qui la serraient de près, de si près que tout à coup elle se retourna, probablement pour se plaindre qu'on la poussait.

Elle avait relevé à demi sa voilette, et, du premier coup d'œil, Chalandrey la reconnut.

C'était la comtesse.

— Elle ici ! murmura Maxime ; il paraît que nous avons eu tous les deux la même idée... et il se trouve que nous sommes venus à la même heure... Parbleu ! voilà un heureux hasard. Je n'ai plus besoin d'aller la voir, avenue Marceau, et je ne trouverai jamais une meilleure occasion de m'expliquer avec elle... mon entrée en matière est toute trouvée. Je vais lui demander ce qu'elle vient faire à la Morgue. Il faudra bien qu'elle me réponde... par un mensonge probablement... mais je ne la laisserai pas s'enferrer et j'aborderait carrément la grosse question.

C'était fort bien imaginé, mais Maxime ne pouvait pas songer à interpeller madame de Pommeuse dans la salle d'exposition et cela pour plusieurs raisons : d'abord, parce que les agents qui surveillaient le défilé ne lui auraient pas permis de quitter sa place à la queue : ensuite et surtout, parce qu'il redoutait d'attirer leur attention sur lui et sur la comtesse qui ne manquerait pas de perdre contenance en le voyant apparaître.

Pour lui parler, il fallait commencer par sortir.

Il se contenta donc de la regarder de loin et il s'aperçut qu'elle avait pâli subitement et qu'elle s'agitait beaucoup, tournant la tête à tout instant, comme si elle eût cherché à se dégager de la foule qui la pressait et à s'enfuir. Ce n'était pas seulement l'émotion bien naturelle qu'elle devait éprouver en approchant de la vitrine aux cadavres qui la troublait ainsi.

Un incident avait dû se produire.

Lui avait-on tenu un propos grossier? quelque
malotru s'était-il permis de la serrer de trop près?
On pouvait le croire, car elle était fort mal entourée.
Immédiatement derrière elle, venaient un compagnon
maçon tout couvert de plâtre, une grosse commère
qui avait tout l'air d'une dame de la halle, un
vilain individu coiffé d'une casquette de soie qui
pouvait bien être un Alphonse de barrière, et un
vieillard qu'on aurait pu prendre pour un petit
bourgeois du quartier.

— Pauvre comtesse! murmura Chalandrey; dans
quel monde s'est-elle fourvoyée! voilà où mènent
les mauvais chemins!... je ne peux vraiment pas la
plaindre, mais j'aurai tout à l'heure avec elle une
conversation intéressante.

Il aurait bien voulu rester, pour voir comment
elle allait se tenir en passant devant le mort, mais
la file où il se trouvait encastré le poussait toujours
et bientôt il se trouva dehors.

Il s'agissait maintenant de guetter la sortie de
madame de Pommeuse et ce n'était pas difficile.

En face de la Morgue, de l'autre côté du quai dont
elle est séparée par une grille, s'étend une étroite
promenade plantée de maigres arbres et assombrie
par les hauts contreforts de l'église qui la dominent.

Les gavroches de la cité y prennent volontiers
leurs ébats et les bonnes y viennent garder les
enfants, tout en causant avec des militaires.

C'était dimanche et les allées de cette espèce de
jardin public regorgeaient de monde.

Chalandrey, sans y entrer, s'adossa à la grille et attendit que la comtesse parût.

Il s'était placé de façon à ne pas la manquer au passage et elle ne tarda guère à déboucher sur le large perron de la Morgue, en même temps que beaucoup d'autres curieux qui se dispersèrent dans toutes les directions.

Chalandrey pensait qu'elle devait avoir laissé, dans quelque rue du voisinage, la voiture qui l'avait amenée et il se préparait à la suivre, jusqu'à ce qu'il pût l'accoster à l'écart.

Il n'eut pas cette peine.

Elle descendit précipitamment les marches de l'escalier, traversa la chaussée, non sans se retourner plus d'une fois, comme une femme qui craint d'être suivie et prit pied sur le trottoir qui borde la grille du square Notre-Dame.

Elle tomba, pour ainsi dire, dans les bras de Maxime qui n'avait pas bougé et qui se félicitait d'avoir si bien choisi son poste d'observation.

Il s'attendait à la voir perdre contenance en se trouvant tout à coup face à face avec lui, mais il s'aperçut que c'était déjà fait, car le visage bouleversé de la comtesse disait assez qu'elle se mourait de peur.

Autre symptôme significatif: au lieu de chercher à l'éviter ou même de paraître surprise de le rencontrer là, elle s'accrocha à son bras et elle lui dit d'une voix étouffée :

— Venez... emmenez-moi... ne me quittez pas.

C'était presque la répétition de la scène qui s'était

8

passée, quelques jours auparavant, rue du Rocher.

Chalandrey ne se fit pas prier pour la faire entrer avec lui dans le jardin public et il l'entraîna, sans lui dire un seul mot, jusqu'à l'autre bout des allées.

Il sentait le bras de la pauvre femme trembler sous le sien et comprenant qu'elle n'aurait pas la force d'aller plus loin, il la fit asseoir sur un banc qui se trouvait libre.

— Remettez-vous, Madame, commença-t-il, en prenant place à côté d'elle. Vous n'avez rien à craindre, puisque je suis là. Mais je m'explique votre émotion... après cet horrible et répugnant spectacle...

— Vous savez donc d'où je sors ? murmura-t-elle.

— Je suis entré à la Morgue un instant avant vous et je vous ai aperçue dans la salle. Je vous avouerai même que je suis resté devant la porte pour vous attendre. J'avais le pressentiment que je pourrais vous être utile... et je ne me trompais pas.

— Non... je vous remercie... ce ne sera rien, je me sens déjà mieux... mais j'ai été si effrayée...

— On le serait à moins... et en vérité, je m'étonne que vous ayez eu le courage d'entrer là.

— J'ai été bien punie de ma curiosité... et j'en rougis maintenant. Que voulez-vous ! je suis femme et quand mon imagination s'exalte, je ne sais plus ce que je fais. Vous m'avez troublé l'esprit, hier soir, en me parlant de ce crime étrange... je n'ai pas su résister au désir qui m'a pris de voir...

— Le pendu et la corde. Moi aussi, j'ai voulu voir... et je ne regrette pas d'avoir vu. Cet homme a été assassiné, je n'en doute pas. Mais savez-vous ce qui m'a surtout frappé?... un détail que vous n'avez sans doute pas remarqué... il porte au doigt une bague toute pareille à la vôtre.

— Comment ?

— Mon Dieu, oui. Elle a pour chaton un œil-de-chat. Et si on la lui a laissée, c'est qu'on suppose sans doute qu'elle servira à le faire reconnaître... comme je vous ai reconnue hier, en regardant votre main...

— Ma bague me vient de mon père... ne vous l'ai-je pas dit ?

— Oh ! personne ne vous soupçonnera de vous être entendue avec cet homme, parce que votre bague ressemble à la sienne, s'écria Maxime, en affectant de rire. Mais je tenais à vous signaler le fait. Par le temps où nous vivons, il faut s'attendre à tout. Les journaux parleront des bijoux qu'on a trouvés sur le mort... sa montre, sa chaîne, ses boutons de manchettes et cet œil-de-chat qui est une pierre assez rare... et il pourrait arriver qu'une des personnes que vous recevez habituellement vous plaisantât sur cette coïncidence...

Et comme la comtesse baissait les yeux sans répondre :

— Que serait-ce donc, reprit Chalandrey, si on savait que lundi dernier, vous êtes allée boulevard Bessières... tout près du fossé où on a relevé le cadavre ? Je ne vous ai pas demandé ce que vous alliez faire là et je n'ai parlé à qui que ce soit de notre voyage en fiacre... mais, après m'avoir quitté devant

la porte de Clichy, vous avez peut-être rencontré
des gens qui vous ont remarquée... dans ce quartier perdu, à neuf heures du matin, une femme
vêtue comme vous l'étiez ne passe pas inaperçue...

— Où voulez-vous en venir ? interrompit madame
de Pommeuse, en relevant la tête.

— A vous montrer les conséquences possibles de
votre aventure de l'autre jour. Si, ce qu'à Dieu ne
plaise, quelqu'un vous avait vue — et reconnue —
vous seriez infailliblement interrogée, car la police
va remuer ciel et terre pour éclaircir cette mystérieuse affaire. On parle d'une vaste association de
malfaiteurs... de la découverte d'un souterrain...
tous les agents sont sur pied... on cherche... on
s'informe de tous les côtés... on recueille les moin-
dres indices... et on finira probablement par trouver
une piste... Si je vous disais que, hier, un monsieur
qui venait de la Morgue affirmait devant moi que le
mort faisait partie de notre cercle...

— Que me fait cela ? balbutia la comtesse. Et pourquoi prenez-vous à tâche de m'effrayer ?

— Pas de vous effrayer, mais de vous renseigner.
Je vous répète, chère madame, que si... par un de
ces hasards qui déconcertent toutes les prévisions...
vous étiez mise en cause, on vous demanderait
d'expliquer votre promenade matinale aux fortifications. On vous mettrait en demeure d'indiquer la
maison où vous êtes entrée... et de maisons, il n'y
en a pas, sur ce boulevard inhabité... il n'y a que
des murs... ou des palissades qui enclosent des
terrains vagues...

— Qu'en savez-vous ?

— J'ai vu.

— Vous m'avez donc suivie?

Maxime hésita un instant. Mais il fallait en finir, et il répondit :

— Pourquoi vous cacherais-je plus longtemps que je n'ai pas pu me résigner à vous laisser vous aventurer seule sur ce chemin mal fréquenté? Oui, je vous ai suivie de loin... non pour vous épier, mais pour rester à portée de vous défendre, si on vous attaquait.

— Et vous m'avez vue ?

— Je vous ai vue... disparaître tout à coup... et j'ai deviné que vous aviez ouvert une porte cachée dans une clôture en planches qui bordait le trottoir où vous marchiez.

— C'est vrai. Le terrain qu'elle protège a appartenu autrefois à mon père...

— Et le pavillon aussi.

— Le... pavillon ? répéta la comtesse qui pâlissait à vue d'œil.

— Oui... on ne l'aperçoit pas du boulevard, mais je suis monté sur une butte artificielle qu'on a élevée pendant le siège, à l'entrée d'un bastion.

— Vous ne direz pas cette fois que c'était pour me protéger. Avouez donc que vous m'avez épiée.

— Soit !... j'ai eu tort... et cependant...

— Eh ! bien, oui, j'allais à ce pavillon... où je suis venue souvent dans mon enfance et dont j'avais gardé la clé, quoique mon père l'ait vendu avant de mourir. Allez-vous me demander pourquoi j'y venais ?

8.

— Non, madame. Je veux seulement vous dire que la police saura que votre père l'avait fait bâtir et que si le crime dont elle cherche les auteurs a été commis là, elle ne manquera pas de s'occuper de vous. Et si elle apprenait que vous y êtes entrée, lundi dernier... ou seulement que vous êtes entrée aujourd'hui à la Morgue...

— Vous seul pourriez le lui apprendre.

— Êtes vous bien sûre de cela?

La comtesse se tut et Chalandrey reprit doucement :

— Pourquoi vous méfier de moi, madame? Je vous jure que c'est un ami qui vous parle... et que je ne trahirai pas vos secrets...

— Vous les connaissez donc?

— Supposez que je les connais... je suis prêt à vous défendre envers et contre tous, car je sais mieux que personne que vous n'êtes pas coupable...

Madame de Pommeuse regarda Maxime en face et lut dans ses yeux qu'il en savait plus long qu'elle ne pensait.

— Ainsi, murmura-t-elle, vous avez vu...

— Tout, répliqua laconiquement Chalandrey.

— Ah! je suis perdue! sanglota la comtesse, en cachant son visage dans ses mains.

— Non, vous êtes sauvée au contraire, si vous voulez bien m'accepter pour allié... et si vous ne me cachez rien...

— Je vais tout vous dire.

— Enfin! pensa Maxime, la voilà donc au point où

je voulais l'amener. Elle en arrive aux aveux... nous allons voir si elle va dire toute la vérité.

— Oui, je suis entrée dans ce pavillon, reprit la comtesse d'une voix entrecoupée. C'est là que m'attendait... un homme que je voulais... que je devais sauver d'un grand danger... l'entrevue a été courte... il est parti le premier et j'allais sortir quelques instants après lui de cette maison maudite, lorsque j'ai entendu des pas dans l'escalier... j'ai eu à peine le temps de me réfugier dans un cabinet où je me suis cachée... et de là, j'ai assisté à une scène épouvantable...

— Comment, assisté? Vous aviez fermé la porte.

— Oui, mais j'écoutais... et je regardais à travers la serrure... Le cœur me manque pour vous dire ce que j'ai vu... ils étaient sept... assis autour d'une table, au centre d'une vaste salle... l'un deux, le plus jeune, était ce malheureux dont on a trouvé le cadavre dans le fossé des fortifications... les autres se sont jetés sur lui tout à coup... l'émotion m'a arraché un cri... leur chef est accouru... il m'a trouvée plus morte que vive et il m'a traînée de force dans la salle où leur victime râlait déjà... ils lui avaient passé une corde autour du cou... alors, ils ont délibéré sur ce qu'ils allaient faire de moi... j'avais surpris leurs secrets... je devais mourir... ils m'ont interrogée... ils m'ont demandé pourquoi j'étais venue là... je ne sais plus ce que je leur ai répondu, mais le chef leur a parlé tout bas et ils ont décidé qu'on ne me tuerait pas, si je voulais promettre de me taire...

—Et vous avez juré?

— Oui.

— Sur le cadavre ?

— Je ne m'en souviens plus... j'avais complètement perdu le sentiment de ce qui se passait autour de moi... Je ne me souviens que de leurs menaces. Ils m'ont annoncé qu'ils me surveilleraient et que si je disais un seul mot, je périrais...

—Vous surveiller ! Ils savent donc qui vous êtes?

— Ils savent que je suis la fille de l'ancien propriétaire du terrain et de la maison... j'ai dû le leur dire pour leur expliquer comment j'étais entrée.

— Et sans doute, ils connaissaient le nom de votre père. Ils n'auront eu aucune peine à découvrir que sa fille est maintenant la veuve du comte de Pommeuse...

— Et je suis à la merci de ces misérables. Aussi, je ne vis plus. Hier, chez moi, je faisais bonne contenance... mais si mes invités avaient pu deviner ce qui se passait en moi... j'avais sans cesse devant les yeux cette affreuse scène... et je me défie maintenant de tous ceux qui m'approchent... à chaque figure nouvelle que je vois, je me demande en tremblant si ce n'est pas celle d'un affilié à la bande des assassins...

— Oh ! interrompit Maxime en regardant fixement la comtesse, ils sont bien sûrs que vous ne les dénoncerez pas. Ils ont pris leur précautions, en vous forçant à leur donner une garantie...

— Que voulez-vous dire ?... balbutia madame de Pommeuse.

— Ne savez-vous pas que j'ai tout vu ?

— Comment donc avez-vous pu ?...

— J'étais caché derrière une tapisserie qui masque l'entrée d'un couloir où j'étais entré après avoir grimpé sur la galerie avec une échelle...

— Et vous avez laissé ces scélérats étrangler ce malheureux !

— Qui ne valait pas mieux que ses bourreaux. Si je m'étais montré, je ne l'aurais pas tiré de leurs griffes et j'aurais eu le même sort que lui. Mais je vous prie de croire que j'aurais de bon cœur donné ma vie pour vous défendre. J'étais prêt à me jeter sur eux quand j'ai compris qu'ils n'allaient pas vous tuer... après vous avoir contrainte à participer matériellement au crime... vous n'en êtes pas plus coupable pour cela, puisque vous n'avez cédé qu'à la violence... je serais là pour l'affirmer, si par impossible ils osaient vous accuser de les avoir aidés... mais ils croient que la crainte d'être compromise dans une accusation criminelle vous empêchera de parler... et ils ne feront rien contre vous...

— Si je vous disais que, tout à l'heure, au moment où j'allais arriver devant ce sinistre vitrage...

— Eh ! bien ?...

— Une voix a murmuré à mon oreille ces mots : « Si tu ne te tais pas, gare à toi ! »

— Je m'explique maintenant pourquoi vous vous êtes retournée. Je vous observais de loin et j'ai remarqué le mouvement que vous avez fait.

— Oui... je me suis retournée et je n'ai vu der-

rière moi que des visages inconnus. J'étais pourtant
certaine d'avoir bien entendu. J'aurais voulu fuir ;
je n'en ai pas eu la force... et quand je me suis trouvée devant le cadavre, j'ai failli m'évanouir... alors,
la même voix m'a dit : « Pas de bêtises, la petite
mère ! Si tu te trouvais mal, on te porterait au greffe
et on te demanderait pourquoi tu as tourné de
l'œil. » Cette fois, je n'ai plus osé me retourner...
J'ai cru à une hallucination... il me semblait qu'elle
venait de l'autre monde, cette voix basse et sif-
flante...

— C'était probablement celle de quelque lugubre
farceur qui s'est amusé à vous faire peur.

— Non... la menace était sérieuse... et je suis sortie, terrifiée. Je ne pensais plus qu'à fuir et je m'i-
maginais qu'on me suivait... mais j'ai regardé derrière moi et je n'ai vu personne.

— Je regardais aussi et je n'ai vu que des gens qui
ne s'occupaient pas de vous. Voilà dix minutes que
nous causons sur ce banc. Si quelqu'un rôdait autour de nous, je m'en serais aperçu.

— N'importe... je ne suis pas rassurée...

— Je conçois cela... et vous me permettrez de vous
dire que vous avez commis une grave imprudence
en venant à la Morgue. Je ne m'en plains pas, puisque j'y ai gagné de pouvoir m'entendre avec vous.
Maintenant, je l'espère, nous n'aurons plus de secrets l'un pour l'autre... et nous chercherons ensemble un moyen de vous préserver de la vengeance
de ces bandits. Si nous connaissions le but de leur
association, nous aurions déjà un point de départ,

mais j'avoue que je ne m'en doute pas. Il faudrait d'abord savoir à qui votre père a vendu sa propriété.

— C'est ce que je demanderai à son notaire qui est resté le mien. Il ne refusera pas de me montrer l'acte de vente.

— Oserai-je vous demander, moi, d'où vous est venue l'idée de choisir ce pavillon pour vous y rencontrer avec quelqu'un ?...

— Ce n'est pas moi qui ai fixé le lieu du rendez-vous, dit vivement la comtesse ; c'est...

— L'homme qui y est arrivé avant vous.

— Vous l'avez vu ?

— Fort mal, car il faisait très sombre dans cette salle... mais j'ai entendu la conversation que vous avez eue avec lui... ou du moins la fin de cette conversation, car elle touchait à son terme, lorsque je me suis placé derrière la tapisserie.

— Et de ce que vous avez entendu, vous avez conclu que...

— Que vous vous intéressiez à cet homme et qu'il avait de graves motifs pour se cacher. Ces motifs, je n'ai pas cherché à les deviner. Vous les connaissez puisque vous lui avez remis de l'argent pour le décider à quitter la France et à aller s'établir en Amérique.

— Qu'avez-vous dû penser de moi ? murmura madame de Pommeuse.

— J'ai pensé que cet homme vous tenait de près... il vous tutoie et vous le tutoyez.

— Et vous vous êtes dit que j'étais ou que j'avais été sa maîtresse ?

Maxime s'abstint de répondre.

— Oh ! je ne vous en veux pas. Vous ne pouviez pas deviner la vérité... et qui sait si vous allez me croire quand je vous l'aurai dite ?...

— Je croirai tout ce qu'il vous plaira que je croie.

— Même si je vous dis que vous avez vu... mon frère.

— Votre frère ? répéta Maxime, très étonné et médiocrement convaincu.

Son oncle, en lui conseillant d'épouser la comtesse, ne lui avait pas parlé de l'existence de ce frère et s'il l'avait connue, il n'aurait pas manqué d'avertir Maxime que madame de Pommeuse n'avait pas été seule à recueillir l'opulente succession de son père.

— Oui, reprit-elle, mon frère, qui a été toute sa vie le fléau de ses proches, mon frère qui a dû fuir à l'étranger et qui, après sept ans d'aventures que j'ignore et que je veux ignorer, a eu l'audace de revenir en France.

Pensez-vous que j'inventerais cette histoire, si elle n'était pas vraie ? mon père a tout fait pour la cacher... Mon mari l'a sue, mais mon mari est mort. Croyez-vous que pour me disculper d'un soupçon qui a pu germer dans votre esprit, j'étalerais à vos yeux une plaie imaginaire ?

— Non, madame, non ; et je vous jure que...

— Hélas ! elle n'est que trop réelle. Je n'avais point oublié mon malheureux frère, quoique je fusse bien jeune quand ses fautes l'ont obligé à s'expatrier... il a quinze ans de plus que moi... mais

comme depuis longtemps, je n'avais eu de lui aucune nouvelle, je pensais qu'il était mort... lorsque
j'ai reçu une lettre par laquelle il m'annonçait son
arrivée à Paris et son intention d'y rester. Il était
logé dans un garni de la banlieue et il me sommait
de venir l'y voir et de lui apporter de l'argent ; il me
menaçait, si j'y manquais, de se présenter chez moi
et d'y faire une scène. C'eût été sa perte et un scandale effroyable. Je ne voulais ni le recevoir, ni me
compromettre en allant le trouver dans un bouge.
C'est alors que j'ai eu la malheureuse idée de lui
donner rendez-vous, le lendemain matin, à huit
heures, au pavillon du boulevard Bessières. Il le
connaissait pour y être venu souvent autrefois et il
n'avait pas dû oublier le moyen d'ouvrir la barrière.
Moi, je savais, par mon homme d'affaires, que la
maison n'était pas habitée et j'en avais conservé
la clé. Je comptais donc que personne ne viendrait déranger l'entrevue que j'étais forcée d'accepter.

Mon frère est arrivé avant moi. Il m'a reproché
de l'avoir fait attendre et il m'a déclaré de nouveau
qu'il voulait habiter Paris, sous un faux nom et y
vivre... à mes frais. J'ai refusé énergiquement de lui
donner de l'argent, à moins qu'il ne s'engageât à retourner en Amérique... la discussion a été longue,
et enfin... Mais à quoi bon vous raconter ce qui s'est
passé?... vous étiez là, et puisque vous avez tout vu,
vous avez dû aussi tout entendre.

— Oui... tout... même le chiffre de la somme que
vous lui avez remise... en échange d'une promesse

qu'il pourrait bien ne pas tenir. Vous êtes-vous assurée qu'il est parti?

— Non, et je suis fermement résolue à ne plus m'occuper de lui. Mais si jamais vous le rencontriez dans Paris...

— Je ne pourrais pas vous avertir, car je ne le reconnaîtrais pas... pas plus que je ne reconnaîtrais les étrangleurs... pas plus que je n'aurais reconnu leur victime, si je l'avais revue ailleurs que sur une dalle de la Morgue, la corde passée autour du cou... pas plus que je ne reconnaîtrais l'homme qui vous guettait dans la rue du Rocher.

Maxime avait réservé pour la fin cette allusion au seul incident mystérieux que la comtesse ne lui eût pas encore expliqué. Et il ne manqua point l'effet qu'il espérait produire en le lui rappelant tout à coup, car elle se troubla visiblement.

— C'est cet homme qui est la cause de tout, reprit Chalandrey, en souriant à demi. Si la crainte d'être vue par lui ne vous avait pas retenue un certain temps dans l'allée de cette maison, vous seriez arrivée beaucoup plus tôt au pavillon... et vous en seriez sortie avant l'apparition de ces bandits.

— C'est vrai.

— Et je ne vous aurais peut-être jamais vue. Je ne peux pas lui en vouloir.

— Mais vous vous demandez pourquoi je me cachais de lui, moi qui ne dépends de personne?

— Je puis me demander cela, mais je ne me permettrai pas de vous le demander, à vous, madame.

Vos secrets sont à vous et si j'en ai pénétré quelques-uns, c'est par hasard.

— Celui-là n'a pas la même gravité que ceux que vous connaissez déjà... et je tiens trop à votre estime pour m'abstenir de vous le confier. Cet homme n'a sur moi aucune autorité. Il n'est ni mon parent, ni mon ami. Il ne m'inspire aucune sympathie. Et cependant, je suis obligée de compter avec lui. Il a été mêlé à tous les événements de ma vie.

L'histoire du frère ignoré, revenant tout à coup de l'étranger avait fort étonné Chalandrey, mais il y croyait. Il se demandait maintenant ce que la comtesse allait lui raconter à propos d'un autre personnage mystérieux et il se sentait un peu m. disposé à ajouter foi au nouveau récit qu'elle allait entamer.

C'était une raison de plus pour l'écouter avec attention.

— Monsieur, commença madame de Pommeuse, vous disiez tout à l'heure que, si vous rencontriez cet homme, vous ne le reconnaîtriez pas. Vous disiez vrai... j'en ai eu la preuve, hier soir, car il était dans mon salon et vous ne l'avez pas remarqué.

— Comment est-il?

— Son signalement ne vous apprendra rien.

— Dites toujours.

— Il est grand et maigre... il ne porte ni barbe, ni moustaches... rien que des favoris coupés au niveau de l'oreille... il a une tête d'Espagnol, comme on en voit dans les tableaux de Goya...

— Quel âge?

— Cinquante à soixante ans... plus près de soixante.

— C'est bien cela. Je me souviens maintenant d'avoir aperçu chez vous le personnage que vous me dépeignez. Il se tenait à l'écart et il m'a semblé qu'il me regardait beaucoup.

— Vous ne vous êtes pas trompé. Il regarde et il observe toutes les personnes qui viennent chez moi pour la première fois. Il a beaucoup regardé aussi M. Lucien Croze et sa charmante sœur.

— Il s'est donc constitué le surveillant de votre salon?

— Il me surveille moi-même.

— Oserai-je vous demander de quel droit?

— Il n'en a aucun et il ne s'est jamais permis de m'adresser une observation. Mais il voit tout et il sait tout.

— Comme le *solitaire* de feu le vicomte d'Arlincourt, dit ironiquement Chalandrey.

Cette plaisanterie blessa la comtesse qui répliqua d'un ton sec :

— Si vous doutez de ce que je vous dis, il est tout à fait inutile que je continue.

— Je ne doute pas, madame; je m'informe... et je vous supplie de croire que vous avez en moi un véritable ami. Avant de vous rencontrer, je n'avais jamais rien pris au sérieux. Pardonnez-moi le mot qui vient de m'échapper... et achevez de me renseigner.

— Cet homme s'appelle Jean Tévenec. Il a été l'ami intime et l'associé de mon père. Il m'a vue naître...

— Oh ! alors, je comprends que vous ayez pour lui
des égards.

— Et il a toujours vécu en bonne intelligence avec
mon mari. Jusqu'au jour où je suis devenue veuve,
je n'ai jamais eu qu'à me louer de lui.

— Mais, depuis ?...

— Depuis, je n'ai eu qu'à m'en plaindre. Il a pris
avec moi des airs que je n'ai pas voulu supporter...
je le lui ai dit, mais... je ne pouvais pas me brouiller
avec lui...

— Pourquoi?

— Parce qu'il dispose d'une partie de mes revenus... et surtout parce qu'il connaît mieux que moi
les affaires de mon père qui lui a laissé, par testament, la gérance exclusive de diverses entreprises
dans lesquelles ils étaient intéressés tous les deux.
Il en touche les bénéfices, à charge de les partager
avec moi.

— Quelles entreprises ?

— Je ne l'ai jamais su et je renoncerais volontiers
à y participer... indirectement... mais je n'ai jamais
osé lui rompre en visière en lui fermant ma porte.
J'ai peur de lui. Je me figure qu'il possède des secrets dont il pourrait se servir contre moi... quand
il n'y aurait que le triste passé de mon malheureux
frère... il le connaît à fond... et il est toujours si
bien informé que je suis tentée de croire qu'il a une
police à lui... ou qu'il a le don de seconde vue, car
il devine mes intentions.

Ainsi, l'autre jour, après avoir écrit à mon frère
que je l'attendrais, le lendemain matin, au pavillon

du boulevard Béssières, je suis allée veiller, rue du Rocher, une brave femme qui a été ma nourrice, et qui est fort malade... Julie Granger... je vous ai déjà dit son nom... et Jean Tévenec la connaît parfaitement. Mes domestiques auraient pu s'étonner de me voir sortir au petit jour de mon hôtel de l'avenue Marceau. Je m'étais donc arrangée pour passer la nuit au chevet de Julie et je me proposais de courir, en sortant de chez elle, au rendez-vous que j'avais donné. Quel n'a pas été mon étonnement de voir M. Tévenec montant la garde devant la porte, de l'autre côté de la rue !

Vous savez comment je lui ai échappé...

— Alors, vous pensez que si je ne m'étais pas trouvé là, tout à point pour vous emmener en voiture, il vous aurait suivie?

— J'en suis certaine... et je suis certaine aussi que, s'il avait vu mon frère, il l'aurait fait arrêter. Il le hait.

— Mais je suppose qu'il ne vous hait pas, vous, madame. Quel intérêt a-t-il donc à vous nuire en dénonçant le fils de votre père?

— Il veut tout simplement m'empêcher de me remarier... et pour cela, tous les moyens lui seront bons.

— Est-ce qu'il compte hériter de vous?

— Non. Il est amoureux de moi.

— A l'âge qu'il a!

— Il y a dix ans qu'il cherche à m'épouser. Il se flattait autrefois, quand j'étais encore en pension, que mon père me l'imposerait pour mari... et il ne lui a jamais pardonné d'avoir accordé ma main à un autre. Il a rongé son frein, tant que M. de Pommeuse a vécu, mais depuis que je suis veuve, il s'est déclaré...

— Vraiment?... Il a osé...

— Oui, il a osé me dire qu'il m'aimait. Il ne me l'a dit qu'une fois, parce que je lui ai répondu de façon à lui ôter l'envie de recommencer, mais il n'a pas renoncé à l'espoir de m'épouser... malgré moi. Il compte qu'un jour viendra où, lassée du veuvage, je songerai à lui, faute de trouver mieux. Et pour arriver à ses fins, il n'hésiterait pas à me susciter des embarras qui éloigneraient de moi tous les prétendants...

— Diable! voilà un vilain monsieur! alors, il se réjouirait qu'il arrivât malheur à votre frère parce que le déshonneur d'une condamnation qui frapperait votre frère rejaillirait sur vous?

— Vous l'avez dit. Comprenez-vous maintenant toute la valeur du service que vous m'avez rendu en m'aidant à lui échapper?

— Que serait-ce donc s'il savait ce qui s'est passé, là-bas, dans ce pavillon maudit?...

— Je serais perdue, sans rémission. Il me mettrait en demeure de choisir... et si je refusais d'être à lui, il se tournerait contre moi.

— Vous auriez tout au moins un défenseur.

— Vous, monsieur. Oui je sais que je puis compter sur vous, mais...

— Je n'aurais pas qualité pour vous défendre, puisque je ne suis pas votre mari. Qu'importe?... Je vous défendrais, quand même. Seulement..... un mari vaudrait mieux...

Et comme la comtesse l'interrogeait des yeux pour savoir où il voulait en venir :

— Si je vous disais, reprit Maxime, que je connais un brave garçon qui vous aime et qui serait digne de vous ?...

— Celui-là, je le plaindrais, murmura madame de Pommeuse. Je ne lui apporterais que des chagrins et des inquiétudes. Mais de qui parlez-vous ?

— Si vous ne l'avez pas deviné, il est inutile que je vous le dise. Ce que je puis vous avouer, c'est que moi j'aspire ardemment à épouser une jeune fille que j'ai vue, pour la première fois, hier.

— Odette ! s'écria la comtesse. Vous l'épouseriez !

— Avec joie, si elle voulait de moi.

— Vous savez qu'elle n'a aucune fortune.

— Raison de plus. Mon oncle rêvait pour moi un mariage d'argent. J'ai, sur ce point, des idées tout opposées aux siennes. Une femme plus riche que moi me ferait peur.

Chalandrey savait bien ce qu'il faisait en lançant cette profession de foi. C'était une façon détournée de s'excuser de ne pas se poser en prétendant à la main de la comtesse qui avant cette explication en plein air, aurait pu se tromper sur ses intentions. Il avait tenu à lui déclarer nettement qu'il aimait mademoiselle Croze et il vit bientôt qu'elle l'approuvait sans aucune arrière-pensée.

— Vous ne pouviez pas me faire un plus grand

plaisir, dit-elle chaleureusement. Mademoiselle Croze me plaît beaucoup. Il ne tiendra qu'à elle de devenir mon amie.

— Le frère vaut la sœur, répliqua Maxime, et vous aurez en eux des alliés sûrs. Pourquoi ne formerions-nous pas, à nous quatre, une ligue contre vos ennemis, qui sont les miens? Je réponds de Lucien comme de moi-même... il se jetterait au feu pour vous.

Madame de Pommeuse s'abstint de répondre à cette ouverture prématurée et Chalandrey comprit qu'il allait trop vite.

Aussi s'empressa-t-il de rentrer dans la question.

— Madame, reprit-il, après un silence, je vous remercie de m'avoir accordé votre confiance. Je tâcherai de vous prouver que je la mérite... et pour commencer, je me mets entièrement à vos ordres. Je suis plus à même que vous de surveiller la marche que suivra cette affaire et je vous tiendrai au courant des incidents qui pourront survenir. Votre rôle, à vous, c'est de vous abstenir désormais de toute démarche imprudente.

— Je tremble qu'il ne soit trop tard, murmura la comtesse. Cet avertissement que j'ai reçu dans la salle de la Morgue, sans que j'aie pu découvrir de qui il me venait, me prouve que je suis épiée et que ces misérables sont puissants et tenaces. Ils ne se montrent pas et je sens qu'ils rôdent autour de moi. Je suis peut-être condamnée à vivre, comme le dernier empereur de Russie, sous la menace perpétuelle d'ennemis invisibles. Ils se glisseront jusque

9.

chez moi et je ne pourrai plus faire un pas, ni dire
un mot sans qu'ils le sachent.

— Votre imagination va trop loin,.. je suppose,
d'ailleurs, que vous êtes sûre de vos gens.

— Autant qu'on peut être sûre de serviteurs qu'on
a toujours bien traités. Mais M. Tévenec, qui a ses
entrées dans ma maison, les connaît mieux que je
ne les connais.

— Est-ce que vous le croyez capable de faire
cause commune avec les bandits du pavillon ?

— Je ne dis pas cela, et cependant...

— Au fait !... il est bien possible qu'il les con-
naisse, au moins de nom, car il sait à qui votre père
a vendu sa propriété et ces coquins avaient l'air
d'être là chez eux. Si la police découvre que le crime
a été commis dans le pavillon, M. Tévenec, qui a
été l'associé de l'ancien propriétaire, sera peut-être
interrogé. Mais que vous importe ? Vous l'avez si
bien dépisté qu'il ne se doute pas que vous y êtes
allée, l'autre jour.

— Je l'espère, mais ce n'est pas seulement pour
moi que j'ai peur. Les scélérats qui m'en veulent
s'en prendront aussi à mes amis. Il suffirait qu'ils
vous vissent causant avec moi sur ce banc... ils de-
vineraient que je vous ai raconté mon aventure et
que vous êtes disposé à me défendre. Il n'en faudrait pas davantage pour qu'il cherchassent à se
défaire aussi de vous.

— Vous les voyez partout, dit en souriant Maxime.
Moi, je n'aperçois que des bonnes d'enfant, des soldats et des gamins qui jouent au cerceau ou à la toupie.

La comtesse, moins rassurée que son chevalier, regardait du côté de la grille devant laquelle passaient les gens qui sortaient de la Morgue, car le défilé des curieux n'avait pas cessé.

Tout à coup, Chalandrey la vit pâlir.

— Qu'avez-vous, madame ? lui demanda-t-il.

Elle ne put que balbutier :

— Là-bas... cet homme qui se promène...

— Eh ! bien !...

— Il était derrière moi, au moment où on m'a parlé tout bas... pour me menacer...

— En effet, il me semble le reconnaître pour l'avoir vu dans la salle... mais rien ne prouve que ce soit lui. Vous étiez entourée et suivie de plusieurs individus qui ne payaient pas plus de mine que celui-là.

Il me paraît d'ailleurs, qu'il ne s'occupe guère de nous.

L'individu que la comtesse signalait à Maxime fumait tranquillement sa pipe, en dehors de la grille. C'était un vieillard, assez pauvrement vêtu, que Maxime n'aurait certes pas remarqué si madame de Pommeuse ne le lui eût pas montré, et qu'il n'était pas absolument sûr d'avoir déjà vu faisant queue dans la salle d'exposition.

— Il nous observe, murmura la comtesse.

— S'il nous observe, il cache bien son jeu, répondit en souriant Chalandrey. Depuis que je le regarde, il n'a pas tourné une seule fois la tête de notre côté.

Et alors même qu'il nous surveillerait, nous n'aurions rien à craindre, ici.

— Ici, non... mais il va vous suivre, quand vous m'aurez quittée... il verra où vous demeurez...

— Je me charge de le dépister... et du reste, si je m'apercevait qu'il me *file*, comme disent les policiers, je ne me gênerais pas pour lui demander ce qu'il me veut. Vous, madame, vous allez, je suppose, prendre une voiture pour rentrer chez vous...

— Oh! ce n'est pas à moi qu'il s'attachera... il doit me connaître... vous, il ne vous connaît pas et il voudrait bien savoir qui vous êtes... il fera tout pour en venir à ses fins.

— Vous croyez donc sérieusement qu'il est de la bande? Je suis pourtant certain de ne pas l'avoir vu dans le pavillon.

— Je ne crois pas l'y avoir vu non plus... mais rien ne prouve qu'il n'y était pas... et d'ailleurs, il espionne peut-être pour le compte des assassins...

— Votre imagination va trop loin, chère madame... et en vérité, je ne puis pas admettre qu'il existe à Paris une association de bandits organisée comme une sorte de Franc-Maçonnerie du crime. Les scélérats que nous avons surpris n'ont pas les bras si longs... et je persiste à penser que, vous et moi, nous pouvons dormir en paix.

Seulement, ajouta Chalandrey, après une courte pause, je suis d'avis que vous ferez sagement de les laisser en repos. C'est l'affaire de la police de les découvrir et vous n'êtes pas tenue de les dénoncer.

Moi-même, qui ne renonce pas à faire une enquête discrète sur cette sinistre aventure, je n'ai pas le projet de les livrer, si je parviens à les trouver. Je ne le ferais que si, par impossible, vous étiez compromise..... alors, j'interviendrais pour déclarer que vous avez été leur victime et non par leur complice... Cela n'arrivera pas, si vous restez tranquille.

Il est fâcheux que vous soyez venue à la Morgue, mais vous n'y reviendrez plus, et la menace qui vous a si fort effrayée ne sera pas suivie d'effet.

Tenez ! l'homme que vous soupçonniez de nous surveiller s'en va fumer sa pipe ailleurs.

C'était vrai. Le petit vieux qui se promenait devant la grille s'éloignait à pas lents et il ne tarda guère à se confondre dans la foule des passants.

— Vous voilà rassurée, j'espère ? demanda Maxime.

— Pas complètement, murmura la comtesse ; mais je me sens remise de l'émotion qui m'a bouleversée... je puis marcher maintenant... et je vais, comme vous me le conseillez, rentrer chez moi.

— A pied ?

— Non... je trouverai un fiacre. Mais je vous prie de ne pas m'accompagner. Il y a une station de voitures tout près d'ici.

— Comme il vous plaira, madame. Puis-je savoir quand je vous reverrai ?

— Mais... samedi prochain, chez moi. Mademoiselle Croze y sera. Elle me l'a promis.

— Et son frère l'accompagnera, répondit Chalandrey, qui avait compris l'intention de madame de Pommeuse.

Elle lui parlait de la sœur ; il ripostait en lui par-

lant du frère. Ils s'étaient devinés réciproquement
et cet échange d'allusions à une absente et à un absent
équivalait presque à un engagement de s'entr'aider
à tâcher de se faire aimer : Maxime d'Odette et la
comtesse de Lucien.

— Il est bien entendu, reprit-elle, que vous me
trouverez toujours prête à vous recevoir, si vous
aviez quelque chose de nouveau à m'apprendre.
A dater de ce jour, ma maison vous est ouverte.

— Quoi qu'en puisse dire M. Tévenec ? interrogea Maxime, en souriant à demi.

— Et quoi qu'il en puisse penser, car il ne se
permettrait pas de m'adresser une observation. Du
reste, il ne vient chez moi que pour des affaires
d'intérêt... je vous ai dit qu'il gère une portion de
ma fortune... il a assez souvent des comptes à me
rendre et des fonds à me remettre sur les revenus
qu'il touche, en vertu d'une disposition particulière
du testament de mon père.

Chalandrey ne comprenait pas très bien ces arrangements et ne devinait pas de quels revenus il s'agissait, mais il ne lui convenait pas de s'en enquérir. Il
se contenta de penser :

— Si Lucien épouse, il fera bien de tirer au clair
la situation et de se débarrasser de cet administra-
teur amoureux. A sa place, moi je commencerais
par là... et c'est le conseil que je lui donnerai.

— Je renoncerais à l'argent qu'il encaisse pour
moi plutôt que de tolérer qu'il s'ingérât de diriger ma conduite et de contrôler mes préférences,
ajouta madame de Pommeuse.

Cette fière déclaration plut à Chalandrey qui ne songea plus qu'à clore une entrevue qu'il se reprochait d'avoir trop prolongée.

Après tout, l'endroit n'était pas sûr et sans croire à la présence des espions dont la comtesse se figurait être entourée, Maxime ne se dissimulait pas que le hasard pouvait amener là des gens de son cercle ou des habitués du salon de madame de Pommeuse. Les uns et les autres s'étonneraient de les voir causer intimement sur un banc du square Notre-Dame et ne se priveraient pas de gloser sur ce tête-à-tête en plein vent.

Il sentait d'ailleurs qu'il tardait à la comtesse de se réfugiez chez elle, après de si rudes secousses, et lui-même souhaitait de regagner son logis pour se reposer et pour réfléchir.

Il prit donc congé en termes affectueux et il la laissa partir seule, comme il l'avait promis.

Il la vit passer l'entrée de la grille, tourner à gauche et filer vers la place du parvis où il la perdit de vue.

— Personne ne l'a suivie, dit-il en se parlant à lui-même ; la voilà tirée d'affaire. Il faut qu'elle ait le diable au corps pour être venue à la Morgue, au lieu de rester tranquillement au coin de son feu. Cette comtesse est étonnante. Si je n'avais pas assisté à la scène du pavillon, je serais certainement tenté de croire qu'elle n'a pas la conscience nette... mais la pauvre femme n'a rien à se reprocher que des imprudences et elle pourrait bien les expier cruellement... ces bandits sauront la retrouver et, à l'en

croire, ils viennent de lui donner un premier avertissement, dans l'intérieur de ce vilain monument...
à moins qu'elle n'ait rêvé les menaces qu'elle s'imagine avoir entendues... ça ne m'étonnerait pas beaucoup, car ce petit vieux qu'elle m'a montré ne s'occupait ni d'elle, ni de moi. Il a disparu et maintenant il doit être loin.

Ce monologue dura jusqu'à ce que Chalandrey fût
sorti du square et prit fin quand il s'engagea sur le
Quai aux Fleurs.

De tous les chemins qu'il pouvait suivre pour s'é-
loigner de la Morgue, c'était le moins encombré et il
avait hâte de sortir de la foule.

Il marchait la tête basse, distrait par les idées
qui se pressaient dans son cerveau et il faillit
se heurter contre une voiture arrêtée près du parapet, une de ces carrioles dont se servent les bou-
chers pour transporter les viandes. Il la touchait
presque lorsqu'il l'aperçut, et il se jeta vivement de
côté pour éviter le choc, sans même lever les
yeux sur ce véhicule à quatre roues, surmonté
d'une impériale d'où pendaient des rideaux de
cuir.

Ce prompt écart le porta au milieu de la chaussée
sur laquelle il se remit à cheminer, toujours absorbé dans des méditation profondes.

Il était écrit sans doute que ces méditations seraient troublées plus d'une fois, car presque aussitôt, il vit venir droit sur lui un coupé de maître,
lancé à fond de train.

Naturellement, il se rangea pour lui faire place.

mais au moment où il obliquait à droite, la carriole qu'il avait dépassée arriva, en sens inverse du coupé, avec le fracas et la rapidité de la foudre.

Le garçon boucher assis sur la banquette du devant avait tout à coup fouetté son cheval, un énorme percheron plein de feu qui était parti comme un trait.

Chalandrey n'eut que tout juste le temps de sauter sur le trottoir. Encore fut-il atteint à l'épaule gauche par un des brancards qui le lança contre le parapet du quai.

Il s'en fallut d'une seconde qu'il ne fût renversé, piétiné par l'animal et écrasé sous les roues.

Etourdi par la violence du coup, il ferma les yeux un instant. Quand il les rouvrit, la carriole était déjà loin, mais il vit parfaitement à l'arrière un homme, debout, qui le regardait et qu'il reconnut tout de suite.

Cet homme c'était le bon vieillard, signalé par la comtesse, le bourgeois innocent qui, cinq minutes auparavant, fumait sa pipe en flânant le long de la grille.

— Arrêtez-le ! cria Maxime, à pleine voix, en gesticulant, pour avertir les gens de barrer le passage au gredin qui avait failli le tuer net et qui continuait de fouailler son cheval à tour de bras.

Mais Maxime en fut pour ses cris. Il ne se trouva pas sur le quai un homme assez courageux pour se jeter à la traverse. Les passants s'écartaient et les sergents de ville brillaient par leur absence.

La carriole enfila le pont d'Arcole et passa sur la

rive droite où nul ne s'avisa de la poursuivre, et Chalandrey moins que tout autre, car il était hors d'état de courir.

Il resta appuyé au parapet, tâtant de la main droite son épaule gauche et se demandant si elle n'était pas démise.

Il venait de l'échapper belle et il devait s'estimer heureux d'en être quitte pour une forte contusion, mais il comprenait parfaitement que le conducteur avait fait de son mieux pour le tuer, et il devinait pourquoi.

Il voyait encore la figure grimaçante du petit vieux qui se tenait caché tout au fond de la carriole et qui avait évidemment donné à ce drôle l'ordre de lancer son cheval au moment précis où Chalandrey, pris entre deux voitures roulant en sens contraire, n'avait plus de place pour se garer.

Le coup avait été prémédité et c'était une véritable tentative d'assassinat

Décidément, la comtesse avait raison de se défier du fumeur à barbe grise.

Ce coquin était un agent des assassins du pavillon. Ils avaient juré de se défaire des amis auxquels madame de Pommeuse avait pu raconter son aventure et ils commençaient par celui qu'ils venaient de surprendre causant avec elle à la porte de la Morgue.

La guerre était déclarée et ils ne s'en tiendraient pas là.

Pendant que Maxime se disait tout cela, accouraient deux messieurs bien mis qui avaient vu de

loin l'accident. Ils s'empressèrent autour de lui, et ils
lui offrirent de le reconduire à domicile, proposition qu'il s'empressa de décliner, car maintenant
il se défiait de tout le monde. Mais il ne put pas
empêcher l'un de ces obligeants inconnus d'appeler
un fiacre qui passait et de l'aider à y monter, après
qu'il eut donné son adresse au cocher. C'était encore une faute, car ils purent entendre parfaitement qu'il allait rue de Naples, 29, mais on ne s'a-
vise jamais de tout et pour le moment, il ne pensait
qu'à rentrer le plus tôt possible, car le choc, sans le
blesser sérieusement, l'avait étourdi, à ce point
qu'il avait quelque peine à coordonner ses idées et
qu'il ne songeait qu'à aller se mettre au lit.

Il ne se dissimulait pas que les ennemis de la
comtesse étaient devenus les siens et il s'attendait à
avoir maille à partir avec eux, mais il était décidé à
employer les grands moyens pour se défendre et il
se réjouissait de penser que madame de Pommeuse
courait de grands dangers.

Quant à Odette Croze, elle n'avait rien à redouter
de ces bandits qui devaient ignorer qu'elle existait.

On croit volontiers ce qu'on désire, surtout quand
on est amoureux.

V

Après une longue nuit de repos absolu, Maxime de Chalandrey, complètement remis, fut réveillé le lendemain de sa malencontreuse expédition à la Morgue par son oncle qu'il n'avait pas revu depuis la soirée de madame de Pommeuse.

Le dimanche, M. d'Argental passait régulièrement la matinée à régaler au café d'anciens camarades de régiment et l'après-midi à présider des assauts dans la salle d'escrime du cercle.

Ces jours-là, il ne paraissait jamais à l'hôtel de la rue de Naples.

Il avait donc renvoyé au lundi l'explication complémentaire qu'il voulait avoir avec son neveu.

Elle fut chaude, car il n'avait pas encore pu digérer la conduite de Maxime qui, au lieu de faire sa cour à la riche veuve du comte de Pommeuse, s'était occupé tout le temps d'une virtuose au cachet.

Il lui adressa encore une fois des reproches bien sentis, et Maxime le prit de très haut, au lieu de chercher à s'excuser. Il aurait eu d'excellentes raisons à faire valoir pour se justifier de ne pas rechercher la main de la comtesse, mais il était trop galant homme pour les mettre en avant et il se borna à déclarer nettement que cette dame, en dépit de sa grosse fortune et de son éclatante beauté, n'était pas la femme qu'il rêvait, tandis que mademoiselle Croze l'avait charmé, ravi, subjugué.

Comme l'avant-veille, il ajouta qu'il entendait rester maître de son choix et que n'étant pas pressé de renoncer au célibat, il ne se marierait qu'à bon escient.

Sur quoi, l'ex-chef d'escadrons pensa qu'il aurait tort de heurter de front les idées d'un garçon accoutumé à n'en faire jamais qu'à sa tête.

Mieux valait filer doux et attendre que Maxime revînt d'une fantaisie sans conséquence.

L'oncle, dans le salon de l'avenue Marceau, lui avait déjà dit tout ce qu'il avait à lui dire à ce sujet et il eût été maladroit d'insister.

Il coupa donc court à un entretien pénible et à des remontrances inutiles.

Il y coupa court en proposant à son neveu une distraction tout à fait inattendue

— N'en parlons plus, conclut-il brusquement. Tu es assez grand pour te gouverner toi-même, Et puis, l'amour, c'est comme la confiance... ça ne se commande pas. Place ton cœur où tu voudras. Je ne me mêlerai plus de te donner des conseils. Mais, ce matin, tu vas me faire le plaisir de venir déjeuner avec moi. C'est à mon tour de t'inviter.

— Diable! murmura Chalandrey, je n'ai guère envie de sortir. Je suis éreinté.

— Bon ! je devine... tu as encore joué et tu t'es couché au petit jour. Eh bien, après une nuit passée devant un tapis vert, tu dois éprouver le besoin de marcher.

— J'ai assez marché hier.

— Parions que tu as encore suivi des femmes. Tu ne fais que ça. N'importe ! Une bonne promenade te remettra d'aplomb et t'ouvrira l'appétit. Lève-toi, habille-toi et en route !... ou je me fâche sérieusement, cette fois.

— Où voulez-vous donc me mener, mon cher oncle ?

— Pas au Café anglais.

— Je m'en doute, mais ne puis-je savoir ?...

— Je te promets que tu mangeras dans la perfection. Ça doit te suffire. Je tiens à te laisser le plaisir de la surprise.

— Quel terrible homme vous êtes !... enfin !... je ne veux pas vous contrarier, grommela Maxime, en sautant en bas du lit.

Et il se mit à sa toilette pendant que son oncle allumait un cigare.

— Est-ce loin d'ici, cet établissement inédit où on fait de si bonne cuisine ? reprit le neveu qui manquait décidément d'enthousiasme.

— Pas beaucoup plus loin que le boulevard des Italiens... seulement, c'est dans un quartier où tu n'as jamais mis les pieds. Tu vas faire un véritable voyage de découvertes... et tu me remercieras après.

Chalandrey donnait à tous les diables cette lubie du commandant, mais après lui avoir rompu en visière sur la grosse question du mariage, il tenait à ne pas le contrarier en lui refusant le plaisir de déjeuner avec lui, fût-ce, comme il s'y attendait un peu, dans quelque cabaret excentrique.

Il s'habilla donc le plus vite qu'il put, ce qui n'était pas beaucoup dire, car il y mettait ordinairement une heure et demie.

Les ablutions à l'anglaise ne lui prirent, ce jour-là, que vingt minutes et le reste à peu près autant.

Du reste l'oncle d'Argental ne paraissait pas très pressé. Il était allé s'étendre sur un divan au fond du cabinet de toilette, et il fumait sans dire un mot.

Maxime, résigné à subir la corvée que le commandant lui imposait, se disait, pour se consoler, qu'elle prendrait fin d'assez bonne heure et se proposait de se transporter, après ce déjeuner forcé, rue des Petites-Écuries où il trouverait Lucien Croze à son bureau. Il comptait le prier de le mener rue des Dames quand il aurait terminé son travail de la journée et de le remettre en présence de sa sœur, sans attendre jusqu'au prochain dimanche.

—Y sommes-nous? demanda M. d'Argental, quand il vit que son neveu était prêt. Oui? Eh! bien, alors, filons au pas accéléré. Je me suis levé à six heures et je n'ai avalé qu'une tasse de café. J'ai l'estomac dans les talons.

Maxime aurait volontiers pris un fiacre, mais il comprit qu'il n'y fallait pas songer et il suivit docilement le commandant qui le conduisit, par le boulevard des Batignolles, à la place où on a érigé une statue au maréchal Moncey.

C'était précisément par là que Maxime était passé en voiture, quelques jours auparavant, avec madame de Pommeuse qu'il prenait alors pour une aventurière, et ce souvenir lui revint à l'esprit quand il vit son oncle s'engager dans l'avenue de Clichy.

— Est-ce que vous me menez déjeuner à la barrière ? lui demanda-t-il en riant.

— Pas tout à fait, répondit le commandant, mais pas très loin du chemin de ronde. Mon restaurant ne paie pas de mine, mais à bon vin pas d'enseigne et j'espère que tu n'as pas de préjugés.

Cette explication n'éclairait pas Maxime, mais il s'abstint d'insister, car il lui était assez indifférent de faire un mauvais déjeuner.

Elle est très longue, l'avenue de Clichy, et elle n'a pas partout le même aspect.

Au commencement, elle est bordée des deux côtés de cafés où se rassemblent les artistes qui ont leurs ateliers dans le quartier, de débits où les ouvriers viennent se mettre le gosier en couleur, de restaurants où les bourgeois des Batignolles dînent en famille.

Plus loin s'embranchent sur la voie principale une foule de ruelles, d'impasses et de cités où logent des légions d'industriels de toutes catégories.

On s'aperçoit tout de suite qu'on est déjà très loin du Paris élégant et que les populations cantonnées dans ces parages n'ont rien de commun avec les paisibles citadins des arrondissements du centre.

Tout à coup, le commandant prit, à droite, un de ces chemins étroits et mal pavés et Maxime se dit :

— C'est heureux ! j'ai cru un instant que nous allions à la porte de Clichy et au boulevard Bessières... mais, si je devine où il me mène, je veux être pendu.

La plaque municipale placée sur la maison d'angle portait en lettres blanches les mots : rue Pouchet, et Maxime ne fut pas mieux informé après les avoir lus.

Où aboutissait cette venelle sordide ? Impossible de le deviner.

— Nous approchons, dit d'un air goguenard l'oncle d'Argental. Qu'est-ce que tu dis de ces jolies bâtisses ? c'est original, hein ?

— Beaucoup trop, grommela Maxime. Je préfère la rue de Rivoli.

— Bah ! pour une fois !... et puis je te montre du nouveau et tu n'es pas content. Tu es vraiment trop difficile.

— Je commence à croire, mon cher oncle, que vous vous moquez de moi, pour me punir de n'être pas tombé amoureux de madame de Pommeuse.

— Tu le mériterais... mais rassure-toi... la promenade que je t'ai fait faire touche à son terme et le déjeuner n'est pas loin. Tu l'auras bien gagné et il est temps que je t'apprenne où je te conduis... et pourquoi je t'y conduis.

Je commence par le : pourquoi. Tu vis chez toi comme un prince, et tu dois en avoir assez de boire des grands vins et de manger des plats fins. A ce jeu-là, on finit par se blaser le palais et il m'a passé par la tête de te faire goûter une cuisine de bivouac... rien que pour m'assurer que tu pourrais faire cam-

pagne sans te plaindre de la qualité des vivres.
L'essai ne te sera pas inutile, puisque tu n'auras
bientôt plus d'autre ressource que celle de servir
ton pays, en qualité de cavalier de deuxième classe.
Il est bon que tu aies un avant-goût des fricots de
cantine...

— Merci bien ! s'écria gaiement Chalandrey. J'entrevois ce qui m'attend et je suis prêt à tous les
sacrifices.

— C'est une idée qui m'est venue en déjeunant
chez toi, samedi, et comme, en te quittant, je suis
allé voir ma vieille amie, la mère Caspienne, je lui
ai commandé un joli repas pour ce matin... et il ne
sera pas si mauvais que tu crois, car elle a dû se
mettre en quatre pour me contenter. Tu auras par-
dessus le marché le plaisir de la contempler et je te
jure qu'elle en vaut la peine.

— Alors, c'est votre ancienne cantinière qui va
nous traiter. J'aurais dû m'en douter... et je ne vous
en veux pas du tout. C'est égal !... elle a choisi pour
s'établir un drôle de quartier et les gens qui se nour-
rissent chez elle ne doivent pas appartenir aux classes
dirigeantes.

— Des chiffonniers, mon cher, des sergents de
ville et des employés de l'octroi. Oh ! la société n'est
pas mêlée et les escrocs du grand monde ne fré-
quentent pas la maison. J'aime mieux ça. Du reste,
nous ne serons pas confondus avec les habitués. On
nous a réservé un cabinet.

— Ma foi ! J'en suis fâché. J'aurais voulu les voir.

— Tu les verras. Nous ne serons séparés de la salle

commune que par un vitrage. Maintenant, nous allons tourner à gauche, par le passage des Epinettes.

— Il est joli, le passage. Et cette voûte qui l'enjambe...

— C'est celle du chemin de fer de ceinture. Après, nous allons entrer dans la cité du Bastion .. un nom militaire qui doit plaire à une vieille cantinière de Crimée... Son établissement est au bout.

Elle avait vraiment du caractère, la cité du Bastion. On n'y voyait que des baraques, faites, les unes avec des planches vermoulues, les autres avec des moellons volés dans des maisons en démolition : de vraies huttes de sauvages, construites par des civilisés, car il y en avait quelques-unes pour lesquelles on n'avait employé d'autres matériaux que des boîtes à sardines, bourrées de terre, empilées symétriquement et cimentées avec du plâtre.

Il ne paraissait pas que, pour le moment, elles fussent habitées. Les nomades qui y couchent se répandent dès le matin dans Paris, pour y chercher leur pâture et ne rentrent au gîte que la nuit, absolument comme les oiseaux de proie.

Mais, au delà de ces constructions fantaisistes, s'élevait une maison, une vraie maison à un étage, avec de vraies portes, de vraies fenêtres et une façade peinte en jaune devant laquelle pendait une enseigne en fer blanc.

— C'est là, dit le commandant, et j'aperçois la mère Caspienne sur son seuil. Il paraît que nous sommes en retard, car elle regarde si elle ne voit rien

venir, comme sœur Anne, dans le conte de Barbe
Bleue. Elle s'est fait un abat-jour avec ses mains..
Ah! elle nous a aperçus, car elle rentre précipitam-
ment pour courir à ses casseroles.

Prépare-toi. Je vais te présenter. Tâche de ne pa
lui rire au nez.

Chalandrey ne songeait guère à se moquer de la
vieille protégée de son oncle. Il voyait, au bout de la
cité bien nommée, un bastion et une butte en terr
qu'il lui semblait reconnaître.

Etait-ce là le boulevard Bessières? Il n'osa pa
questionner son oncle, mais il resta convaincu que
le cabaret de la mère Caspienne ne devait pas être
bien loin de l'enclos où il était entré, un matin, pa
le chemin de ronde.

Assurément, le commandant n'avait pas mis de
malice à amener là son neveu, car il ne pouvait pa
se douter qu'un crime avait été commis tout récemment dans le pavillon, mais Maxime trouvait que le
hasard arrange quelquefois singulièrement les choses
et il ne regrettait pas trop d'être venu, car la cantinière devait avoir eu vent de cette histoire d'un
cadavre ramassé, tout près de chez elle, dans le fossé
des fortifications.

Pressé d'arriver, l'oncle Pierre hâtait le pas et la
vieille reparut sur le pas de sa porte, juste au moment où les déjeuneurs qu'elle attendait allaient
entrer.

Maxime resta confondu d'étonnement en se trouvant tout à coup nez à nez avec elle. Il n'avait rien
rêvé qui approchât de la réalité.

Cette femme était un phénomène.

Grosse et ronde comme une tour, haute en couleur et moustachue comme un grenadier, telle était Virginie Crochard, dite la mère Caspienne, et beaucoup plus connue sous ce sobriquet que sous son nom de famille.

Elle aurait certainement pu s'exhiber dans les foires, comme femme colosse, et on se demandait en la voyant comment elle avait jamais pu porter le costume pimpant et écourté des cantinières.

Il est vrai qu'elle avait dû considérablement engraisser depuis la guerre de Crimée.

Elle était restée alerte, en dépit de son embonpoint et de ses soixante ans sonnés et elle portait crânement le petit chapeau ciré qui jurait avec le reste de sa tenue fort peu militaire.

Elle avait l'œil vif, le geste prompt et la langue déliée. Avec cela, toujours gaie, toujours contente de tout et ne boudant jamais à l'ouvrage. La Madame Grégoire du chansonnier Béranger, aux mœurs près, car depuis la mort de son époux, on ne lui avait pas connu d'amoureux et elle ne tolérait pas les orgies dans son cabaret du *Lapin qui saute*.

Bien notée à la police qui a toujours l'œil sur les établissements de ce genre, adorée de ses pratiques et respectée dans son quartier des Epinettes où on ne respecte pas grand'chose, la mère Caspienne jouissait encore de la considération qui s'attache à la richesse, car elle passait pour posséder de fortes économies.

— Salut, mon commandant! dit-elle en exécutant comme un vieux troupier le salut réglementaire

— la main droite levée à la hauteur de la tempe,
l'autre main sur la couture de la jupe, et les deux
talons sur la même ligne.

— Bonjour, maman, répondit Pierre d'Argental.
Nous sommes en retard pour l'appel... Au régiment,
ça m'aurait valu deux jours de consigne... mais ça
m'arrive quelquefois depuis qu'on m'a fendu l'o-
reille...

— Il n'y a pas de mal, mon commandant. Seulement, quand j'ai vu mon horloge marquer midi, j'ai
eu envie de sonner la soupe... j'ai encore la trom-
pette de mon pauvre défunt et j'en joue assez pro-
prement.

— C'est la faute de mon neveu que voici...

— Monsieur est officier ?

— Non, mais il le sera et son père l'était... sans
compter son oncle, ici présent. C'est dans notre sang,
l'épaulette... seulement, elle se fait quelquefois
attendre, et ce garçon se dépêche de manger son
bien avant de s'engager. Mais, pour le moment,
simple péquin, mon neveu Maxime.

— Ça n'y fait rien, mon commandant ; monsieur
rattrapera le temps perdu et l'uniforme lui ira comme
un gant.

— Je le sais bien, mais il ne s'agit pas de ça. Nous
crevons de faim, maman, et le déjeûner doit être
prêt.

— Les huitres sont sur la table, mon commandant.

— Des huitres... au *Lapin qui saute !*... Il y a donc
des écaillères, par ici.

— Ce matin, j'ai été exprès à la halle.

— Au fait, tu trouvais bien le moyen de nous en faire manger devant Sébastopol. Tu as toujours été une femme de ressource.

— Je m'en flatte, mon commandant. Faites-moi l'honneur d'entrer dans ma cambuse... avec monsieur.

L'oncle et le neveu suivirent la mère Caspienne, qui leur fit traverser une salle, où il n'y avait pour le moment que deux douaniers buvant chopine, et les introduisit dans un cabinet, ou plutôt dans une espèce de cage vitrée où le couvert était mis, sur une nappe très blanche.

— Quel luxe ! s'écria l'oncle. On voit bien que tu fais de bonnes affaires ici.

— J'en ferais de meilleures, si le loyer n'était pas si cher, et si le gérant n'était pas si dur au pauvre monde. En voilà un qui n'attache pas ses chiens avec des saucisses ! Il n'a jamais voulu me signer un bail, et il m'augmente tous les ans, ce Tévenec de malheur.

— Tévenec !... Il me semble que je connais ce nom-là.

Maxime aussi le connaissait pour l'avoir entendu prononcer, la veille, par madame de Pommeuse, et il se demandait si l'homme d'affaires, amoureux de la comtesse, et le gérant que maudissait la mère Caspienne, n'étaient qu'un seul et même individu.

Le commandant, lui, n'avait gardé qu'un souvenir assez vague du personnage qu'il rencontrait quelquefois dans le salon de l'avenue Marceau, et il n'avait

pas les mêmes raisons que son neveu, pour se préoccuper de savoir de qui se plaignait la cantinière.

— Ah ! le vilain bonhomme ! reprit-elle, il a l'air
d'un riz-pain-sel. Heureusement qu'il ne vient pas
souvent traîner ses guêtres par ici. Je ne le vois que
les jours de terme.

— Il représente sans doute le propriétaire? demanda
Chalandrey.

— Je ne l'ai jamais vu, le propriétaire, et les quit-
tances sont au nom de ce Tévenec. Et puis, ça m'est
bien égal de payer à l'un ou à l'autre. Si je n'avais
pas d'autres ennuis, ça ne serait rien.

— Tu as des ennuis, maman ! s'écria gaiement
M. d'Argental. On ne le dirait pas. Tu es fraîche
comme une rose... je crois bien que tu rajeunis,
parole d'honneur !

— Vous êtes bien bon, mon commandant ; mais
je n'en suis pas moins rudement embêtée depuis
deux jours.

— Et pourquoi, Virginie ?

— Parce que j'ai *la rousse* sur le dos.

— Comment, *la rousse?*

— Eh ! oui... la police... *rapport* à ce particulier
qu'on a trouvé mort dans le fossé des fortifications.

— Quel particulier? qu'est-ce que tu me chantes là?

— On ne parle que de ça dans tout Paris. Vous ne
lisez donc pas les journaux !

— Pas souvent. La politique m'assomme.

— Il ne s'agit pas de politique. Il s'agit d'un
homme qu'on a étranglé... et ils disent qu'on lui a
fait passer le goût du pain tout près d'ici.

— Qu'est-ce que ça peut te faire?

— Rien du tout, vu que je ne me suis jamais occupée de ce qui se passait chez le voisin. Mais ils sont venus hier... des juges, des commissaires, des agents... tout le tremblement, quoi!... et ils ont découvert un souterrain qui va depuis ma cave jusque dans la plaine Saint-Denis; je veux que le diable me brûle si je m'en doutais. Ça n'empêche pas qu'ils ont visité ma cambuse du haut en bas... ils n'ont rien trouvé de suspect, c'est vrai, mais le chef des *roussins* m'a signifié de me tenir à la disposition de la justice... je vas être surveillée, c'est sûr... il viendra tous les jours des agents rôder chez moi... et mes pratiques décanilleront. Ça s'est su dans le quartier et vous voyez... en fait de consommateurs, aujourd'hui, je n'ai que des gabelous qui se paient un litre pour deux.

— Bah! dans trois jours, on ne parlera plus de cette vilaine histoire... et moi, j'en ai déjà assez de l'écouter. Qu'est-ce que tu vas nous donner? Voyons le menu.

— Une matelote d'anguilles, dont vous me direz des nouvelles, une omelette aux oignons et une gibelotte... la renommée de la maison... et pour arroser tout ça, du vin de Saumur qui n'a pas son pareil pour boire avec les huîtres.

En toute autre occasion, Maxime aurait fait la grimace à ce programe culinaire, mais il ne songeait qu'à cette descente de police et à Tévenec, qui ne pouvait être que l'homme d'affaires de la comtesse.

Le commandant, au contraire, avait à peine écouté

les propos de l'ex-cantinière, et il n'y attachait aucune importance.

— Va soigner la matelote, pendant que nous expédierons les quatre douzaines, lui cria-t-il en se mettant à table.

Chalandrey fit comme son oncle, et la mère Caspienne courut à sa cuisine.

— Excellentes ! s'écria Pierre d'Argental, après avoir avalé coup sur coup deux ou trois Cancales. On n'en sert pas de pareilles dans les grands restaurants que tu fréquentes.

Et voilà un joli Saumur qui me rappelle le temps que j'ai passé à l'Ecole de cavalerie, ajouta-t-il après avoir vidé son verre. Ça ne vaut pas ton Sauterne, mais c'est plus gai.

Et comme Maxime ne répondait pas, il lui demanda :

— Qu'est-ce que tu as donc ce matin, avec tes airs à porter le diable en terre ?... Je t'ai toujours vu gai comme un pinson, même après une grosse culotte au baccarat.

— Je n'ai pas joué, cette nuit, murmura Chalandrey.

— Alors, c'est l'amour qui te rend mélancolique ?... c'est drôle, moi, ça ne m'a jamais fait cet effet-là... et il fut un temps où tu le prenais gaiment, l'amour... Il paraît que maintenant tu aimes pour le bon motif.

— Allez-vous pas m'en blâmer ?... vous qui, avant-hier, me prêchiez le mariage.

— Pas le mariage avec une coureuse de cachet...

— Mon oncle !...

— Bon ! je viens de te blesser au vif... j'en suis
fâché et ça ne m'arrivera plus... mais je ne te cacherai pas que tu m'inquiètes, car je vois que tu es
bien pincé.

N'en parlons plus, et à ta santé !...

Chalandrey se décida à trinquer avec son oncle et,
comme il avait grand'faim, il se mit à attaquer les
huîtres. Le nom de Tévenec ne lui sortait pas de l'esprit et il enrageait de ne pas pouvoir interroger la
mère Caspienne sur cette descente de police qui
n'intéressait guère le commandant, mais qui avait
eu pour objet la recherche des auteurs d'un crime
que, lui, Maxime, il avait vu commettre, un crime
auquel madame de Pommeuse avait pris part, contrainte et forcée, madame de Pommeuse de qui cet
énigmatique Tévenec gérait les intérêts.

Pour rien au monde, Chalandrey n'aurait voulu
questionner, en présence de son oncle, la cantinière
qui en savait très probablement plus long qu'elle
n'en avait dit, et qui aurait peut être fini, en bavar-
dant, par mettre M. d'Argental sur la voie.

Il aurait suffi pour cela qu'elle parlât de l'ancien
propriétaire, représenté par le Tévenec, car ce propriétaire était le père de la comtesse.

Du reste, la mère Caspienne n'était pas revenue
de la cuisine où elle était allée surveiller sa matelote
et l'oncle ne songeait qu'à absorber sa troisième
douzaine.

Dans la salle commune, séparée du cabinet par un
vitrage, il n'y avait plus personne. Les deux employés

de l'octroi étaient partis, après avoir vidé leur litre à seize.

— C'est pourtant vrai, dit le commandant. Les pratiques, ce matin, ne me font pas l'effet d'arriver en colonne serrée, et la dernière fois que je suis venu, le cabaret était plein. Faut-il que ces Parisiens soient bêtes !... dès que la police met son nez quelque part, ils se sauvent comme si les agents avaient la peste... et s'ils pouvaient les assommer, ils ne s'en priveraient pas. Moi, je les aime, les agents... d'abord, ils ont tous servi dans l'armée... et puis, sans eux, les coquins mangeraient les honnêtes gens.

Chalandrey était bien de cet avis, mais il ne disait mot.

— Ah ! reprit l'oncle. Virginie va être contente. Voilà un consommateur.

En effet, un homme venait d'entrer dans la salle, et au lieu d'appeler pour se faire servir, il semblait chercher des yeux la maîtresse de l'établissement, absente.

C'était un grand gaillard, taillé en force, qui n'était certes ni un malandrin, ni un ouvrier. Avec sa redingote noire, boutonnée jusqu'au menton, et son chapeau haut de forme à larges bords, il avait plutôt l'air d'un officier habillé en bourgeois.

— C'est drôle, dit entre ses dents M. d'Argental, il me semble que je connais cette tête-là... où diable l'ai-je déjà vue ?... je crois bien que c'est dans un des régiments où j'ai servi... au 7ᵉ cuirassiers probablement... il a la taille réglementaire... et il ressemble beaucoup à un sous-officier d'un des derniers escadrons que j'ai commandés... la moustache a fortement grisonné, mais les traits n'ont pas changé...

Parbleu ! il faut que j'en aie le cœur net... tant pis, si je me trompe.

Et il appela de sa plus belle voix de commandement :

— Cabardos !

L'homme leva la tête, et s'avança vivement jusqu'à la porte du cabinet.

— C'est bien lui ! reprit l'oncle. Entre donc, mon brave ! Est-ce que tu ne me reconnais pas ?... J'ai été ton capitaine...

— M. d'Argental !... il me semblait bien vous remettre, mais...

— Tu ne t'attendais pas à me rencontrer ici... pas plus que je m'attendais à t'y voir. Tu vas déjeûner avec nous.

— Ce serait bien de l'honneur pour moi, mon capitaine, mais...

—Appelle-moi : commandant. J'ai eu de l'avancement depuis que tu as quitté le service. Mets-toi à table... nous allons causer du vieux temps.

A ce moment, apparut la mère Caspienne, apportant la matelote qu'elle faillit laisser tomber, lorsqu'elle vit l'homme que M. d'Argental invitait à s'asseoir.

Les quatre personnages que le hasard avait rassemblés là, formaient tableau, comme on dit au théâtre : la mère Caspienne, effarée, le ci-devant maréchal de logis, embarrassé de sa contenance,

11

l'oncle, charmé de cette rencontre et le neveu, ébahi de l'attitude des trois autres.

— Allons, reprit le commandant, ne fais pas de façons, mon vieux Cabardos. Je ne suis plus ton supérieur, puisqu'on nous a fendu l'oreille à tous les deux et ça me rajeunira de déjeuner avec un camarade d'autrefois. Tu arrives après les huîtres, mais ça n'y fait rien.

Virginie, un couvert de plus !

Virginie, en posant sur la table le plat qu'elle apportait, trouva le moyen de dire à l'oreille de M. d'Argental :

— Méfiance, mon commandant ! Ç'en est un.

— Un quoi ! demanda tout haut d'Argental qui était discret comme un coup de canon.

La cabaretière se dispensa de lui répondre et s'empressa de retourner à ses fourneaux. Mais Cabardos prit la parole.

— Mon officier, dit-il, j'aime mieux vous dire la vérité. En quittant l'armée, j'ai accepté un emploi à la Préfecture de police...

— Eh ! bien, où est le mal ? Il n'y a pas de sots métiers.

— Il n'y a que de sottes gens, je le sais bien. Mais j'appartiens maintenant au service de la sûreté et si on vous voyait déjeûnant avec moi...

— C'est ça qui me serait égal ! Je n'ai pas de préjugés... je le disais tout à l'heure à ce jeune homme, qui n'en a pas non plus. Ainsi, fais-moi l'amitié de t'asseoir et de trinquer avec nous.

— Merci, mon commandant. J'ai déjeûné avant de venir...

— Ça ne t'empêchera pas de prendre le café.

— Ça ne serait pas de refus, mon commandant, si je n'étais pas de service aujourd'hui.

— Comment ! ici ?... ah ! oui, je me souviens... Virginie nous a conté qu'on a tué quelqu'un tout près de son établissement... alors, on t'a envoyé chez elle pour la surveiller...

— Non, mon commandant... mais, comme je suis déjà venu, hier, avec mes chefs, elle m'a reconnu tout de suite... et elle sait que j'en suis !...

— De la police ?... Et après ?... Ça n'empêche pas que tu aies été un bon soldat... tu avais des notes superbes... pas un jour de punition...

— Ni au régiment, ni depuis que j'ai eu mon congé. Il faut ça pour devenir brigadier de la sûreté.

— Donc, je ne me compromets pas en t'invitant. Assieds-toi et aide-nous à sécher notre troisième fiole.

Et Pierre d'Argental, interpellant la mère Caspienne, qui montrait le bout de son nez à la porte de sa cuisine, lui cria :

— Voyons, maman, pas tant de manières ! Tu es une brave femme et tu n'as rien à craindre de la police. Cabardos n'a pas honte d'en être, après avoir été mon maréchal des logis. Apporte-lui un verre et ne joue plus à cache-cache avec nous.

L'ex-cantinière obéit en rechignant un peu et le brigadier lui dit :

— N'ayez pas peur. Ce n'est pas à vous que j'en
ai. Nous savons bien que vous n'êtes pas de la bande
et que ce n'est pas votre faute s'il existe une communication entre votre cambuse et la plaine Saint-
Denis.

— Si je m'en doutais, je veux qu'elle me tombe
sur la tête, ma cambuse, dit avec conviction Virginie Crochard. Et, aussi vrai que je suis une honnête
femme, ma cave ne m'a jamais servi qu'à serrer du
bois, du charbon et des barriques de vin.

— Elle a servi à d'autres usages, avant l'époque
où vous l'avez louée, mais on ne vous accuse pas.

— Jour de Dieu ! je l'espère bien. Ça me fait déjà
assez de tort qu'on ait tout visité chez moi. Mes pratiques me lâchent et si ça continue, il ne me restera
plus qu'à fermer boutique.

— N'ayez pas peur. L'enquête sera terminée d'ici
à deux ou trois jours.

— Que le bon Dieu vous entende !... Je m'en vas
voir à mon omelette.

Le commandant s'empressa de verser à boire à son
invité qui, cette fois, ne se fit plus prier pour trinquer et Maxime se prêta de bonne grâce à la fantaisie
de son oncle.

Maxime n'était pas du tout fâché de trouver cette
occasion inespérée de se renseigner sur l'affaire du
pendu et d'apprendre où en étaient les recherches
de la police. Seulement, lui qui n'avait pas osé interroger la mère Caspienne, il osait encore moins interroger Cabardos, brigadier de la sûreté, de peur

de se compromettre et surtout de compromettre la comtesse.

Mais il arriva que M. d'Argental fut prit du désir de faire parler son ancien subordonné sur un sujet beaucoup plus intéressant pour le neveu que pour l'oncle et aborda carrément la question en disant :

— Qu'est-ce que c'est que cette histoire d'un crime et d'un souterrain dont Virginie vient de nous rebattre les oreilles ?

— L'histoire est vraie, mon commandant, répondit le brigadier ; on a ramassé, il y a trois jours, dans le fossé des fortifications, un cadavre qui avait une corde passée autour du cou. On a cru d'abord que cet homme s'était pendu, mais les médecins de la Préfecture ont affirmé qu'il avait été étranglé. On a envoyé le corps à la Morgue et il y est encore. Personne ne l'a reconnu et l'enquête n'aurait peut-être jamais abouti, si on n'avait pas, le lendemain, découvert, en dehors de l'enceinte fortifiée, à cent mètres du revers du fossé, sous un hangar abandonné, l'entrée d'une galerie souterraine.

— Je ne vois pas quel rapport il peut y avoir entre ces deux trouvailles... un cadavre... une galerie...

— On suppose que l'homme a été tué dans une maison qui communique avec ce souterrain et que le corps a été traîné, d'abord jusqu'au hangar, et ensuite, depuis le hangar jusqu'au talus extérieur, d'où on l'a jeté dans le fossé.

Il faut vous dire, mon commandant, que la semaine dernière, on avait reçu à la Préfecture une

lettre anonyme dénonçant une vaste association de
fraudeurs qui, disait le dénonciateur, se servait,
pour introduire des alcools dans Paris, sans payer
les droits, d'un passage souterrain dont l'entrée devait être dans la plaine, entre la porte de Clichy et la
porte de Saint-Ouen. Elle y était, en effet, et on est
descendu dans le souterrain, par un escalier qui n'a
pas moins de quatre-vingts marches.

— Et on y a trouvé... quoi?

— Des futailles vides qui avaient contenu de l'eau-
de-vie, et qui pourrissaient là depuis longtemps.

— Alors, les fraudeurs n'opèrent plus ?

— On pense qu'ils ont dû transporter leur industrie sur un autre point de l'enceinte de Paris, mais
que la galerie leur a encore servi assez récemment...
Et savez-vous, mon commandant, où elle aboutit ?...
dans la cave de ce cabaret, après avoir passé sous les
fortifications, sous le chemin de ronde, sous un vaste
terrain, et sous un grand mur auquel est adossée la
maison où nous sommes en ce moment.

— Diable ! quels perceurs que ces voleurs de
droits d'octroi ! Il faut qu'ils aient réalisé de fameux
bénéfices pour couvrir les frais d'un pareil travail.

— Ils ont dû faire tous de grosses fortunes, puisqu'ils ont cessé, depuis plusieurs années, d'utiliser
le souterrain. Mais il est certain que c'est ici qu'ils
amenaient les barriques. Dans ce temps-là, il n'y
avait pas de cabaret. C'est la mère Caspienne qui a
été la première locataire, et qui a ouvert une gar-
gote à l'enseigne du *Lapin qui saute*.

Il s'agirait de savoir de qui elle a loué.

— On le saura.

— Nous le savons. Elle vient de nous dire qu'elle payait ses loyers à un certain Tévenec.

— Ce monsieur n'est que le représentant du propriétaire décédé. Il va être interrogé aujourd'hui et il est probable qu'on n'en tirera pas grand'chose. Du reste, on ne cherche pas les fraudeurs, qui n'opèrent plus dans ce quartier. On cherche les assassins de l'homme étranglé et on ne les trouve pas... du moins, jusqu'à présent. Le mort n'a même pas été reconnu et on en est encore aux conjectures.

Mais j'ai la conviction que les deux affaires se tiennent et, cette conviction, j'espère la faire partager à mes chefs.

— Commence par me la faire partager à moi, mon vieux Cabardos. C'est très curieux ce que tu me racontes là.

— Eh! bien, mon commandant, supposez que l'association s'est transformée et que ces gens-là, au lieu de continuer à frauder l'octroi soient restés unis pour malfaire... dans un autre genre... nous avons eu, il y a quarante ans, la bande des habits noirs...

— J'étais encore à Saint-Cyr, mais je m'en souviens... des messieurs reçus dans le grand monde, qui profitaient de leurs belles relations pour prendre les empreintes des serrures...

— Justement. Ils avaient organisé le vol et établi un comité directeur, qui centralisait les affaires.

— Et ils ont fini par être pincés. Tu crois donc qu'ils ont eu des successeurs?

— Comment n'en auraient-ils pas eu?... l'idée était

excellente, et les voleurs ne sont pas bêtes. Ils l'ont reprise et ils l'ont développée. C'était indiqué. Paris a beaucoup changé depuis quarante ans. Les cercles, par exemple, ne sont plus ce qu'ils étaient autrefois. On y joue un jeu d'enfer et on y triche, que c'est une bénédiction. On n'a pas inventé le chantage... il existait déjà... mais on l'a perfectionné.

— Ça, c'est vrai.

— Eh! bien, mon commandant, puisque vous en convenez, vous pouvez admettre qu'il s'est trouvé des malins pour monter, sur une grande échelle, une société ayant pour but l'exploitation des imbéciles... plus productive cent fois que celle des mines d'or qu'on découvre tous les matins... dans les journaux.

— Je l'admets, dit gaiement Pierre d'Argental ; et j'attends ta conclusion.

— Je conclus que cette société existe, qu'elle a des affiliés partout... dans les salons les mieux fréquentés, dans le haut commerce, dans les clubs aristocratiques, et même dans la petite bourgeoisie... que ses chefs, étrangers, en apparence, les uns aux autres, se réunissent à certaines époques, dans des lieux connus d'eux seuls...

— Comme jadis les *carbonari*. Elle est très drôle, ton idée. Et tu t'imagines qu'en découvrant ce fameux souterrain, on a mis la main sur le siège de la société.

— J'ai mes raisons pour n'en pas douter... et je prétends que l'homme étranglé en était, qu'il a été exécuté par ses complices, probablement parce qu'il les avait dénoncés... la lettre anonyme qu'on a reçue à la Préfecture devait être de lui... cette lettre ne parlait que de la fraude, mais son auteur se réservait sans doute de compléter sa dénonciation.

— C'est un roman que tu nous racontes là, mon cher.

— Mes chefs n'y croient pas plus que vous, mon commandant Mais... qui vivra verra. Je suis sur une piste et si c'est la bonne, mon avancement est assuré. Je ne moisirai pas brigadier de la sûreté et vous me verrez, un jour où l'autre, commissaire de police. J'aurai l'écharpe... dans mon nouveau métier, c'est comme qui dirait l'épaulette.

— Je te la souhaite, mon vieux Cabardos. Elle n'aura jamais été mieux portée. Je ne devine pas comment tu t'y prendras pour la décrocher, mais tu viens de me faire passer un bon moment... et tu devrais bien nous dire clairement où en est cette curieuse affaire... tu peux parler devant mon neveu... je te réponds de sa discrétion.

— Ah! monsieur est votre neveu.

— Fils unique de ma sœur, j'ai oublié de te le dire. Et il a fait son volontariat au 7ᵉ curassiers où tu as jadis servi sous mes ordres.

— Oh! alors, je ne risque rien de vous raconter le reste, ni même de vous montrer l'endroit où le crime a été commis... si, toutefois, ça vous amuse.

— Enormément. Où faut-il aller?

— Tout près d'ici, mon commandant.

— Bon! tu vas nous y conduire dès que nous aurons fini de déjeûner.

11.

Maxime le savait bien que c'était tout près, et il ne disait mot parce qu'il craignait de laisser échapper une parole imprudente, mais il écoutait avec une attention passionnée les confidences du brigadier qui n'avait pas de secrets pour son ancien capitaine et il attendait impatiemment la suite.

Sur la table, l'omelette avait remplacé la matelote d'anguille et à l'omelette avait succédé la gibelotte, puis le fromage, servis par la mère Caspienne qui persistait à regarder de travers l'ex-maréchal des logis.

On en était au café, fortement appuyé d'une eau-de-vie trop jeune, que fêtaient seuls M. d'Argental et Cabardos.

— Mon chef ne viendra qu'à trois heures, reprit l'obligeant brigadier. Avant qu'il arrive, j'ai tout le temps de vous faire visiter le pavillon.

— Quel pavillon? demanda brusquement Pierre d'Argental.

— Vous verrez, mon commandant, répondit Cabardos, en prenant l'air mystérieux d'un homme qui tient à réserver ses effets. Et quand vous aurez vu, vous reconnaîtrez, j'en suis sûr, que je ne me trompe pas et que la bande dont je viens de vous parler a passé par là.

La vieille ne s'en doute guère.

— Nous ne l'emmenons pas avec nous?

— Certainement, non. Et même, après l'expédition, je vous prierai de ne rien lui dire.

— Sois tranquille; je serai muet comme un poisson. Mais il me semble qu'il est temps de nous mettre en marche.

— Le plus tôt sera le mieux, mon commandant... et, si vous le permettez, je vais vous montrer le chemin.

— Laisse-moi seulement régler la note du déjeuner.

— Ce n'est pas la peine. Nous repasserons par ici.

— Alors, en route, monsieur mon neveu! dit l'oncle.

Maxime était prêt à entrer en campagne, quoiqu'il redoutât un peu les suites de ce voyage d'exploration qui pouvait aboutir à des découvertes fâcheuses pour la comtesse et pour lui.

Il se disait, pour s'encourager, que l'incertitude est le pire de tous les maux et que le meilleur moyen d'éclaircir les mystères qui le préoccupaient, c'était de suivre le brigadier de la sûreté.

L'oncle y allait de tout cœur, comme il serait allé à la charge, en tête de son escadron.

Cabardos les conduisit tous les deux à la cuisine, et dit à Virginie qu'il trouva lavant ses assiettes :

— Nous allons faire un tour dans une de vos caves. Servez vos pratiques, s'il en vient, et ne vous occupez plus de nous.

La cabaretière regarda d'un air effaré M. d'Argental qui lui cria, pour la rassurer :

— N'aie pas peur, maman! Cabardos ne te veut que du bien et nous serons bientôt de retour. En attendant, prépare la carte à payer.

Le brigadier alla tout droit à une porte qu'il ouvrit, fit passer devant lui le commandant et son neveu, et descendit après eux, par un escalier tournant.

Elle était assez vaste et très bien éclairée par des soupiraux, prenant jour sur la cité du Bastion, cette cave qui avait servi jadis d'entrepôt aux fraudeurs et que la mère Caspienne n'utilisait pas, quoi qu'elle en eût dit à ces messieurs. Elle serrait dans une autre, plus petite, ses provisions de liquide et de combustible.

La grande avait été découverte, la veille, par les agents de police qui, après avoir décloué la porte condamnée depuis longtemps, l'avaient refermée, du côté de la cuisine, avec un cadenas qu'ils y avaient posé.

Cabardos, ayant dans sa poche une clef de ce cadenas, n'eut qu'à l'enlever et à le remettre du côté de l'escalier en l'accrochant à deux pitons plantés là par ses camarades, en prévision d'une excursion nouvelle par le même chemin.

— Maintenant, dit-il en se frottant les mains, nous sommes sûrs que les habitués du *Lapin qui saute* ne viendront pas nous déranger, mais nous ne sommes pas au bout de notre voyage.

Et il ajouta :

— Vous voyez ce trou. C'est par là qu'il nous faut passer. Il y fait noir comme dans un four, mais nous avons ici de quoi nous éclairer.

Le chemin qu'il leur montrait était une ouverture pratiquée dans le sol de la cave et garnie d'une large échelle dont on n'apercevait que le bout.

— Comment, diable ! les fraudeurs s'y prenaient-ils pour hisser leurs barriques jusqu'ici? demanda M. d'Argental.

— Ils ne les hissaient pas, mon commandant. Ils les vidaient avec une pompe qui aspirait l'alcool et qui le versait dans les réservoirs que vous voyez, répondit le brigadier, en indiquant du doigt d'immenses caisses en tôle rangées le long du mur de la cave.

— Je ne la vois pas, la pompe.

— Ils l'auront vendue, quand leur association s'est dissoute.

L'explication était admissible et les réservoirs étaient là pour attester que les contrebandiers avaient opéré autrefois dans ce local.

Cabardos était en train de préparer le luminaire pour la descente. Les agents avaient laissé, la veille, au bord du trou, trois lanternes munies de bougies et une boîte d'allumettes. Il n'eut qu'à éclairer ces fanaux, à en remettre un à chacun de ces messieurs et à s'armer du troisième.

— Mon commandant, dit-il en riant, vous me permettrez, cette fois, de passer le premier.

Et il mit le pied sur l'échelle.

Pierre d'Argental commençait à penser qu'il s'embarquait là dans une expédition ridicule, mais il n'était plus temps de reculer et il suivit, sans murmurer, son ancien subordonné.

Chalandrey, lui, serait descendu volontiers jusque dans les entrailles de la terre pour lever les doutes qui lui restaient et il ne se fit pas prier pour prendre la même voie que son oncle.

Ils arrivèrent en bas, tous les trois, sans accident.

— Comment! s'écria le commandant; mais il est à fleur de terre, ton souterrain. Tu parlais d'un escalier de quatre-vingts marches.

— Il est à l'autre bout du souterrain, dans la plaine, l'escalier de quatre-vingts marches, répondit Cabardos. Il a bien fallu creuser jusqu'à cette profondeur pour passer sous le fossé des fortifications, mais au-delà du fossé, la galerie remonte en pente douce et de ce côté-ci, elle n'est plus qu'à une vingtaine de pieds en contre-bas du sol.

Nous avons trouvé aussi, là-bas, sous le hangar, les restes d'un appareil destiné à descendre les futailles.

— Bon! mais tu ne nous as pas amenés dans le royaume des taupes pour nous expliquer les trucs de ces coquins.

Où vas-tu nous conduire?

— Vous allez voir, mon commandant, et vous ne regretterez pas votre peine.

Ayant dit, le brigadier marcha en tête du petit groupe et s'arrêta après avoir fait environ deux cents pas.

— Nous voilà arrivés, dit-il.

— Allons donc! tu ne me feras pas accroire que nous avons déjà passé sous l'enceinte fortifiée. Je vois bien que la galerie va beaucoup plus loin.

— C'est vrai, mon commandant; mais vous ne tenez pas, je suppose, à admirer l'escalier de quatre-vingts marches!... Non. Eh! bien, nous sommes ici sous le pavillon.

— Ah! oui, le fameux pavillon! parlons-en un peu.

— Je vais vous le faire visiter de fond en comble. Mais, d'abord, veuillez remarquer ceci, dit Cabardos, en élevant au-dessus de sa tête la lanterne qu'il tenait à la main.

— Quoi? ce bout de corde qui pend le long de la muraille?

— Justement. Vous voyez qu'il est attaché à un clou et qu'il a été coupé net.

— Oui... et après?

— Le reste est au cou de l'homme qu'on a exposé à la Morgue. Ils ont commencé par l'accrocher là, et il y est resté deux ou trois jours, affirment les médecins qui ont examiné le corps. Puis, ils se sont ravisés... peut-être parce que l'odeur de ce cadavre les incommodait... Ils ont coupé la corde, en ayant soin d'en laisser assez pour pouvoir le traîner... et ils l'ont traîné en effet jusqu'à l'escalier, sous le hangar... jusqu'en haut... nous avons ramassé sur les marches deux boutons de sa redingote... finalement, comme je vous l'ai déjà dit, ils l'ont charrié à travers la plaine jusqu'au fossé où ils l'ont jeté.

Maintenant, je vais vous montrer la place où ils l'ont étranglé. Il faut grimper...

— Encore une échelle!

— La dernière, mon commandant... et elle n'a que trente échelons. Si vous voulez bien me suivre...

L'ascension s'effectua, comme s'était effectuée la descente, dans le même ordre et sans encombre.

— A la bonne heure! dit d'Argental. Ici, on y voit un peu plus clair. Nous voilà dans un corridor.

— Au rez-de-chaussée du pavillon, mon commandant. C'est moi qui ai levé, hier, la trappe par laquelle nous venons de passer. Messieurs les étrangleurs l'avaient remise en place, après s'en être servis pour descendre leur mort dans le souterrain.

— Et cette porte que je commence à distinguer, au bout du corridor?

— Elle donne sur des terrains vagues que vous verrez de là-haut. Après les constatations, mon chef l'a fermée en dehors avec la clé qui était en dedans et il a emporté cette clé. Moi, j'étais d'avis de laisser les choses en l'état, de rabattre la trappe et d'établir une souricière... deux ou trois agents postés dans l'enclos ou au premier étage... pour le cas où les assassins reviendraient ici... cas peu probable, j'en conviens, car ils doivent être sur leurs gardes.

Voici, messieurs, le grand escalier. Nous n'avons plus besoin de lanternes et je vous engage à déposer les vôtres.

Maxime constatait avec un certain étonnement que Cabardos avait deviné comment les meurtriers s'étaient débarrassés du corps de leur victime, mais il doutait encore que la perspicacité de cet ancien maréchal des logis allât jusqu'à reconstituer la scène du meurtre.

Il fut bientôt obligé de convenir qu'un cuirassier solide peut devenir un policier de premier ordre.

— Que dites-vous maintenant de ce local? demanda Cabardos, en s'effaçant pour laisser ces messieurs pénétrer dans la grande salle que Maxime connaissait bien.

— On jurerait qu'il a été aménagé pour servir aux

réunions d'un conseil d'administration, s'écria le commandant. Ces fauteuils rangés autour d'une longue table... et le jour qui tombe d'en haut par un vitrage !... quel est l'original qui a pu habiter ici ?

— Personne, j'en suis convaincu. Ce pavillon n'a jamais été que le siège social d'une compagnie de malfaiteurs.

— Dont celui qui l'a fait construire était le chef, alors ?

— Probablement, mais ce qu'il y a de sûr, c'est que ces gens-là s'y sont rassemblés, il n'y a pas longtemps, et que la séance a été orageuse.

Voyez plutôt ce fauteuil renversé... nous l'avons trouvé par terre et nous l'avons laissé comme il était.

— Tu supposes donc que ces aimables gredins se sont pris aux cheveux, pendant la délibération du conseil ?

— Je suppose qu'ils se sont jetés sur un des leurs, qui aura renversé, en se débattant, le fauteuil sur lequel il était assis et que, pour en finir avec lui, ils l'ont étranglé, sans autre forme de procès.

— C'est à croire qu'il assistait à l'opération, pensait Maxime, émerveillé de tant de sagacité.

— C'est possible, dit M. d'Argental, mais quand même tu aurais deviné, tu ne serais pas beaucoup plus avancé. Le grand point, c'est de les retrouver... et ce ne sera pas facile.

— Oh ! il ne faut qu'un hasard et j'ai déjà un in-

dice. Ils doivent se reconnaître entre eux à quelque
signe apparent, et le mort porte une bague avec une
pierre assez rare.

— L'œil de chat, se dit Maxime.

— Si je voyais la pareille au doigt de quelqu'un...

— Je ne te conseillerais pas d'arrêter ce quelqu'un,
car tu risquerais fort de te tromper... et si tu n'as
pas d'autres données plus sûres que celle-là...

— Pas encore, mon commandant, mais ça viendra. Mon chef a reçu ce matin une déposition assez
importante et, à trois heures, il amènera ici ce témoin.

— Par le souterrain ? demanda en souriant Pierre
d'Argental.

— Non... par le boulevard Bessières.

— Où prends-tu le boulevard Bessières ?

— Au bout de l'enclos au milieu duquel se trouve
ce pavillon. On peut y arriver de ce côté-là, quand
on connaît le secret pour ouvrir la barrière.

— Quelle barrière ?

— Je vais vous la montrer, mon commandant. On
la voit du balcon où je vais vous conduire. Mais
pour en revenir au témoin, je puis vous dire que,
grâce à lui, nous savons que, dans l'affaire, il y a une
femme.

— Une femme ! répéta Maxime, profondément
troublé.

— Ça t'étonne ? ricana l'oncle. Il y en a toujours
une.

— Celle-là, reprit Cabardos, est venue ici, le jour
où on suppose que le crime a été commis. Elle y est

venue en fiacre et le cocher qui l'y a conduite s'est
présenté ce matin à la Préfecture. Il avait lu les journaux et en les lisant, il s'est rappelé avoir chargé un
monsieur et une dame qui sont descendus à la porte
de Clichy.

— Ça ne prouve pas que ce monsieur et cette
dame sont entrés dans ce pavillon.

— Non, mais, du haut de son siège, il les a suivis
des yeux. Il a vu la femme filer toute seule par le
boulevard Bessières et l'homme lui emboîter le pas,
à distance. La femme a disparu tout à coup. Alors,
l'homme est monté sur une butte de terre qui se
trouve à l'entrée d'un bastion. Il en est descendu,
un instant après ; il a traversé le boulevard et il a
disparu aussi... juste à la hauteur de la porte cachée dans la palissade qui enclôt le terrain où nous
sommes.

— L'indication est vague, mais le cocher sait sans
doute où ces voyageurs suspects l'ont pris.

— Parfaitement. Le monsieur l'a pris sur le boulevard des Italiens, près de la place de l'Opéra, et la
dame est montée rue du Rocher... Le monsieur l'a
ramassée en route et s'est fait mener, avec elle, rue
de Naples.

— Tiens ! rue de Naples ! dit en riant d'Argental,
rue de Naples !... entends-tu, Maxime ?

Maxime n'entendait que trop, mais il n'avait garde
de répondre à son oncle.

— Là, continua le brigadier, l'homme est descendu
et a essayé de décider la femme à en faire autant,
mais elle s'y est refusée et, après des pourparlers à la

portière du fiacre, l'homme est remonté en disant au cocher de les conduire à la porte de Clichy.

Chalandrey reconnaissait sa propre histoire et il envisageait les conséquences que pouvait avoir la malencontreuse intervention de ce témoin imprévu.

Aussi commençait-il à regretter d'être venu là et songeait-il à fausser compagnie, le plus tôt possible, au trop sagace policier. Mais il cherchait, sans le trouver, un prétexte pour disparaître.

Son oncle, au contraire, ne demandait qu'à se renseigner plus amplement.

— Eh bien ! dit-il à l'ex-maréchal des logis, ton chef n'a qu'à interroger le monsieur. Il n'aura pas de peine à le découvrir. Ce galant chevalier doit demeurer rue de Naples. Le cocher reconnaîtra bien la maison.

— C'est déjà fait, je pense. Maintenant, mon commandant, si vous voulez vous rendre compte de l'emplacement qu'occupe ce pavillon, venez avec moi.

Gabardos conduisit l'oncle et le neveu sur la galerie extérieure, cette galerie suspendue par laquelle Maxime de Chalandrey était venu, le matin du crime, s'embusquer dans le couloir obscur, derrière un rideau de tapisserie.

— Jolie vue ! dit ironiquement l'oncle. Voici les fortifications.

— Et la butte sur laquelle l'homme a grimpé.

— Drôle de baraque, plantée comme une quille au milieu d'un champ !... et tu dis qu'on peut y arriver par le chemin de ronde ?

— Oui, mon commandant, quand on connaît le secret pour ouvrir la barrière. Mon chef viendra par là. C'est plus commode et plus court que de passer par le souterrain. Mais ma consigne, à moi, était de m'assurer d'abord, qu'il n'y avait rien de nouveau au *Lapin qui saute*... et ça s'est joliment bien trouvé, puisque j'ai eu la chance de vous y rencontrer.

Seulement, l'heure s'avance...

— Et tu ne tiens pas à être surpris par ton supérieur, en compagnie de deux particuliers qui n'ont rien à faire ici. Je comprends ça, mon vieux, et nous allons nous replier en bon ordre sur le cabaret de Virginie...

Ah ! diable !... il n'est que temps !... cet homme que j'aperçois là-bas...

— Mon chef !... je suis pincé.

— Filons vite, alors.

— Inutile, mon commandant ! il nous a vus... et si je me sauvais, ce serait bien pis. Je vous prie, au contraire, de rester, messieurs. Je n'ai plus qu'un moyen de me tirer d'affaire, c'est de dire la vérité à M. Pigache. Il me pardonnera de vous avoir amenés, quand il saura qui vous êtes et j'espère que vous me soutiendrez.

— Ça, tu peux y compter. C'est moi qui suis le grand coupable et je dois le déclarer franchement. Par où va-t-il entrer dans la maison, ton monsieur Pigache ?

— Par la porte du corridor. Il a la clé.

— Eh ! bien, allons à sa rencontre.

Maxime était déjà rentré dans la salle et il aurait voulu fuir beaucoup plus loin, car l'arrivée inattendue de ce policier supérieur ne lui présageait rien de bon et il maudissait son oncle qui aurait, selon lui, beaucoup mieux fait de laisser Cabardos s'expliquer tout seul avec son chef. Mais Maxime ne pouvait plus se dérober et il se résigna à descendre avec les autres dans le corridor du rez-de-chaussée.

Ils n'attendirent pas longtemps. La clé tourna extérieurement dans la serrure de la porte qui s'ouvrit et livra passage à un monsieur, vêtu de noir, d'un aspect assez rébarbatif.

Ce personnage avait la physionomie rogue d'un magistrat pénétré de l'importance de ses fonctions et le regard inquisiteur d'un policier émérite.

Il s'arrêta sur le seuil, et d'un geste impérieux, il appela le brigadier pris en faute, mais ce fut le commandant qui s'avança et qui prit la parole.

— Monsieur, dit-il, sans aucun embarras, je suis M. Pierre d'Argental, chef d'escadrons en retraite et monsieur que voici est mon neveu. Vous devez être fort étonné de nous trouver ici. Permettez-moi de vous expliquer comment et pourquoi nous y sommes entrés.

— Je vous prie d'abord d'en sortir, interrompit M. Pigache. Je suis dans l'exercice de mes fonctions de sous-chef de la sûreté et votre présence me gêne pour les remplir.

— Elle ne vous gênera pas longtemps, mais vous allez me faire le plaisir de m'écouter. Votre brigadier Cabardos a été sous-officier sous mes ordres dans mon ancien régiment. Je viens de le rencontrer au cabaret de Virginie Crambard. Il y était pour son service et moi, j'y déjeunais avec mon neveu.

— Au *Lapin qui saute !*... un officier supérieur !

— Virginie a été cantinière au 3ᵐᵉ chasseurs d'Afrique au temps où j'y étais sous-lieutenant. Je la connais depuis la guerre de Crimée, c'est-à-dire depuis plus de trente ans, et je l'estime fort. Cabardos, que j'estime encore plus qu'elle, a bien voulu satisfaire une fantaisie qui m'est venue... il a consenti à me conduire ici, par le souterrain.

— Il a eu grand tort, monsieur, et il sera puni.

— S'il l'est, j'irai demander à M. le préfet de police de lever la punition. Il ne refusera pas cette grâce à un vieux soldat qui a gagné, en servant son pays, la croix d'officier de la Légion d'honneur.

Ce sera bien la première fois de ma vie que je solliciterai quelque chose. Mais en intercédant pour ce brave garçon, je ne ferai que mon devoir, car c'est sur mes instances qu'il a manqué à sa consigne.

— Permettez-moi de vous dire, monsieur, répondit M. Pigache, que vous, un ancien militaire, vous deviez moins que tout autre vous mêler d'une affaire criminelle qui ne vous touche pas personnellement.

— J'ai cédé à un mouvement de curiosité, très déplacé, j'en conviens, et je demande à supporter seul les conséquences d'une fantaisie que je me reproche.

— Je vous demande, moi, d'être discret. La jus-

tice a le plus grand intérêt à ce que l'instruction
reste secrète. Nous sommes sur la piste des coupables et Cabardos, qui est un bon serviteur, a toute
ma confiance. Il cesserait de la mériter si, par sa
faute, certains faits venaient à être connus du public.

— Je vous donne ma parole de garder le silence
absolu, et je réponds de la discrétion de mon neveu
comme de la mienne. Je ne vois pas trop d'ailleurs
ce que nous pourrions dire, car nous ne savons
que ce que tout le monde sait par les journaux.

Tout en dialoguant ainsi, les deux interlocuteurs
étaient sortis du corridor; les deux personnages
muets avaient fait de même et le colloque se poursuivait en plein air, à une centaine de pas du mur
qui masquait le cabaret de la mère Caspienne.

— Je vous crois, monsieur, dit poliment le sous-
chef de la sûreté. Et maintenant, je ne vous retiens
plus. J'ai à diriger ici certaines opérations...

— Auxquelles nous ne pouvons pas assister, acheva
le commandant. Je comprends cela et nous allons
partir. Je me demande seulement par où nous allons
passer pour sortir.

— Vous ne tenez pas, je suppose, à reprendre le
chemin que vous avez suivi pour entrer?

— Le souterrain et les échelles?... non, ma foi!...
c'est trop malaisé... pour moi surtout qui n'ai plus
vingt-cinq ans, comme mon neveu. J'aurais cependant voulu régler la note de mon déjeuner, mais, si
vous n'y voyez pas d'inconvénient, Cabardos dira à
Virginie de me l'envoyer à domicile. Elle sait où je
demeure.

— Cela suffit, monsieur. Votre commission sera faite. Mais, d'abord, Cabardos va vous accompagner et vous ouvrir la porte qui donne sur le boulevard Bessières.

Mes agents m'attendent de l'autre côté du pavillon. Je vais aller avec vous jusque-là.

Maxime commençait à se remettre des angoisses par lesquelles il venait de passer depuis le moment où, du haut de la galerie, il avait vu paraître dans l'enclos l'homme que le brigadier s'était empressé de signaler comme étant le sous-chef de la sûreté.

Le cocher de fiacre et sa déposition lui trottaient par la cervelle. Il se disait que cet homme avait peut-être déjà conduit M. Pigache, rue de Naples, 29, et tant qu'avait duré l'entretien du commandant avec ce redoutable fonctionnaire, il ne s'était pas flatté de se tirer sans accroc du guêpier où M. d'Argental l'avait fourré, bien involontairement.

Maintenant que le policier venait de congédier l'oncle et le neveu sans songer à leur demander leurs adresses, Maxime commençait à respirer.

Il n'était pourtant pas délivré de toute inquiétude, car il pensait qu'on finirait bien par savoir le nom du monsieur qui habitait le petit hôtel de la rue de Naples et qu'on le confronterait avec ce maudit cocher qui le reconnaîtrait sans doute.

Mais il se disait qu'avant que se produisît ce fâcheux incident, il aurait le temps de préparer ses réponses à l'interrogatoire qu'on ne manquerait pas de lui faire subir.

Il suivit donc volontiers M. Pigache qui s'était acheminé vers l'angle du pavillon et qui s'arrêta, dès qu'il l'eut dépassé.

Là, se tenaient deux agents, beaucoup moins bien habillés que Cabardos et derrière eux, un homme engoncé dans un manteau à triple collet et coiffé d'un chapeau mou dont les larges bords rabattus lui cachaient les yeux.

C'est la tenue ordinaire des cochers maraudeurs et Maxime eut froid dans le dos.

Il allait être obligé de passer devant cet individu qui ne le regardait pas encore, mais qui, en le voyant de plus près, ne manquerait pas de le dévisager et il se disait :

— Si c'est lui, je suis pris.

Dès qu'ils aperçurent M. Pigache, les deux agents saluèrent militairement et l'homme, après avoir ôté son chapeau, présenta les armes avec un fouet qu'il tenait à la main.

— Tiens ! s'écria M. d'Argental, un cocher ! celui qui, l'autre jour, a conduit ici une dame.

— Comment savez-vous cela ? demanda vivement le policier.

— Cabardos nous a raconté cette histoire, répondit le commandant, qui n'y entendait pas malice.

Le pauvre brigadier fit assez triste mine. Il s'attendait à être rabroué par son chef pour avoir bavardé.

Chalandrey aurait voulu être à cent pieds sous terre, car il s'apercevait que l'homme au carrick l'examinait avec une attention marquée.

Presque aussitôt la bombe éclata.

— Ah ! *ben* ! s'écria le cocher, c'est pas la peine de le chercher, puisque vous le tenez. Le v'là donc arrêté, tout de même.

— Qui ça ? interrogea M. Pigache.

— Le bourgeois que j'ai mené aux fortifications, pardine !... je le reconnais bien... et il me reconnaît aussi, allez, mon commissaire !

— Comment ! s'écria le sous-chef de la sûreté, vous prétendez que c'est monsieur ! vous devez vous tromper.

— Non, mon commissaire, je ne me trompe pas, répondit nettement le cocher ; et la preuve... regardez la tête qu'il fait.

Chalandrey avait pâli en reconnaissant cet homme et il se troublait de plus en plus.

— Qu'a-tu donc ? lui demanda son oncle, stupéfait de le voir changer de visage.

— Répondez, monsieur ! dit sévèrement Pigache.

La pauvre Maxime n'était pas sur un lit de roses.

Certes, il n'avait rien de bien grave à se reprocher et il aurait pu dire toute la vérité sans trop se compromettre, car son plus grand tort était d'avoir tant tardé à la dire.

Peut-être n'aurait-on pas cru au récit complet et sincère qu'il aurait fait de son étrange aventure, mais l'enquête qu'on n'aurait pas manqué d'ouvrir sur ses antécédents et sur la vie qu'il menait aurait démontré jusqu'à l'évidence, qu'il n'était pas affilié à la bande qui tenait ses assises dans le pavillon et qu'il n'avait pas pris part au crime commis sous ses yeux.

Il en eût été quitte pour de gros désagréments et pour une verte semonce du juge d'instruction qui le blâmerait, avec raison, de ne pas avoir dénoncé immédiatement les assassins.

Seulement, il lui aurait fallu, pour ne rien omettre, signaler la présence de la comtesse de Pommeuse et le rôle qu'elle avait joué dans cette lugubre affaire ; c'est-à-dire perdre une femme qui ne lui avait jamais fait de mal et qui était aimée de Lucien Croze.

Oui, la perdre, car les magistrats qui l'interrogeraient n'accepteraient pas, sans les contrôler, les explications dont Maxime s'était contenté, et le moins qu'il pût arriver à cette comtesse imprudente, c'était d'être arrêtée et détenue, jusqu'à plus ample informé, sans compter qu'on lui parlerait non seulement de l'origine problématique de la fortune de son père, mais encore de ce frère qui se cachait pour la voir, de ce frère qui avait depuis longtemps un dossier à la Préfecture de police.

Ces réflexions, Maxime les fit en moins de temps qu'il n'en faut pour les écrire et sa résolution fut vite prise.

Il se décida, non pas à mentir, mais à en dire le moins possible : à avouer ce qu'il ne pouvait pas nier et à taire le reste.

— J'ai, en effet, pris ce cocher l'autre jour, en sortant de mon cercle, commença-t-il d'un air dégagé, et ce cocher m'a conduit à la porte de Clichy.

— Avec une femme, acheva le policier.

— Oui, avec une femme que je n'avais jamais vue
auparavant et que je n'ai jamais revue depuis. Le
flacre où j'étais allait au pas en montant la rue du
Rocher. Cette femme s'y est jetée, sans m'en demander la permission et m'a supplié de l'emmener.

J'ai cru avoir affaire à une chercheuse d'aventures
et je me suis fait mener avec elle rue de Naples, 29...
c'est là que je demeure... mais elle a refusé d'entrer
chez moi et, bon gré mal gré, j'ai dû l'accompagner
jusqu'au bout de l'avenue de Clichy. Là, elle est
descendue et elle s'est lancée sur le boulevard Bessières, en me défendant de la suivre. J'aurais dû
m'en abstenir, mais j'étais curieux de savoir où elle
allait et, après avoir payé le cocher, je l'ai suivie de
loin. Elle a disparu tout à coup et, n'y comprenant
rien, je suis monté sur une butte en terre qui se
trouve à l'entrée d'un bastion. Je voulais voir si je
l'apercevais.

— Bon ! et après ?

— Après, je suis descendu de mon observatoire et
j'ai repris le chemin de ronde jusqu'à la porte de
Saint-Ouen. Là, j'ai arrêté un autre flacre qui passait
et je suis rentré chez moi.

— Pourquoi ne m'as-tu pas dit un mot de cette
singulière rencontre ? demanda l'oncle d'Argental.

— Parce que je n'y attachais aucune importance.
Et, même maintenant, je ne comprends pas encore
que monsieur s'en préoccupe, car il ne me semble
pas qu'elle ait le moindre rapport avec ce qui s'est
passé dans ce pavillon... si tant est qu'il s'y soit
passé quelque chose. Qu'il ait servi autrefois à des

fraudeurs, c'est probable, d'après ce que je viens de voir ; qu'on y ait tout récemment étranglé un homme, c'est possible... mais quel jour et à quelle heure, c'est ce qu'on ne sait pas encore... pas plus qu'on ne sait si cette femme est entrée ici.

J'avais totalement oublié l'incident que vous me rappelez... oublié à ce point qu'il ne m'est pas revenu à la mémoire, lorsque Cabardos, ici présent, nous en a parlé avant l'arrivée de monsieur.

Il est vrai, qu'à ce moment, je ne me doutais pas que le boulevard où j'ai perdu de vue la femme en question se trouve là-bas, derrière la palissade qui enclôt le terrain où nous sommes.

Mais je persiste à croire qu'elle a poussé plus loin et qu'elle allait tout bonnement rejoindre un amant qui lui avait donné rendez-vous dans quelque maison isolée de ce quartier.

— Vous pouvez du moins nous donner le signalement de cette personne, dit le sous-chef de la sûreté.

— Non, car elle était voilée jusqu'aux dents et j'ai à peine entrevu son visage. Tout ce que je puis affirmer, c'est que, à en juger d'après sa tournure et d'après sa toilette, elle est jeune et elle appartient au monde élégant.

— Mais, pendant le long trajet que vous avez fait fait avec elle en voiture, elle vous a parlé, sans doute. Que vous a-t-elle dit ?

— Qu'elle était surveillée par un mari jaloux et que, pour lui échapper, elle s'était réfugiée dans le fiacre où je me trouvais. Naturellement, j'ai essayé de lui faire la cour. J'ai compris tout de suite que je perdais mon temps. Elle n'a même pas voulu me promettre qu'un jour où l'autre, elle viendrait me remercier du service que je lui rendais, et j'ai dû me résigner à la laisser partir, sans avoir pu en tirer quoi que ce soit.

Je m'en suis consolé très vite, car, après tout, je ne suis pas sûr qu'elle soit jolie.

— Mais enfin, Monsieur, si nous parvenions à la retrouver et si on vous la montrait, vous la reconnaîtriez ?

— Oui... à son costume, en admettant qu'elle n'en ait pas changé depuis l'autre jour, et peut-être à sa voix, mais je vous répète qu'elle portait une voilette très épaisse qui cachait sa figure.

— Et tu n'as pas pu obtenir qu'elle la relevât, cette voilette opaque? dit en goguenardant l'oncle d'Argental. A ta place, moi, j'aurais été moins discret.

Maxime le regarda de travers. L'observation lui semblait intempestive, mais elle eut ce bon effet que le sous-chef de la sûreté ne soupçonna plus le commandant d'être de connivence avec son neveu.

Le cocher écoutait, sans desserrer les dents, les explications de Maxime qui n'était pas absolument rassuré, car il se demandait si cet homme n'en savait pas plus long qu'il n'en avait dit, et s'il n'allait pas compléter sa première déposition en déclarant qu'il avait vu la dame ouvrir la porte de l'enclos, et le monsieur passer par le même chemin, quelques minutes après.

Pigache eut sans doute la même pensée, car il demanda brusquement à ce témoin silencieux :

— Qu'est-ce que vous dites de ça, vous ?

Et le témoin répondit sans hésiter :

— Je dis que ça a bien pu se passer comme vous le raconte mon bourgeois de l'autre matin... et j'ajoute que je n'ai pas à me plaindre de lui, car avant de me renvoyer, il m'a donné vingt francs. Je voudrais charger tous les jours des pratiques aussi généreuses... et j'aurais été bien fâché de lui faire arriver de la peine. Si j'ai été raconter l'histoire au commissaire, c'est que les camarades m'avaient monté la tête. Ils me disaient que je serais médaillé si je faisais arrêter les assassins. Mais je vois bien, à présent, que je m'étais mis le doigt dans l'œil et que le bourgeois n'en est pas, ni la bourgeoise non plus. C'est vrai qu'elle se cachait, car je n'ai pas tant seulement aperçu le bout de son nez... Dame, ça se comprend, elle allait faire ses farces... il n'y a pas de mal à ça... faut bien que jeunesse s'amuse.

— C'est bon ! interrompit M. Pigache. Vous pouvez vous en aller. Je vous ferai appeler, si j'ai encore besoin de vous.

Escortez-le jusqu'à la barrière, ajouta le sous-chef de la sûreté, en s'adressant à ses deux agents.

Le cocher les suivit, après avoir salué la compagnie, et particulièrement Chalandrey, en souvenir du royal pour boire dont Chalandrey l'avait gratifié.

— Maintenant, messieurs, reprit M. Pigache, je ne juge pas nécessaire de vous garder ici. Je sais qui vous êtes et vous voudrez bien vous tenir à la disposition du magistrat instructeur, s'il croit devoir vous entendre.

— Je ne vois pas ce que je pourrais lui dire, grommela le commandant.

— Vous pourrez certifier l'honorabilité de votre neveu.

— Est-ce que vous la mettez en doute? demanda vivement Maxime.

— Non, monsieur... quoique votre attitude, à un certain moment, m'ait beaucoup surpris. Vous avez perdu contenance, quand vous vous êtes trouvé en présence de ce cocher...

— On la perdrait à moins. Je prévoyais qu'il allait me reconnaître et que vous alliez me soupçonner.

— Je ne vous soupçonne plus... et la preuve, c'est que je vous laisse libre... à charge de vous présenter à ma première réquisition. Mais je vous engage, dans votre intérêt, à garder le silence sur notre rencontre, à ne plus vous montrer au cabaret de la femme Crochard, et à oublier le chemin par lequel vous êtes venus, messieurs.

Cette recommandation, au pluriel, s'adressait aussi à l'oncle d'Argental, qui la prit en assez mauvaise part.

Il lui semblait indécent qu'un policier se permît de lui donner un avis, qui avait tout l'air d'un ordre, et peu s'en fallut qu'il ne se fâchât tout rouge. Mais il lui tardait d'être seul avec son neveu pour lui laver la tête et il se résigna à ronger son frein.

— Vous voyez d'ici la sortie, ajouta M. Pigache, en montrant la barrière que les deux agents venaient d'ouvrir pour mettre dehors le cocher. Cabardos va vous y conduire.

Ces messieurs partirent, précédés par le brigadier, lequel se garda bien de leur adresser la parole, de peur d'encourir de nouveaux reproches de son chef, qui ne les perdait pas de vue.

Avant de passer la porte où se tenaient les agents, M. d'Argental, sans appeler à lui son ancien maréchal des logis, dit assez haut pour qu'il l'entendît :

— Ne te retourne pas, mon vieux. On nous regarde. Viens me voir, demain, rue du Helder, 7. Tu m'apporteras la note de Virginie, et si, malgré ce qu'il m'a promis, cet animal s'avisait de te faire casser de ton grade, tu peux compter que je ne te laisserais pas sur le pavé. Je te caserai comme garde général chez un de mes amis, qui a, en Normandie, une terre superbe, infestée de braconniers.

Cabardos remercia, sans tourner la tête, et fit signe aux agents de ne pas refermer la barrière que le commandant et son neveu passèrent sans mot dire et qui fut close aussitôt qu'ils l'eurent passée.

— Que le diable t'emporte ! s'écria l'oncle en traversant le chemin de ronde. Ne pouvais tu me parler de cette sotte histoire de flacre, avant de t'embarquer avec moi dans une expédition qui forcément devait mal finir ?

— Je n'y ai pas songé, murmura Maxime, plus résolu que jamais à ne pas confier au commandant le secret de la comtesse.

— Il fallait y songer, morbleu ! Que tu t'amuses à conduire aux fortifications une coureuse ramassée dans la rue, ça te regarde et je n'ai rien à y voir ; mais que tu n'aies pas prévu ce qui vient de nous arriver, en vérité, c'est trop fort !... Cabardos, pendant le déjeûner, a dit, devant toi, qu'il attendait le sous-chef de la sûreté. Comment n'as-tu pas eu l'idée que cette femme était de la bande qu'on cherche ?... car elle en est, j'en suis convaincu. Il fallait, à ce moment-là, raconter ton aventure à Cabardos, ou refuser la partie qu'il nous proposait.

Te voilà, maintenant, dans une jolie situation ! Le Pigache t'a laissé partir, parce qu'il te repincera quand il voudra. Mais tu peux t'attendre à être surveillé de près. On va te *filer*, du matin au soir et du soir au matin.

— *Filé* par la police et écrasé par les assassins, c'est trop, pensait Maxime, qui se rappelait l'accident du Quai aux Fleurs.

— Tu te tais !... réponds-moi donc, s'écria le commandant, agacé de voir que son neveu recevait, sans dire un mot, cette averse de reproches assez mérités.

— Et que voulez-vous que je vous réponde ? murmura Maxime, en haussant les épaules. Le mal est fait, et je crois, comme vous, que ces gens-là vont me surveiller. Je n'y puis rien, et je n'ai rien à craindre d'eux, attendu que je n'ai rien à me reprocher. Ils en seront pour leurs peines.

— Alors, tu prends gaiement ton parti d'avoir sans cesse des espions à tes trousses ?

— Je pense que vous exagérez, et que la police se bornera à prendre des renseignements sur moi et sur la vie que je mène. Mais enfin, si on me *file*, je me laisserai *filer*. Ça m'amusera.

— Reste à savoir si ça amusera les personnes que tu vois habituellement... tes amis, par exemple... tes maîtresses... on les espionnera aussi...

— Je n'ai pas de maîtresses... ni d'amis intimes.

— On saura que tu es reçu chez madame de Pommeuse.

— Je m'abstiendrai d'y retourner.

— Alors, décidément, tu renonces à lui faire la cour?

— Je vous l'ai déjà dit, mon cher oncle... et vous déclarez vous-même que, si je continuais à fréquenter son salon, je lui ferais du tort, puisque j'attirerais sur elle l'attention de la police.

Pris par ses propres paroles l'oncle se mordit les lèvres. Il sentait la force de l'argument, et il s'apercevait trop tard qu'il venait d'indiquer à Maxime un prétexte pour cesser ses visites à l'hôtel de l'avenue Marceau.

Il essaya de réparer cette bévue, en disant d'un ton dégagé :

— Oh! la comtesse occupe dans le monde une situation qui la met au-dessus de tout soupçon.

— Raison de plus, pour que j'évite de la compromettre, répliqua Maxime.

— Comme tu voudras, après tout. Je renonce à te marier, mon cher... et même à me mêler de tes affaires. Sois prudent, c'est tout ce que je te demande. Tu me trouveras toujours prêt à t'aider à sortir d'un mauvais pas.

Et sur ce, je te quitte. Il me tarde de rentrer chez moi, et je t'engage à ne pas flâner sur ce boulevard qui ne t'a pas porté bonheur.

Ayant dit, Pierre d'Argental prit le pas accéléré, plantant là son neveu, sans lui serrer la main.

Évidemment, il partait fâché, et Maxime aurait mal pris son temps s'il eût essayé de le retenir.

Maxime savait bien que la brouille ne serait pas de longue durée et Maxime avait autre chose en tête que de rentrer en grâce auprès de son oncle. Il éprouvait le besoin de se recueillir et d'examiner de sang-froid les conséquences des incidents variés qui venaient de se succéder depuis qu'il était entré dans le cabaret de la mère Caspienne.

L'entrée en scène de ce malencontreux cocher avait fortement compliqué la situation, déjà très tendue, et Chalandrey n'était plus le maître de rester en dehors de l'instruction judiciaire qui allait suivre son cours.

Chalandrey devait s'attendre à être interrogé de nouveau.

Il était bien résolu à s'en tenir à ce qu'il venait de dire à M. Pigache, mais il ne se dissimulait pas que, d'un moment à l'autre, madame de Pommeuse pouvait être mise en cause. Il ne fallait pour cela qu'un hasard, et le hasard avait joué un si grand rôle dans cette affaire bizarre, que la pauvre comtesse était à la merci d'un incident ou d'un propos ; sans compter que la justice ne manquerait pas de découvrir que son père avait été l'ami et l'associé de ce Tévenec, qui continuait à toucher les loyers du cabaret,

13

lequel n'était plus qu'une dépendance du fameux pavillon.

Alors, la comtesse serait obligée d'expliquer ses relations avec ce personnage, et de là, à être forcée de reconnaître que son père avait fait sa fortune en fraudant l'octroi de la ville de Paris, il n'y avait qu'un pas.

L'histoire du frère, condamné jadis par contumace, pouvait aussi revenir sur l'eau.

Tévenec, compromis personnellement, ne se priverait peut-être pas d'en parler, car il n'aurait plus de ménagements à garder.

Il était même capable de dénoncer les gredins qui avaient fait partie de l'ancienne association de contrebandiers, devenue plus tard une bande de brigands et ceux-là, une fois pris, ne se gêneraient pas pour se venger en déclarant que la fille de leur ancien chef les avait aidés à se débarrasser d'un traître.

Mais il ne dépendait pas de Maxime de conjurer les dangers qui menaçaient l'imprudente veuve et le plus grand service qu'il pût lui rendre, c'était de se tenir coi, jusqu'à ce qu'un événement le contraignît à intervenir pour la défendre.

Et ce plan, imposé par les circonstances, s'accordait parfaitement avec son désir de ne plus s'occuper que de la charmante jeune fille qu'il aimait.

Car il l'aimait sincèrement, sérieusement, comme il n'avait jamais aimé.

Née d'une rencontre fortuite, cette passion qui aurait pu n'être qu'un feu de paille, s'était condensée, cristallisée, comme a dit Stendahl, le grand analyste de l'amour.

Elle remplissait si bien le cœur de l'insouciant Chalandrey qu'il n'y restait plus de place pour d'autres sentiments.

Aussi, après avoir réfléchi un instant aux périls que courait la comtesse et qu'il courait lui-même, ne pensait-il déjà plus qu'à revoir Odette Croze.

Il regrettait même d'avoir tant tardé, et il n'avait pas tort, car mal lui en avait pris d'avoir, pour être agréable à son oncle, différé la visite qu'il se proposait de faire au frère, avant de se présenter chez la sœur.

Si, au lieu de se laisser entraîner au *Lapin qui saute*, il était allé tout droit chercher Lucien Croze à son bureau, il aurait évité de tomber sous la coupe du policier Pigache, qui ne se serait jamais douté qu'il existait, et il ne se serait pas trouvé en présence du cocher révélateur.

Mais il était encore temps de se transporter à la maison de banque de la rue des Petites-Écuries, puisque Lucien Croze n'en sortait qu'à cinq heures.

Maxime n'avait même pas besoin de se presser pour arriver avant la fermeture de la caisse et il décida de faire le trajet à pied.

Il était payé pour se défier des fiacres.

Le commandant s'était dirigé vers la porte de Clichy; son neveu prit du côté opposé et descendit dans Paris par des rues où il ne passait pas souvent.

Tout chemin mène à Rome et Chalandrey trouva, sans s'égarer, la maison qu'il cherchait.

Elle formait le coin de la rue Hauteville et elle avait fort belle apparence, avec ses deux corps de logis posés en équerre et précédés d'une cour protégée par une grille ; une cour qu'il fallait traverser pour aller dans les bureaux, situés à gauche en entrant, comme l'indiquait une inscription placée au-dessus de la porte principale d'un long bâtiment à deux étages.

Des gens allaient et venaient dans cette cour, et Maxime y croisa un monsieur qu'il ne reconnut pas tout d'abord, mais qui, en passant près de lui, le regarda comme un homme affairé ne regarde pas le premier venu. Ce coup d'œil rapide et inquisiteur réveilla les souvenirs de Maxime, qui se retourna vivement.

L'homme était déjà loin, mais Maxime était sûr de son fait.

— C'est ce Tévenec ! dit-il entre ses dents ; que diable est-il venu faire chez le patron de Lucien ?... Toucher de l'argent, sans doute... et peut-être de l'argent pour madame de Pommeuse... singulière coïncidence !... s'il a eu affaire au caissier, il a dû le reconnaître pour l'avoir vu à la soirée de la comtesse et voilà maintenant qu'il me rencontre à la porte... il doit penser que je viens voir mon ami... et comme il ne nous porte pas dans son cœur, je ne serais pas très étonné qu'il songeât à nous jouer un mauvais tour... Bah ! je ne le crains pas, car bientôt la police aura l'œil sur lui et s'il s'avisait de chercher à nous nuire, il pourrait lui en cuire.

C'est égal !... je vais dire à Lucien de se tenir sur ses gardes.

Eh ! parbleu ! le voilà, Lucien !

En effet, Lucien sortait, et les deux camarades se trouvèrent face à face.

— J'arrive à point, s'écria Maxime. Une minute plus tard et je t'aurais manqué... je croyais que ta caisse ne fermait qu'à cinq heures et je ne me dépêchais pas... mais qu'as-tu donc ?... tu es pâle et tu as les yeux rouges comme si tu avais pleuré...

— Viens ! murmura Lucien. Ne restons pas ici.

Et il entraîna, dans la rue Hauteville, Chalandrey, qui reprit :

— Est-ce qu'il t'est arrivé un malheur ?

— Le plus grand de tous ceux que je pouvais redouter, répondit tristement le jeune caissier.

— J'espère qu'il ne s'agit pas de ta sœur...

— Il l'atteint aussi.. mon patron vient de me congédier.

Maxime respira. Les amoureux sont égoïstes.

— Ah ! tu m'avais fait peur, dit-il. J'avais cru que mademoiselle Odette...

— Autant vaudrait pour elle que je fusse mort. Comment vivra-t-elle, maintenant que j'ai perdu ma place ?

— Tu en trouveras une autre. Je t'y aiderai. Raconte-moi d'abord ce qui s'est passé. Pourquoi cet homme t'a-t-il renvoyé ?

— Je n'en sais rien. Il m'a fait appeler dans son cabinet et il m'a demandé la clé de la caisse, en m'annonçant qu'il allait, ce soir, procéder à une véri-

fication de ma comptabilité, et que dès ce moment, je
ne faisais plus partie de sa maison. Je lui ai demandé ce qu'il avait à me reprocher... de quoi il
m'accusait... il m'a répondu que je devais m'estimer
trop heureux d'en être quitte à si bon marché. C'é-
tait comme s'il m'eût accusé de l'avoir volé. Je me
suis emporté. Alors il m'a sommé de sortir...

— Tu n'as vu personne chez lui? interrompit
Maxime.

— Non... nous étions seuls, répondit Lucien, un
peu étonné. Pourquoi me demandes-tu cela?

— Parce que je crois deviner d'où part le coup.
Y a-t-il, parmi les clients de la maison, un monsieur
Tévenec?

— Nous avons un compte-courant à ce nom-là...
un compte assez important... mais je n'ai jamais vu
le titulaire. Quand il a des fonds à retirer ou à verser, il s'adresse directement à mon patron.

— Eh! bien, il est venu ici aujourd'hui et il en est
sorti un instant avant toi... je l'ai rencontré dans la
cour.

— Et tu supposes que c'est lui qui m'a fait renvoyer?... un homme que je ne connais pas et qui ne
me connaît pas!

— Il te connaît. Il était avant-hier à la soirée de
madame de Pommeuse et il s'est aperçu qu'elle t'ac-
cueillait fort bien. Or, il est amoureux d'elle... ou
du moins il prétend l'épouser. Comprends-tu maintenant qu'il cherche à te faire du mal?

— Je m'étonne qu'il y ait réussi. Il faudrait qu'il
eût une grande influence sur mon patron, qui ne

prend jamais conseil de personne et qui est très jaloux de son autorité.

— Comment s'appelle-t-il ce banquier?

— Sylvain Maubert. Il est fort riche et il n'a pas d'associés.

— Il en a peut-être sans que tu le saches. Mais que j'aie deviné ou non, tu n'en es pas moins victime d'une injustice abominable.

— Et me voilà sur le pavé. Quelle nouvelle à annoncer à Odette! Elle m'attend, et je ne sais si j'aurai le courage de rentrer à la maison.

— Je vais t'y accompagner.

— Quoi! tu veux!...

— Tu m'as promis de me présenter définitivement. C'est le vrai moment de tenir ta promesse. Nous serons deux pour la réconforter.

Lucien hésitait. Les deux amis étaient arrivés au boulevard Bonne-Nouvelle. Maxime, pour en finir, arrêta une voiture qui passait, y poussa Lucien et y monta, après avoir donné au cocher l'adresse qu'il n'avait pas oubliée.

Le voyage ne fut pas gai. Lucien prenait sa disgrâce au tragique et Maxime regrettait de lui avoir parlé de M. Tévenec.

Mais Maxime était décidé à brûler ses vaisseaux, dès ce jour-là, c'est-à-dire à demander à mademoiselle Croze si elle l'acceptait comme fiancé, en attendant qu'elle consentît à l'épouser. Il mettait une espèce de coquetterie à faire cette grave démarche à l'instant où il venait d'apprendre que Lucien avait perdu sa situation.

Le frère et la sœur habitaient, rue des Dames, une maisonnette entre cour et jardin ; une cour étroite comme un trottoir et un jardin minuscule.

— Suis-moi, dit Lucien. Odette doit être là-haut, dans son atelier.

Elle y était en effet, assise devant un chevalet et fort occupée à dessiner sur une toile qu'elle essaya de cacher, quand elle aperçut Maxime.

Elle s'était placée de façon à masquer le dessin qu'elle achevait, mais elle eut beau faire, Maxime le vit et n'eut pas de peine à reconnaître, du premier coup d'œil, son propre portrait.

Ce n'était encore qu'une esquisse tracée au fusain sur une toile et la ressemblance était déjà frappante, quoique mademoiselle Croze eût travaillé sans avoir le modèle sous les yeux.

Dessiner de mémoire et attraper la ressemblance, c'est un miracle que l'amour seul peut expliquer, et Odette qui venait d'exécuter ce tour de force ne songeait guère à en tirer vanité, car elle rougissait d'avoir été surprise à l'œuvre par l'homme dont elle venait de reproduire les traits, profondément gravés dans son souvenir.

Son trouble équivalait presque à un aveu et Maxime ne perdit pas de temps pour exprimer ce qu'il ressentait.

— Vous ne m'aviez donc pas oublié ? dit-il avec émotion.

— Non, balbutia la jeune fille, et l'idée m'est venue de voir si je me rappellerais assez votre visage pour en fixer les lignes.

C'est un essai que j'ai voulu tenter... et qui n'a pas trop bien réussi... j'allais effacer ce croquis, lorsque vous êtes entré.

— Je m'y oppose, mademoiselle, et je vous supplie d'achever avec votre pinceau ce que vous avez commencé avec votre crayon. Je poserai tant que vous voudrez.

Odette, interloquée, cherchait une réponse, et n'en trouvant pas qui la satisfît, elle regarda son frère pour le consulter des yeux.

Alors seulement, elle remarqua son air désolé et elle eut le pressentiment d'un malheur.

Lucien ne lui laissa pas le temps de l'interroger.

— Je t'apporte une bien mauvaise nouvelle, dit-il avec effort; si mauvaise que, sans notre ami qui m'a encouragé, je n'aurais pas osé rentrer à la maison.

— Ah! mon Dieu!... tu m'effraies, murmura mademoiselle Croze, pâlissant, après avoir rougi. Qu'est-il donc arrivé?

— J'ai perdu mon emploi. M. Maubert m'a renvoyé.

— N'est-ce que cela! s'écria, presque joyeusement, Odette.

— Là! dit Maxime, je savais bien que ta sœur se désolerait moins que toi d'un accident très réparable.

— C'est pour elle que je me désole.

— Pour moi! tu as tort, Lucien. La pauvreté ne me ferait pas peur... Mais nous ne sommes pas pauvres... tu retrouveras une place et en attendant

13.

que tu l'aies trouvée, je gagnerai de l'argent pour
nous deux.

Je serai même très fière de suffire toute seule
aux besoins du ménage, ajouta Odette en essayant
de sourire.

— Tu ne me demandes pas pourquoi mon patron
m'a chassé... oui, chassé comme on chasse un
domestique infidèle, dit Lucien avec amertume. Je
vais te l'apprendre, et quand tu sauras qu'il a osé
m'accuser d'indélicatesse...

— Toi ! ah ! c'est indigne !... cet homme est un
misérable... Tu aurais dû le souffleter...

— Je regrette de ne l'avoir pas fait... J'étais aba-
sourdi... je m'attendais si peu à être traité de la
sorte que j'ai perdu la tête et que je n'ai pas pensé à
le sommer de préciser... car il ne s'est pas expliqué
nettement sur les actes qu'il m'impute.

— Tu l'aurais fort embarrassé, dit Maxime. Il
voulait se défaire de toi. Il a pris le premier prétexte
venu.

— Et pourquoi voulait-il se défaire de mon frère ?
interrogea la jeune fille.

— Pour être agréable à un vilain monsieur qui
déteste Lucien et qui ne nous veut aucun bien à
vous et à moi, mademoiselle. Ce drôle ne s'en
tiendra pas là, croyez-le... Il nous hait tous les trois
et, pour nous nuire, tous les moyens lui seront
bons.

— Serait-ce lui qui m'a écrit ce matin une lettre
anonyme ?

— Si cette lettre contenait des menaces ou des

calomnies contre moi, elle est de lui, n'en doutez pas, mademoiselle. Voulez-vous me la montrer?

— Je l'ai brûlée...

— Mais vous l'avez lue.

— Oui, je la sais presque par cœur. Il y avait à peu près ceci : Défiez-vous du beau brun qui fait semblant de vous rechercher pour le bon motif. C'est pour cacher son jeu. Il est le...

— Dites le mot, mademoiselle.

— Il est l'amant de la comtesse de Pommeuse et et il s'entend avec elle pour vous tromper. Si vous les laissez faire, ils vous perdront de réputation et vous aurez servi de paravent à leurs amours.

— Maintenant, je suis fixé. La lettre est de lui.

— Qui, lui?

— Un M. Tévenec que vous avez pu voir avant-hier soir, chez madame de Pommeuse, et qui aspire à l'épouser. Comprenez-vous?

— Pas très bien !

— Je le gêne, vous le gênez et Lucien le gêne encore plus, parce qu'il sait que Lucien plaît beaucoup à la comtesse. Il prévoit que nous nous soutiendrons et il cherche à nous brouiller.

— Il n'y réussira pas, dit vivement Odette.

— Non, car il dépend de vous, mademoiselle, de mettre fin à une situation fausse.

— Comment l'entendez-vous, monsieur ?

— De la façon la plus simple. Je vous aime, mademoiselle, et j'ai l'honneur de vous demander votre main.

Odette tressaillit, mais elle ne répondit pas et Maxime reprit :

— Je sais qu'en m'adressant directement à vous, je manque à tous les usages, mais votre frère m'entend et je le prends à témoin de la sincérité de mes intentions. Il me connaît de longue date et il sait que je suis incapable de feindre un sentiment que je n'éprouverais pas.

Et comme Lucien, aussi troublé que sa sœur, ne se pressait pas de formuler l'attestation que sollicitait son ami :

— J'ajoute, continua Maxime, que je me soumets d'avance à toutes les conditions qu'il vous plaira de me poser... et en même temps, je me confesse... j'ai mené jusqu'à ce jour une vie qui ne devait pas me conduire au mariage. Il m'a suffi de vous voir pour renoncer à cette existence, mais je comprends que vous exigiez des preuves de ma conversion. Je m'engage donc dès à présent, irrévocablement, et en retour, je ne vous demande que de me prendre à l'essai.

Le mot pouvait avoir deux sens, et Maxime, qui s'en aperçut, s'empressa de l'expliquer :

— Je veux dire que j'attendrai votre réponse aussi longtemps que vous voudrez, pourvu que vous me permettiez de venir souvent ici et d'espérer que vous ne me repousserez pas quand vous me connaîtrez mieux.

Je demande à faire mon stage, conclut gaiement Maxime ; mon stage dût-il durer sept ans.

— Ce serait trop long, dit Odette, en riant.

— Vous avez commencé mon portrait... pourquoi ne continueriez-vous pas à y travailler, jusqu'à ce que vous soyez complètement édifiée sur mon caractère et sur la fermeté de mes résolutions?... Vous en serez quitte pour ne pas vous presser, si la conviction ne vous vient pas vite... ou pour le laisser là, si vous vous apercevez que mes défauts l'emportent sur mes qualités... en admettant que j'aie des qualités...

— Tu en as au moins une, s'écria Lucien ; celle d'être fidèle à tes amis dans le malheur.

— J'accepte le compliment, mais je n'ai pas grand mérite à me mettre à ton service, car moi aussi, j'ai besoin d'un ami qui me soutienne. Tes ennemis sont les miens et l'union fait la force. Nous gagnerons tous les deux à nous allier contre eux.

— Quoi ! ce M. Tévenec...

— M'en veut autant qu'il t'en veut... et en partie pour le même motif. Il a cru d'abord que j'allais faire la cour à madame de Pommeuse, et comme il s'est constitué son garde du corps, il exècre tous ceux qui pourraient s'occuper d'elle... il les calomnie à tort et à travers, quand ce ne serait que pour le plaisir de leur faire du mal. Il reconnaîtra bientôt qu'il s'est trompé en ce qui me concerne, mais il ne renoncera pas à l'espoir de me nuire... et il s'en prendra même à ta sœur. Unissons-nous pour la défendre, mon cher Lucien, conclut Chalandrey en tendant la main au frère qui la serra cordialement.

La sœur avança la sienne et Maxime y mit un

baiser plus respectueux et plus tendre que le baiser qu'il avait mis huit jours auparavant sur la main de la comtesse.

Le pacte était scellé. Il ne s'agissait plus que de s'entendre sur les moyens de défense et Chalandrey éprouvait beaucoup d'embarras à exposer à ses alliés son plan de campagne ; d'autant plus d'embarras que ce plan n'était pas encore bien arrêté dans sa tête et qu'il lui fallait parer à des dangers de plus d'une sorte.

Tévenec, c'était l'ennemi commun et il venait d'ouvrir les hostilités en faisant destituer Lucien Croze.

Contre celui-là, l'alliance était indiquée, car il ne s'en tiendrait pas à ce premier acte de méchanceté et il ne tarderait guère à attaquer aussi Maxime de Chalandrey qu'il voulait évincer du salon de l'avenue Marceau.

Mais Maxime avait à faire face à d'autres adversaires, plus redoutables que cet homme ; à la police d'abord qui, sans aucun doute, allait le surveiller et surtout aux assassins qui voulaient évidemment le supprimer.

Ils avaient déjà essayé sur le quai aux Fleurs.

Et sa situation avait cela de particulier que les gens qui lui avaient déclaré la guerre allaient agir séparément.

C'était comme s'il avait eu à combattre trois corps d'armée opérant chacun pour son compte et dans un but différent.

Tévenec, amoureux de la comtesse, voulait se débarrasser de ses concurrents.

La police faisait son métier en cherchant les auteurs du crime commis dans le pavillon.

Les vrais coupables tenaient à se mettre à l'abri d'une dénonciation ou d'une indiscrétion. Et, comme il n'y a que les morts qui ne parlent pas, ils avaient juré de se défaire de la comtesse et de Maxime qu'ils soupçonnaient d'avoir reçu dans le square Notre-Dame les confidences de madame de Pommeuse.

De ceux-là et des policiers, Lucien Croze et sa sœur n'avaient rien à craindre, jusqu'à présent. Donc il était inutile de leur signaler des dangers qui ne menaçaient que Maxime de Chalandrey.

Mieux valait qu'il ne leur en dît mot et qu'il tînt tête tout seul à des ennemis qui en définitive luttaient les uns contre les autres, puisque la police ne pourchassait encore que les assassins et que les assassins cherchaient avant tout à la dépister.

— Tu es le meilleur et le plus généreux des amis, murmura Lucien, qui avait les larmes aux yeux.

— Nous nous verrons donc ici tous les jours, reprit Maxime, si mademoiselle Odette le permet. Ne faut-il pas qu'elle achève mon portrait ?

— Ce sera trop vite fait, dit en souriant la jeune fille.

— Me défendrez-vous de venir quand il sera terminé ?

— Vous savez bien que non.

— Oh ! alors, je vous donnerai des séances de

quatre heures. Lucien y assistera et nous emploie-
rons le reste de nos journées à préparer nos moyens
de défense. Je commencerai par me renseigner à
fond sur ce coquin de Tévenec. Je saurai d'où lui
vient l'influence qu'il a sur M. Maubert qui a renvoyé
votre frère sans motif et que je soupçonne d'avoir
été mêlé à de très vilaines affaires, car son conseiller
Tévenec m'est très suspect.

— A quoi bon? murmura la jeune fille. Le mal
est fait maintenant et, au lieu de guerroyer contre
ces gens-là, mieux vaut, je crois, que Lucien
cherche une place.

C'était la raison même qui parlait par la bouche
de mademoiselle Croze, et Maxime comprit un peu
tard que le moment était mal choisi pour lui exposer
des projets dont le succès problématique la touchait
beaucoup moins que la situation présente de son
frère.

Ce frère était sur le pavé et il fallait avant tout
qu'il retrouvât l'équivalent de ce qu'il venait de
perdre, c'est-à-dire une occupation productive.

Il n'y avait pas encore péril en la demeure,
puisque Lucien et Odette avaient hérité de leur
père un petit capital, mais les économies qu'ils
avaient pu faire sur leurs modestes revenus ne les
mèneraient pas bien loin.

Les braves enfants étaient trop fiers pour accepter
les avances que Chalandrey leur aurait offertes de
bon cœur et même pour compter sur le double
mariage qui les aurait tirés d'embarras. Et Chalandrey, sous peine de les froisser, ne pouvait pas

faire allusion à ses espérances matrimoniales et aux intentions de madame de Pommeuse, toute disposée à épouser Lucien.

—C'est vrai, mademoiselle, dit-il, et cette place, je la chercherai pour lui.

L'entretien ne roula plus que sur ce sujet pratique et quand il prit fin, Maxime, qui emportait l'assurance d'être reçu tous les jours à l'atelier de la rue des Dames, partit plein de joie, mais non pas délivré d'inquiétude, car il se disait encore :

—Pourvu, mon Dieu ! que je n'attire pas sur eux la haine de mes ennemis !

VI

L'hôtel de Pommeuse n'était pas très vaste, mais, au fond du jardin, la comtesse avait, depuis son veuvage, fait construire une serre qui était une vraie merveille.

Elle y avait rassemblé toutes les plantes des tropiques, et elles y poussaient si vigoureusement qu'on aurait pu s'y croire dans une forêt vierge.

On y marchait sur le sable le plus fin et on pouvait s'y asseoir sur des sièges confortables.

Au milieu des verdures, un jet d'eau jaillissait d'une vasque de marbre blanc et un ruisseau bordé de mousse courait à travers les arbustes.

C'était dans ce palais vitré que madame de Pommeuse se tenait de préférence lorsqu'elle ne recevait pas et il lui arrivait d'y rester des journées entières, même en hiver, car un excellent calorifère y entretenait constamment une température printanière et le soleil, dès qu'il lui plaisait de se montrer, l'illuminait de ses rayons.

Il brillait ce jour-là : le soleil et les fleurs étaient en fête, mais la comtesse ne regardait ni le ciel bleu, ni les camélias blancs. Elle errait tristement par les allées et ne paraissait pas goûter le charme d'une douce matinée de mars.

C'était le surlendemain de sa visite à la Morgue et elle n'avait pas encore eu le temps de se remettre complètement des émotions de ce malencontreux voyage à la maison des morts.

Elle en était pourtant revenue sans accident et, à peine rentrée, elle avait donné à ses gens l'ordre de n'admettre personne, de sorte qu'elle venait de passer quarante-huit heures dans la solitude la plus absolue.

Cette réclusion volontaire était un événement dans sa vie, car elle aimait beaucoup à sortir, plutôt à pied qu'en voiture et plutôt pour aller voir ses pauvres que pour rendre des visites ou pour se montrer au Bois.

Mais sa dernière promenade lui avait si mal réussi et si fort donné à réfléchir qu'il ne lui tardait pas de reprendre ses habitudes et que le temps ne lui avait pas paru long.

Elle l'avait employé à se recueillir, à faire son examen de conscience et à consulter son cœur.

Elle sentait que jusqu'alors elle n'avait pas vécu, que le passé n'était plus qu'un rêve et que des résolutions qu'elle allait prendre dépendait l'avenir de son existence, brusquement bouleversée par une catastrophe.

Madame de Pommeuse n'avait que vingt-cinq ans et, par conséquent, son histoire n'était pas longue.

Elle s'appelait Grelin, du nom de son père, Octavie

Grelin, et ce nom très plébéien, elle l'avait porté jusqu'à son mariage ; mais elle était vraiment née pour être comtesse, car la distinction de ses sentiments égalait la distinction de sa personne.

Elle méritait certainement d'épouser un seigneur aussi titré et mieux posé que ce comte de Pommeuse, gentilhomme authentique, mais ruiné et quelque peu déconsidéré par ses pairs — un déclassé de l'aristocratie.

C'était son père qui l'avait mariée, presque au sortir d'un pensionnat, où elle avait passé tristement son enfance et toute sa jeunesse.

Ce père l'y laissait pour des raisons qu'elle n'avait jamais bien connues. Il allait l'y chercher le dimanche et, à l'époque des vacances, il la menait aux bains de mer dans un trou de la côte normande, où ils ne voyaient absolument personne.

Aussi ne s'était-elle pas fait prier pour consentir à devenir la femme d'un monsieur de bonne façon qui ne lui inspirait ni sympathie ni antipathie.

Le seul homme qu'elle eût un peu connu avant de se marier, c'était son frère, Jules Grelin, qui avait quinze ans de plus qu'elle et qui vivait en fort mauvais termes avec leur père.

Jules Grelin, après avoir dissipé l'héritage de sa mère, escomptait celui de son père en faisant des dettes scandaleuses, et se conduisait de telle sorte qu'il devait forcément mal finir, mais sa jeune sœur ne savait rien de tout cela et comme il lui témoignait beaucoup d'affection, elle s'était attachée à lui... plus qu'elle n'aurait dû, peut-être.

Puis, il avait disparu tout à coup et le père Grelin avait défendu à sa fille de jamais lui parler de cet affreux garnement.

Octavie n'avait su que plus tard la vérité, qui était que ce frère indigne s'était enfui pour se soustraire aux effets d'une condamnation à dix ans de travaux forcés, prononcée contre lui par contumace. Elle l'avait sue, à la mort de son père, décédé subitement, quinze jours après le mariage avec le comte de Pommeuse ; de son père qui avait laissé un testament par lequel il déclarait, avec preuves à l'appui, que Jules ayant mangé, par anticipation, la part qui lui revenait, n'avait plus aucun droit à la succession paternelle.

L'exécuteur testamentaire était Jean Tévenec qui s'était entendu avec M. de Pommeuse pour assurer l'exécution des volontés du testateur, mais depuis son veuvage, Octavie avait reçu, plusieurs fois, des demandes de secours de son frère et lui avait fait passer de l'argent à l'étranger.

Les demandes avaient cessé un an avant que le fugitif lui annonçât brusquement son retour à Paris.

Il résultait de tout cela que la pauvre comtesse n'avait jamais connu que les amertumes de la vie.

Fille délaissée, sœur exploitée, épouse négligée et veuve recherchée par des prétendants qui ne visaient que son argent, elle en était encore à chercher un homme qui l'aimât comme elle voulait être aimée.

Cet homme, elle croyait l'avoir trouvé. Cet

homme, c'était Lucien Croze, qu'elle connaissait à peine.

Elle aussi, elle avait reçu le coup de foudre.

Et elle croyait avoir trouvé en même temps un ami à toute épreuve en la personne de Maxime de Chalandrey, que le hasard avait mis en possession d'un secret terrible, qui approuvait son inclination pour Lucien, et qui s'offrait à la protéger non seulement contre la police, mais aussi contre les bandits du pavillon.

Malheureusement, elle n'était pas délivrée de Jean Tévenec et elle ne se dissimulait pas qu'elle aurait tôt ou tard à compter avec ce personnage, ne fût-ce que pour connaître au juste la situation financière que lui avaient faite, à elle, le testament de son père et la mort de son mari.

Octavie n'entendait absolument rien à ce qu'on appelle *les affaires* et, depuis que M. de Pommeuse n'était plus de ce monde, elle laissait ce Tévenec administrer, presque sans contrôle, la fortune qu'elle avait héritée de M. Grelin.

Tévenec lui soumettait bien, tous les trois mois, comme aurait pu le faire un intendant, un relevé des sommes encaissées par lui, relevé qu'elle se gardait bien d'examiner e, dont elle était incapable de vérifier l'exactitude.

Elle savait que l'héritage de son père consistait presque entièrement en valeurs mobilières dont il ne tenait qu'à elle de toucher les revenus, puisque ses titres étaient déposés chez un notaire qu'elle aurait pu aller voir et qu'elle ne voyait jamais.

Cette négligence avait pour excuse un sentiment très avouable.

La comtesse se défiait de l'origine de la fortune amassée par son père, et elle ne tenait pas à éclaircir les doutes qui la tourmentaient souvent.

Mais elle comprenait maintenant qu'il lui faudrait en venir là pour se débarrasser de la surveillance de l'équivoque associé de feu Grelin, et elle y était résolue depuis son funeste voyage au boulevard Bessières.

Elle se proposait d'avoir prochainement une explication avec M. Tévenec et de lui déclarer qu'elle entendait désormais administrer elle-même ses biens.

Elle était majeure, elle était veuve et cet homme n'avait sur elle aucune autorité légale. Il ne pouvait donc pas prétendre à conserver malgré elle une gestion dont il s'était emparé sans la consulter.

Octavie voulait, d'ailleurs, y mettre des ménagements et surtout éviter de le blesser en le sommant de lui rendre des comptes. Elle était disposée à accepter les faits accomplis, pourvu que Tévenec se démît de l'espèce de tutelle qu'il exerçait par tolérance.

Il y avait à vider avec lui une question délicate, celle des bénéfices qu'il encaissait pour elle dans diverses entreprises où le père Grelin était intéressé de son vivant, et sur la nature desquelles sa fille n'était pas renseignée, mais elle était décidée à simplifier, en renonçant purement et simplement à toucher sa part, les arrangements à intervenir.

Elle avait hâte que ce fut fait, mais elle ne songeait pas à aller chez lui pour en finir, et elle ne se souciait pas de lui écrire pour lui demander une entrevue. Elle préférait qu'il vînt chez elle et entamer la grande explication après un entretien préparatoire.

M. Tévenec ne restait jamais bien longtemps sans se présenter à l'hôtel de l'avenue Marceau et il ne s'y était pas montré depuis la dernière soirée du samedi. Il ne tarderait certainement pas à y reparaître et la comtesse s'étonnait presque de ne pas l'avoir revu, car il devait être pressé de lui dire ce qu'il pensait des nouveaux invités qu'il avait aperçus dans son salon, l'avant-veille.

Et elle se promettait de couper court à ses propos, s'il s'avisait de parler mal de Lucien Croze ou de Maxime de Chalandrey.

Mais madame de Pommeuse avait bien d'autres soucis, et de plus graves, que celui de se débarrasser des obsessions de M. Tévenec. Elle ignorait, bien entendu, tout ce qui s'était passé la veille, au pavillon du boulevard Bessières, et elle se demandait ce qu'il était advenu de Maxime, après leur longue causerie sur un banc du square Notre-Dame.

Elle le croyait aussi exposé qu'elle-même qui vivait dans des transes perpétuelles, depuis qu'un inconnu l'avait menacée de mort dans la salle de la Morgue.

Maxime viendrait-il avant la fin de la semaine, comme elle l'y avait engagé ? Elle se le demandait et elle souhaitait qu'il se tînt coi et qu'il eût l'idée de lui écrire pour lui donner des nouvelles.

Elle s'inquiétait moins de Lucien Croze, parce qu'elle pensait qu'il n'avait rien à craindre de la bande des étrangleurs, mais elle ne cessait pas de penser à lui. Elle n'était pas très sûre de lui avoir plu, quoique Maxime de Chalandrey affirmât que son ami était amoureux fou d'elle, mais elle ne pouvait pas courir après le seul homme qu'elle aurait voulu pour mari.

Et elle n'avait personne à qui confier ses douleurs, ses espérances et ses craintes.

C'est le sort des riches d'être entourés d'indifférents. La comtesse n'avait d'intimité avec aucune des femmes qu'elle recevait et ses domestiques n'étaient à son service que depuis son mariage.

Julie Granger, sa vieille nourrice, qui l'avait élevée pendant sa première enfance et qui aurait pu être une confidente sûre, achevait de vivre dans un petit logement de la rue du Rocher,

Octavie était seule, bien seule, au milieu de ce monde où elle faisait si brillante figure et qu'elle aspirait à quitter pour vivre selon son cœur, pour goûter enfin les joies légitimes d'un amour partagé.

Absorbée par de tristes réflexions, elle venait de s'asseoir au fond de la serre, lorsqu'elle entendit marcher dans le jardin.

Le sable d'une allée craquait sous un pas lourd qui n'était certainement pas celui d'une femme.

Qui pouvait venir la troubler dans ce coin où elle s'était réfugiée ? Elle avait interdit la porte de son hôtel ; ses gens avaient ordre de ne la déranger sous aucun prétexte, et, à moins d'événement grave, ils ne se seraient pas permis de manquer à la consigne, car la comtesse n'avait fait d'exception pour personne.

Elle pensa que ce pas était celui d'un valet de pied qui lui apportait une lettre et, son imagination aidant, elle se figura que cette lettre était de Maxime.

Elle le crut si bien qu'elle se leva pour aller au devant du messager, et elle resta confondue en se trouvant tout à coup face à face avec M. Tévenec qui venait d'entrer dans la serre.

Correctement vêtu de noir, comme toujours, il tenait sous son bras un gros portefeuille bourré de papiers, et cet accessoire lui donnait tout à fait l'air d'un avocat qui vient soumettre à une cliente les pièces d'un procès.

Madame de Pommeuse n'attendait pas sa visite, mais il arrivait à point puisqu'elle avait hâte d'en finir avec lui, et elle se prépara à profiter de l'occasion pour aborder le sujet difficile.

L'air de son visage la frappa tout d'abord.

Habituellement, il tâchait d'être gracieux et il se tenait avec elle sur un pied de familiarité affectueuse qui lui permettait de traiter presque gaiement les questions d'affaires.

Elle lui disait : Monsieur, à cause de la différence d'âge, mais il l'appelait : Octavie, tout court ; ou bien : ma chère enfant. Il l'avait tutoyée autrefois, et c'était seulement lorsqu'elle s'était mariée qu'il avait renoncé à lui parler comme s'il eût été son père ou son oncle.

Ce jour-là, il avait une vraie figure de juge d'instruction, grave, renfrognée, presque menaçante, et ce changement de physionomie n'avait pas dû lui coûter beaucoup d'efforts, car il était né rogue et déplaisant.

Il salua cérémonieusement la comtesse et il commença par la traiter de : Madame, en s'excusant d'avoir forcé la consigne pour arriver jusqu'à elle.

Très surprise de ce début, madame de Pommeuse jugea bon de ne pas demander le pourquoi de ces façons insolites, car elles devaient faciliter l'explication qu'elle souhaitait.

— Je sais, dit-il, que vous avez défendu votre porte et je m'en réjouis, car j'ai à vous entretenir de choses très importantes et très particulières. Ce sera long, mais il y a urgence et je compte que vous voudrez bien m'accorder le temps dont j'ai besoin pour vous exposer la situation... une situation toute nouvelle et qui mérite toute votre attention.

— Je suis prête à vous entendre, murmura la comtesse, que ce préambule inquiétait déjà.

— Alors, je vous prierai de vous asseoir et de me permettre d'en faire autant. On ne peut pas traiter debout des questions sérieuses.

Il y avait, à quelques pas de l'endroit où ils s'étaient rencontrés, des sièges rustiques et une table sur laquelle Tévenec posa son portefeuille, après avoir pris place en face de la comtesse.

— Qu'avez-vous donc à me dire ? demanda-t-elle.

— Vous le saurez tout à l'heure, répondit Tévenec ; vous le saurez... si vous voulez bien m'écouter jusqu'au bout, car pour me faire comprendre, je vais être obligé de remonter un peu loin dans le passé. Mais, soyez tranquille, madame, j'arriverai à conclure.

Ce ton de plus en plus solennel et ce langage entortillé ne rassurèrent pas madame de Pommeuse.

— Parlez, monsieur, dit-elle froidement.

— Je commence par le commencement, reprit Tévenec en affectant de sourire. Vous me connaissez depuis votre première enfance et nous ne nous sommes jamais perdus de vue. J'allais vous chercher le dimanche au pensionnat et, plus tard, j'ai assisté à votre mariage. J'étais intimement lié avec votre père et c'est à moi qu'il vous a recommandée en mourant. Après lui, j'ai continué à gérer vos affaires, même du vivant de votre mari.

— Tout cela est vrai. Où voulez-vous en venir ?

— Vous êtes-vous jamais demandé pourquoi je me dévouais à vos intérêts ?

— Vous avez pris soin de me l'apprendre aussitôt que j'ai été veuve.

— Vous voulez dire que j'aspirais à vous épouser. Je ne le nie pas. Je conviens même que je vous aimais depuis longtemps, lorsque je me suis permis de vous demander votre main. Vous me l'avez refusée et j'ai continué à vous servir avec le même zèle... et la même abnégation.

— J'en conviens et je vous en sais gré, mais...

— Je n'ai pas eu grand mérite à vous rester fidèle. J'étais profondément attaché à vous et je savais qu'en me retirant je vous aurais jetée dans de terribles embarras.

— Qu'entendez-vous par là?

— J'entends que vous étiez incapable d'administrer, sans moi, votre fortune... plus incapable encore que ne l'était ce pauvre Pommeuse qui vous aurait ruinée, s'il avait vécu quelques années de plus... et qui n'a jamais fait que dépenser, sans compter, les revenus que je percevais pour vous.

— Est-ce pour me parler de lui que vous êtes venu? interrompit la comtesse, impatientée.

— Non, répliqua sèchement Tévenec; c'est pour vous annoncer que je me démets de mes fonctions.

Octavie ne s'attendait guère à cette déclaration. L'homme dont elle voulait se débarrasser allait au-devant d'un désir qu'elle hésitait encore à exprimer. Tout était donc pour le mieux et, cependant, elle se défiait. Il devait avoir une arrière-pensée.

— Oui, continua-t-il, j'en ai assez de faire l'intendant et, comme j'ai la prétention d'avoir géré honnêtement, je viens vous rendre mes comptes.

— Je ne vous les demande pas.

— Non, mais je tiens à les régler, séance tenante. Depuis que vous vous êtes mariée... sous le régime dotal... vous avez touché chaque année, environ cent cinquante mille francs qui ont passé par mes mains. Savez-vous de quoi se compose ce beau revenu?

— C'est le produit des capitaux que m'a laissés mon père, et que vous avez fait fructifier avec intelligence, je me plais à le reconnaître.

— Votre père vous a laissé l'hôtel que vous habitez et qui ne vous rapporte rien, plus deux inscriptions de trente mille francs de rente chacune, sur l'Etat, en trois pour cent, déposées chez maître Boussac, votre notaire, ainsi que cent quarante obligations de la ville de Paris, qui représentent en tout une centaine de mille francs. J'estime donc que, de ce chef, votre revenu ne [dépasse pas soixante-cinq à soixante-dix mille francs.

Votre hôtel en vaut tout au plus quatre cent mille et constitue pour vous une charge assez lourde, à cause des frais d'entretien et de réparation.

— Comment donc se fait-il que je reçoive annuellement, par vos mains, plus de cent cinquante mille francs?

— C'est ce que je vous expliquerai tout à l'heure.

— Vous m'avez dit, autrefois, que mon père était intéressé dans des entreprises... industrielles, je crois...

— Oui, industrielles, répéta ironiquement Tévenec. Revenons, s'il vous plaît, à votre fortune... consolidée. Celle-là est très facile à administrer, puisqu'il ne s'agit que d'encaisser des arrérages et des coupons. Votre notaire s'en chargera. Vous toucherez, vous vendrez ou vous achèterez des titres, sans que j'aie besoin d'intervenir. Je ne suis pas votre tuteur et vous n'êtes plus en puissance de mari. Je puis donc vous rendre la procuration générale que vous m'aviez donnée, et je l'ai apportée pour vous la remettre.

Quant aux participations qui constituent à peu près les deux tiers de votre revenu, vous étonneriez beaucoup maître Boussac, si vous lui en parliez, car votre père n'en a pas fait mention dans son testament.

— Je n'ai jamais compris pourquoi.

— Parce qu'il ne le pouvait pas, répondit Tévenec, en appuyant sur chaque mot. Et puis, c'était inutile. Il avait en moi une confiance absolue. J'ai été vingt ans son associé et il ne me cachait rien, parce que mon intérêt lui répondait de ma discrétion. Nous faisions des affaires de compte à demi et, après sa mort, j'ai continué ces mêmes affaires. Il a cru que le mieux était de me laisser percevoir ma part et la sienne, qui allait devenir la vôtre, puisque vous étiez son unique héritière.

— Unique ! pensa la comtesse. Il sait bien que non.

— Il n'aurait tenu qu'à moi de garder le tout, puisque nous n'avions pas de convention écrite, mais il savait que j'étais incapable d'abuser de la situation. Vous aussi, madame, vous avez bien voulu vous en rapporter à moi et vous me rendrez cette justice que j'ai toujours fidèlement rempli mon mandat.

Je puis bien ajouter que j'ai eu quelque mérite à me charger de cette mission, car, au moment où votre père me l'imposait, vous veniez d'épouser ce Pommeuse et votre père savait parfaitement que ce mariage me désolait.

» Il avait, comme tant d'autres, la manie, des grandeurs, ce pauvre Grelin. Il voulait, à toute force, que sa fille fût au moins comtesse et il ne s'est pas montré difficile sur le choix d'un gendre... car entre nous, madame, votre mari ne valait pas cher.

— Passons, je vous prie, dit Octavie, blessée d'entendre parler ainsi d'un homme qu'elle n'avait jamais aimé, mais dont elle portait encore le nom.

— Il est mort, six mois après, reprit imperturbablement Tévenec; que Dieu lui fasse paix! Mais il est bon que vous sachiez qu'il n'ignorait pas l'origine de la fortune dont il jouissait sans scrupules et qu'il connaissait très bien la situation que votre père m'avait faite... il savait que la majeure partie de vos revenus passait par mes mains et il s'accommodait de cet arrangement... il me témoignait même beaucoup d'égards, ce fier gentilhomme, et nous vivions dans les meilleurs termes.

J'avoue cependant que je ne l'ai pas regretté... ni vous non plus, je suppose.

— Assez, monsieur! interrompit la comtesse, indignée; mes sentiments ne vous regardent pas et je vous prie de revenir à l'objet de votre visite.

— J'y arrive. Après votre veuvage, je suis resté ce que j'étais... votre adorateur respectueux et votre intendant dévoué. J'espérais que tant d'abnégation finirait par vous toucher. Je n'ai pas tardé à comprendre que je me trompais et cependant j'ai continué à vous servir en soignant vos intérêts et en veillant sur vous, discrètement.

— J'ai cru m'apercevoir, en effet, que vous vous êtes occupé de moi beaucoup plus qu'il ne convenait.

— C'était mon devoir de tâcher de vous empêcher de vous compromettre. Je doute d'y avoir réussi, mais quoi qu'il en soit, je renonce à vous donner des conseils que vous ne suivriez pas et à m'inquiéter de votre conduite. Je renonce en même temps à gérer vos biens. Désormais, votre notaire me remplacera, je vous l'ai déjà dit. Seulement, il ne pourra pas vous représenter auprès des associés de votre père dans ces entreprises qui produisent de si beaux bénéfices. Maître Boussac ne les connaît pas, ceux-là. Il n'y a que moi qui les connais. Et puisque je me retire, je devrais vous laisser les chercher. Mais je puis aussi vous mettre en rapport avec eux.

Si je ne l'ai pas fait jusqu'à présent, c'est que je ne savais pas s'il vous conviendrait de prendre la suite des affaires de feu Grelin.

Vous êtes-vous jamais demandé comment il a fait fortune, votre père?

— Par son travail... dans le commerce, balbutia la comtesse.

— Quel commerce?... Vous ne vous en doutez pas. Eh! bien, je vais vous l'apprendre.

Madame de Pommeuse tressaillit. Elle pressentait qu'elle allait entendre de fâcheuses révélations mais il lui importait de savoir enfin à quoi s'en tenir sur l'origine de la fortune de son père, et elle se résigna sans trop de peine à écouter M. Tévenec, qui reprit froidement :

— Il était parti de très bas, ce cher Grelin, et dans sa jeunesse, il a fait toutes sortes de métiers qui ne l'ont pas enrichi. Il aurait végété toute sa vie, s'il n'avait pas eu une de ces idées qui, du jour au lendemain, font d'un pauvre diable un millionnaire. Il se dit que la ville exploitait le pauvre monde, en faisant payer des droits d'octroi exorbitants; que des fraudeurs intelligents gagneraient gros, s'ils trouvaient moyen de s'affranchir de ce tribut injuste et qu'ils feraient en même temps une œuvre philanthropique, puisqu'ils pourraient livrer aux consommateurs des marchandises à prix réduits.

Il trouva des capitalistes disposés à avancer les fonds nécessaires pour creuser un souterrain qui permettrait d'introduire dans Paris, sans acquitter la taxe, des denrées lourdement imposées... des alcools par exemple.

Les travaux furent exécutés, l'entreprise prospéra et l'association réalisa des bénéfices énormes auxquels Grelin, inventeur du système, participa largement.

C'est à son invention que vous devez d'être riche.

— Si je croyais cela...

— Croyez-le, madame. Tout ce que vous possédez vous vient de cette idée lumineuse, qui germa, un beau jour, dans la cervelle de votre père et qui fut

mise en pratique avec une habileté sans égale. Les
précautions avaient été si bien prises que la société
a fonctionné vingt ans, sans accident. Quelques
mois avant la mort de votre père, elle s'est transformée. Les opérations ont été transportées sur un
autre point de l'enceinte, et elles ont un peu changé
d'objet; mais, elles n'en sont que plus fructueuses.
J'y suis doublement intéressé, puisque je touche, en
même temps que ma part de fondateur, la part de
votre père, qui vous revient... soit: à peu près
cent quatre-vingt mille francs par an, pour nous
deux.

— Et vous ne m'avez pas dit que cet argent venait
d'une source impure?

— A quoi bon? l'argent n'a pas d'odeur. Et puis,
il aurait fallu vous dire que la fortune dont vous
jouissez n'a pas été mieux acquise que ne l'est ce
supplément que je vous apporte à la fin de chaque
trimestre

— Je n'en veux plus.

— Très bien! Alors, vous renoncez à la participa-
tion. C'est votre droit. Je garderai tout. Seulement,
pour être logique, vous devriez renoncer aussi à
l'héritage de votre père. Si j'étais à votre place, je
vendrais mes rentes et mes obligations, j'en distri-
buerais le produit aux pauvres et je donnerais mon
hôtel à l'Assistance publique, à charge d'en faire un
hôpital.

Vous mettriez ainsi votre conscience en repos.
Encore, auriez-vous le remords de ne pas pouvoir
restituer les sommes que vous avez dépensées depuis

que vous avez recueilli la succession de cet excellent Grelin qui ne prévoyait guère l'usage que vous feriez des fruits de son industrie.

— Trêve de railleries, monsieur, dit brusquement la comtesse. Je ferai ce qu'il me plaira de faire et j'accepte la rupture que vous me proposez. Vous avez pris un cruel plaisir à me donner des détails que je ne vous demandais pas. Restons en là.

— Je tenais à vous renseigner, pour vous montrer que mes prétentions n'étaient pas si extravagantes... et que la fille de M. Grelin, enrichi par la fraude, ne peut guère épouser maintenant qu'un ancien associé de son père... à moins qu'elle ne rencontre encore une fois une noble taré, comme l'était M. [de Pommeuse. Je n'insiste pas et je ne vous importunerai plus de mes visites; mais, puisque nous ne devons plus nous revoir, permettez-moi, avant de vous quitter, de vous donner quelques avis utiles.

Vous n'avez pas oublié, je suppose, que vous avez un frère?

Octavie pâlit et Tévenec reprit, en la regardant, comme on dit, dans le blanc des yeux :

— Oui, un frère qui a été condamné, par contumace, à dix ans de travaux forcés et que, probablement, vous ne tenez pas à revoir, car il vous gênerait beaucoup, s'ils s'avisait de reparaître...

— Il y a plusieurs années qu'il a quitté la France et il se gardera bien d'y revenir...

— Vous vous trompez. Il est à Paris.

—Qu'en savez-vous? demanda vivement Octavie.

— J'ai ma police et la présence de ce chenapan m'a été signalée. Il paraît même qu'il a de l'argent et qu'il mène joyeuse vie. Il se propose sans doute de rester en France, mais il se fera pincer tout de même, et, dans ce cas, il pourrait bien se réclamer de vous. Il ne dépend pas de vous de l'en empêcher. Seulement, je vous conseille de vous abstenir de toute démarche imprudente. Il est très capable de vous écrire, avant qu'on ne l'arrête, et de chercher à vous voir. Vous ferez sagement de ne pas lui répondre.

— Je m'en garderai bien, murmura la comtesse, très troublée.

— Vous n'auriez pas à craindre qu'il réclamât sa part d'héritage. Il y a renoncé par un acte qui est déposé chez votre notaire, un acte que votre père lui a fait signer et par lequel il reconnaît avoir reçu en avancement d'hoirie tout ce qui pouvait lui revenir dans la succession. Mais il chercherait à vous compromettre... il vous ferait *chanter*.

Il a su bien des choses, avant que Grelin l'eût chassé... et s'il était pris, il ne se priverait pas de dénoncer les anciens associés de son père... moi, en tête, car il n'a jamais pu me souffrir.

Vous voilà avertie et j'espère que vous serez prudente.

Maintenant, j'ai à vous parler du terrain que votre père avait acheté près de la porte de Clichy et du pavillon qu'il y avait fait bâtir.

Vous vous en souvenez de ce pavillon ?

— Mon père m'y a menée quelquefois lorsque j'étais enfant, mais je n'y suis jamais retournée depuis ce temps-là. Il me semble d'ailleurs qu'il l'a vendu avant de mourir.

— Vendu ou cédé, peu importe. Ne m'avez-vous pas dit un jour qu'il vous en avait laissé la clé ?

— C'est vrai... mais je ne m'en suis pas servie.

— Tant mieux !... et si vous l'avez encore, vous ferez bien de la jeter dans la Seine, la première fois que vous passerez sur un pont. Je vais vous dire pourquoi.

— Je... je ne sais ce qu'elle est devenue.

— Savez-vous ce qui vient de s'y passer, dans ce pavillon ?... On y a assassiné un homme... oui, un homme dont le cadavre est en ce moment exposé à la Morgue... les journaux ne parlent que de cela.

— Je les lis si peu.

— Oh ! on ne vous accusera pas ; mais on pourrait bien vous interroger, car la justice saura, si elle ne le sait déjà, que le pavillon a appartenu à votre père.

— Il ne m'a jamais appartenu, à moi... je le dirai...

— Vous ferez bien. Malheureusement, on découvrira peut-être aussi que les fraudeurs dont je vous ai parlé y avaient établi le centre de leurs opérations. Ils l'ont abandonné depuis longtemps. Mais on pourrait bien soupçonner feu Grelin d'avoir fait partie de la bande. Vous jurerez que vous n'en avez jamais rien su et on vous croira.

— Et si on vous interrogeait, vous ?

— Moi, j'ai ma réponse toute prête. Je déclarerai que je n'étais pas associé à toutes les affaires de Grelin, et que s'il en a fait de véreuses, il ne m'a pas mis dans la confidence. Il ne tiendrait qu'à vous de me démentir, mais je suis bien sûr que vous ne ferez pas cela.

En un mot, je me charge de me défendre, et j'ai tenu à vous mettre sur vos gardes. C'est avant de prendre congé de vous définitivement... car si j'ai bien compris vos intentions, vous êtes décidée à ne plus profiter des bénéfices que j'encaissais pour vous.

— Abosolument décidée.

— Je ne chercherai pas à vous faire revenir sur cette vertueuse résolution. Libre à vous de répudier même la succession de votre père. Moi, j'ai le droit de compter sur votre discrétion. Vos amis ne me verront plus chez vous. S'il s'enquéraient des causes de ma disparition, vous l'expliquerez comme il vous plaira, pourvu que vous ne leur disiez pas la vérité.

— Je ne pourrais pas la leur dire sans me nuire à moi-même, car je serais obligée d'avouer en même temps que j'ai vécu des sommes que vous me remettiez, sans m'inquiéter de leur provenance.

— C'est bien ce que j'ai calculé, avant de vous faire des confidences dangereuses.

Voici, madame, votre procuration, conclut M. Tévenec en tirant de son portefeuille un papier timbré qu'il plaça sur la table. Brûlez-la et oubliez-moi.

La comtesse attendait qu'il se levât. Elle étouffait

d'émotion contenue et il lui tardait de clore ce pénible entretien.

Mais Tévenec n'avait pas achevé. Il gardait pour la fin un trait empoisonné et il se préparait à le décrocher avant de partir.

— Il est entendu, ajouta-t-il, que nous resterons désormais étrangers l'un à l'autre... à moins cependant que vous ne changiez d'avis... il y a le vers que répétait François Ier :

Souvent femme varie.

— Faites-moi grâce de vos citations, dit Octavie, outrée de tant d'impudence.

— Si cela arrivait, vous me trouveriez toujours disposé à vous aider de mes conseils... désintéressés. Vous m'avez guéri de mes aspirations matrimoniales. Il me serait pénible cependant de vous voir épouser un homme indigne de vous et je crains fort que vous ne choisissiez très mal.

La comtesse se leva brusquement pour couper court à des propos qu'elle ne voulait pas entendre. Tévenec fit comme elle, mit son portefeuille sous son bras et reprit, sans s'émouvoir :

— Samedi dernier, j'ai vu chez vous de nouvelles figures et j'ai cru m'apercevoir qu'elles ne vous étaient pas indifférentes. Ce vieux soudard, qui vous a été présenté par le général Bourgas, vous a amené un neveu qu'il a et qui ne vaut pas beaucoup mieux que votre premier mari.

— Je vous défends de parler ainsi de M. de Chalandrey, s'écria madame de Pommeuse.

— Oh ! vous ne m'empêcherez pas de vous dire ce que je pense de ce monsieur. C'est un mauvais garnement qui s'est ruiné avec les filles et qui voudrait se refaire avec votre argent. Il m'a paru que vous le trouviez à votre goût. Mon devoir est de vous crier : casse-cou !

— Sortez, monsieur !

— C'est ce que je vais faire quand j'aurai vidé mon sac. Le Chalandrey en question est un intrigant. Mais ce n'est rien auprès de l'autre...

Et comme la comtesse ne paraissait pas comprendre :

— Je parle de ce bellâtre qui conduit sa sœur dans les salons où elle chante au cachet, et qui devrait rester dans l'antichambre. Il vous dévorait des yeux et il vous disait des fadeurs que vous écoutiez avec un plaisir infini. Savez-vous ce qu'il a fait ce joli blond ? Non... vous ne vous en doutez pas?... Eh ! bien, je vais vous le dire, car il est bon que vous soyez édifiée sur son compte.

Il était caissier dans une maison de banque et il abusait de la confiance de son patron qui, hier, a découvert ses malversations et l'a chassé, séance tenante.

— Vous mentez ! s'écria madame de Pommeuse ; ce jeune homme est incapable de commettre une indélicatesse.

— Vous le connaissez donc bien pour répondre de sa probité ? ricana Tévenec. Je croyais que vous l'aviez vu pour la première fois, samedi dernier.

— Je connais sa sœur, et je sais que leur père était un honnête homme.

— Et vous vous dites : tel père, tel fils. Vous avez pourtant d'excellentes raisons de penser que le proverbe est faux, car vous ne ressemblez guère à feu Grelin.

D'ailleurs, les faits sont là... je vous répète que ce Croze a été chassé, hier, par M. Sylvain Maubert, banquier, rue des Petites-Écuries, qui avait eu le tort de lui confier sa caisse et qui s'est aperçu que ce joli monsieur le volait. Je puis l'affirmer... j'étais...

— Comment ?... vous y étiez ?...

— Mon Dieu, oui. J'ai un compte courant chez Maubert, qui est un de mes plus anciens amis et je suis allé le voir, hier, pour retirer des fonds. Je l'ai trouvé dans un état d'agitation indescriptible. Il venait de signifier à ce drôle qu'il le congédiait et comme c'est un brave homme, il était encore tout ému de la scène qui s'était passée dans son cabinet. Du reste, il ne poursuivra pas. Il se contentera d'envoyer M. Croze se faire pendre ailleurs. Il a bien de la bonté. Moi, j'aurais porté plainte.

— Oh ! je n'en doute pas, dit amèrement la comtesse. Et pourtant, vous qui avez fait fortune par des moyens inavouables, vous devriez être indulgent pour les fautes des autres.

— Je vous rétorque l'argument. Ce n'est pas à vous de me reprocher d'avoir fraudé l'octroi, puisque depuis que vous êtes au monde, vous vivez des bénéfices de cette opération... irrégulière. Et puis, frauder la ville de Paris, ce n'est pas voler et votre préféré a bel et bien volé son patron.

— Assez, monsieur !... Je ne sais pas si M. Croze est coupable, mais il ne me convient pas de vous entendre davantage.

— En d'autres termes, vous me mettez à la porte. Très bien ! je m'en vais et je ne reviendrai plus. Vous voilà livrée à vous-même. Tâchez de bien mener votre barque... Je vous ai signalé les écueils... Si vous naufragez, rappelez-vous que je vous ai avertie.

Sur cette conclusion, M. Tévenec prit son chapeau et tourna les talons, sans ajouter un seul mot ; pas même un simple formule de politesse.

La rupture était complète et définitive. Madame de Pommeuse, qui l'avait désirée, ne la regrettait pas, mais elle restait sous le coup des révélations que ce misérable ne lui avait pas ménagées.

Tout l'accablait à la fois. Elle venait d'apprendre en même temps que son père avait été un malhonnête homme, qu'elle courait grand risque d'être appelée et interrogée par le juge qui instruisait l'affaire du pavillon et que Lucien Croze avait commis un honteux abus de confiance.

Et de ces trois malheurs, c'était le dernier qui l'affectait le plus.

Elle soupçonnait depuis longtemps que l'origine de la fortune paternelle n'était pas irréprochable. Les aveux de l'ancien associé de M. Grelin n'avaient fait que changer ses soupçons en certitude. Elle s'y attendait.

Elle avait prévu aussi qu'elle pourrait être citée par le juge d'instruction, non pas à propos du crime — de ce côté, elle se croyait à l'abri, — mais pour renseigner la justice sur le propriétaire actuel du pavillon, et elle était prête à répondre qu'elle ne savait pas à qui son père l'avait vendu.

Mais elle ne s'attendait pas à apprendre que Lucien était un voleur, ce Lucien qui avait touché son cœur et qu'elle aurait voulu épouser.

Elle se refusait encore à croire qu'il se fût déshonoré pour de l'argent, ce fier garçon qui n'osait pas prétendre à la main d'une femme plus riche que lui.

Cependant, Tévenec précisait le fait, et si mal intentionné qu'il fût, il n'aurait pas osé inventer une histoire dont l'exactitude était facile à vérifier.

Restait à savoir si l'accusation était fondée et la comtesse en doutait.

Ce banquier, ami intime du susdit Tévenec, lui était suspect. Ils avaient pu s'entendre tous les deux pour perdre Lucien Croze dans l'esprit de madame de Pommeuse. Mais comment prouver cela ? Comment réhabiliter leur victime ? Il reste toujours quelque chose d'une calomnie, a écrit Beaumarchais qui connaissait bien les hommes, et la pauvre Octavie désespérait de relever jamais la réputation ternie du frère d'Odette, sa chère protégée.

Un autre danger la menaçait. Son frère, à elle, était encore à Paris, affirmait l'affreux Tévenec, ce frère qui lui avait juré de quitter la France, immédiatement, avec la somme qu'elle lui avait remise ; ce frère, cause première des terribles embarras dont le point de départ était le rendez-vous donné au pavillon du boulevard Bessières.

Que faisait-il dans une ville où il pouvait être arrêté, d'un instant à l'autre ? Allait-il reparaître chez sa sœur et tenter encore une fois de lui soutirer de l'argent?

La comtesse devait s'attendre à tout de la part de ce déclassé sans honneur et sans foi.

S'il tombait entre les mains de la police qui n'avait point oublié ses anciens méfaits, il était homme à trahir le secret des coupables agissements de son père qu'il avait tout au moins connus, s'il n'y avait pas pris part, et à déshonorer sa sœur, par contre-coup.

Et ces catastrophes suspendues sur sa tête, madame de Pommeuse ne pouvait rien pour les prévenir.

Chercher son frère, c'eût été s'exposer à les précipiter, en mettant sur la trace de ce malheureux les gens intéressés à la surveiller, à épier ses démarches, et ceux-là étaient en nombre. Il y avait les policiers et il y avait les assassins.

Elle ne pouvait qu'attendre les événements et se résigner d'avance à les subir. Aussi ne s'arrêta-t-elle pas longtemps à envisager ce côté inquiétant de sa situation.

La comtesse avait à prendre un parti sur des questions encore plus graves, et elle le prit sur-le-champ.

Elle venait de sacrifier, sans hésiter, la plus grosse

15.

partie de ses revenus, tirés d'une source impure. Il
ne lui en coûterait pas beaucoup plus de renoncer à
jouir d'une fortune mal acquise et elle résolut de ne
pas la garder.

C'était peut-être pousser trop loin le scrupule,
mais dans le cœur de cette fille d'un malandrin par-
venu, il n'y avait que de nobles sentiments. Pour
elle, l'argent n'était rien et l'honneur était tout.

Tévenec raillait, quand il lui conseillait d'abandonner aux pauvres tout ce qu'elle possédait. Elle
avait pris au sérieux cet avis ironique et elle était
décidée à le suivre.

Ce généreux projet n'était pas très facile à exécuter.

On lègue, en mourant, sa fortune aux hôpitaux et
nul ne s'en étonne, mais on ne se dépouille guère,
de son vivant, que pour entrer en religion et, hor-
mis ce cas assez rare, c'est un acte que le monde
prend volontiers pour un acte de folie.

Or, madame de Pommeuse ne songeait point à se
jeter dans un couvent pour y finir ses jours. Elle
était croyante, mais elle n'était pas encore assez
détachée de la terre pour ne plus penser qu'au
ciel.

Comment pourrait-elle motiver l'étrange résolution de passer subitement de son hôtel à une man-
sarde, de fermer son salon, de renvoyer ses domestiques et de vivre comme une indigente.

On ne manquerait pas d'expliquer par des suppositions malveillantes ce brusque changement d'existence. Elle aurait beau dire qu'elle était ruinée,

personne ne la croirait, car tout le monde savait qu'elle ne jouait pas à la Bourse et qu'elle ne faisait pas de dépenses exagérées. Et faute de comprendre, on finirait par imaginer qu'elle avait quelque vice caché — une liaison, par exemple, avec un homme de bas étage qui l'exploitait.

Et elle devrait encore s'estimer trop heureuse si on ne découvrait pas la triste vérité, qui était que l'héritage de son père pesait sur sa conscience.

Le moment eût été d'ailleurs très mal choisi pour mettre en pratique ses idées de renoncement.

Depuis la découverte d'un cadavre dans le fossé des fortifications, la police cherchait les assassins. Elle ne tarderait pas à apprendre, si elle ne le savait déjà, que le pavillon où on supposait que le crime avait été commis appartenait autrefois au père de madame de Pommeuse et la disparition soudaine de cette comtesse ne manquerait pas d'attirer son attention. C'est son état d'être curieuse et d'avoir l'œil à tout. Elle se demanderait pourquoi cette étoile du grand monde s'éclipsait tout à coup et elle arriverait peut-être à découvrir la cause secrète de ce phénomène assez rare sur l'horizon parisien.

Mieux valait donc différer le sacrifice : attendre pour l'accomplir que la procédure criminelle eût pris fin, soit par la condamnation des coupables, soit par une ordonnance de non-lieu, et que le silence se fût fait sur cette affaire.

Ce ne serait probablement pas très long, car la marée de l'oubli monte vite à Paris, et dans un an comme dans six mois, il serait encore temps pour l'héroïque Octavie de se vouer à la solitude et à la pauvreté.

Elle n'aurait pas beaucoup plus de reproches à se faire pour avoir continué à vivre de la même vie, jusqu'au jour où elle pourrait se retirer sans trop d'éclat, après avoir préparé la transition en restreignant peu à peu ses relations.

Sans se l'avouer à elle-même, elle rêvait encore de se marier, à ce moment-là, avec Lucien Croze, qui l'avait trouvée trop riche et qui ne refuserait peut-être pas d'épouser une femme aussi pauvre que lui; mais avant que ce rêve devînt une réalité, il fallait d'abord qu'elle eût la certitude que Lucien était innocent. Et le meilleur moyen de s'en assurer, c'était de le lui demander à lui-même.

La démarche serait hardie, mais la comtesse n'en était plus à se préoccuper des convenances.

Dans les grandes crises de la vie, quand on a du cœur, on va droit au but.

Elle aimait Lucien; elle ne pouvait pas le condamner sans l'entendre ou du moins sans interroger sa sœur, qui devait savoir à quoi s'en tenir. Et rien ne s'opposait à ce qu'elle allât voir cette sœur qu'elle recevait chez elle.

Odette habitait avec son frère, mais elle ne refuserait pas d'accorder à sa protectrice un entretien particulier et elle lui dirait certainement la vérité.

Madame de Pommeuse ne s'attarda point à réfléchir. Elle monta au premier étage et s'habilla sans l'aide de sa femme de chambre, rapidement, simplement et tout en noir, comme elle l'était le matin où

Maxime de Chalandrey l'avait recueillie rue du Rocher.

C'était la tenue qu'elle avait adoptée pour ses tournées de charité, et elle n'oublia pas la voilette épaisse qui, en masquant son visage, l'abritait contre l'indiscrétion des passants.

La comtesse aimait à se cacher pour faire le bien, et lorsqu'elle allait voir ses pauvres, c'était toujours à pied ou en voiture de place, tout au rebours de certaines grandes dames qui font stationner leur équipage devant la porte d'un logis misérable, à seule fin que personne n'ignore leurs charités.

Et, ce jour-là, pour se transporter chez mademoiselle Croze, Octavie n'eut garde de déroger à ses habitudes. Elle sortit presque furtivement de son hôtel et marcha jusqu'à la place de l'Etoile, où elle prit un fiacre à la station.

Pour aller de l'entrée de l'avenue des Champs-Élysées à la rue des Dames, à Batignolles, on peut suivre des chemins différents.

Le cocher qui conduisait madame de Pommeuse passa par l'avenue de Friedland, la rue de Monceau, la rue de Lisbonne, remonta un instant le boulevard Malesherbes et enfila la rue de Naples.

Cet itinéraire n'était pas le plus direct, mais il y a des cochers fantaisistes.

La rue de Naples rappela à la comtesse le souvenir de sa première aventure et dès qu'elle aperçut la maison où demeurait Maxime, l'idée lui vint de demander si M. de Chalandrey était chez lui, et s'il y était, de le voir avant de voir Odette.

Elle avait du bon cette idée, car Maxime de Chalandrey était peut-être informé de la mésaventure de son ami, et, s'il la connaissait, il pourrait renseigner préalablement madame de Pommeuse, qui avait réfléchi en route et qui commençait à s'effrayer un peu de la visite qu'elle allait faire rue des Dames.

Elle se disait que si, par impossible, Lucien était coupable, mieux vaudrait éviter une pénible entrevue avec sa sœur, et que si, au contraire, comme elle l'espérait bien, l'affreux Tévenec avait menti, Maxime ne refuserait pas de venir avec elle chez Odette.

La comtesse n'avait pas revu Maxime depuis qu'ils avaient échangé des confidences devant la Morgue, mais elle comptait absolument sur lui et elle n'éprouvait plus aucun embarras à se risquer seule dans cette garçonnière où quelques jours auparavant, un matin, elle avait énergiquement refusé d'entrer.

C'est que la situation n'était plus la même. Les femmes comme Octavie ne redoutent le tête-à-tête qu'avec l'homme qu'elles aiment et qui les aime. Maxime, amoureux d'Odette, ne lui faisait plus peur.

Elle fit arrêter le cocher et elle descendit.

La rue de Naples est peu fréquentée et on n'y voit guère que des maisons bourgeoises ou des habitations particulières.

Il y avait cependant, faisant vis-à-vis à l'hôtel de Chalandrey, un café borgne — un *cafeton*, comme on dit en Provence; un *caboulot*, disent les Parisiens — un de ces établissements mixtes, moitié cabarets, moitié restaurants, où on sert à manger aux consommateurs peu difficiles, et à boire à tout venant.

Derrière la devanture vitrée, figurait, en guise d'enseigne, un saladier plein de pruneaux cuits dans un jus douteux et, à travers les vitres dépourvues de rideaux, on pouvait voir deux hommes de piètre mine attablés à une partie de dominos.

Du même côté de la rue, un peu plus loin, stationnait un fiacre attelé de deux chevaux qui mangeaient tranquillement leur avoine, en l'absence du cocher, lequel était probablement allé se rafraîchir, en attendant le retour d'un monsieur en visite.

La comtesse n'ayant aucune raison de se méfier des habitués du bouge, sonna hardiment à la porte de l'hôtel.

Le valet de chambre qui vint lui ouvrir lui dit que son maître n'y était pas. Il ajouta même que M. de Chalandrey ne rentrerait qu'à l'heure du dîner, s'il rentrait.

Madame de Pommeuse, qui connaissait bien les domestiques, vit tout de suite que celui-là disait la vérité. Il n'aurait pas répondu si nettement, s'il eût menti pour obéir à un ordre donné par Maxime.

Elle n'insista pas et elle remonta en voiture sans remarquer qu'un des joueurs de dominos était sorti de la salle du café et se tenait planté sur le trottoir, le nez au vent et la pipe aux dents.

Il était sans doute écrit que la comtesse ne franchirait jamais le seuil de l'hôtel de Chalandrey et il ne lui restait plus qu'à se remettre en route.

Elle se consola de sa déconvenue en se disant qu'après tout, elle pouvait se passer de son aide pour aborder mademoiselle Croze qu'elle espérait bien trouver seule.

Lucien, congédié la veille par son patron, devait être en quête d'une autre place et sans doute courait la ville pour en trouver une. Madame de Pommeuse aurait tout le temps de confesser la sœur, avant que le frère revînt de ce voyage à la recherche d'un emploi.

La rue des Dames n'est pas loin de la rue de Naples et le trajet prit bientôt fin.

En descendant de son flacre, Octavie fut un peu surprise de voir entr'ouverte la porte de la maisonnette dont sa protégée lui avait indiqué le numéro.

Odette n'avait à son service qu'une bonne et quand cette bonne n'était pas là, Odette, n'ayant rien à craindre des voleurs, ne s'enfermait pas, afin d'éviter d'être obligée de descendre si on sonnait.

Octavie entra, traversa un corridor qui aboutissait au jardin où il n'y avait personne, puis, revenant sur ses pas, elle monta l'escalier, jusqu'au deuxième étage.

Là, elle crut entendre la voix de mademoiselle Croze et après avoir relevé le coin d'une portière en tapisserie, elle la vit assise au fond de son atelier, devant un chevalet, à côté duquel posait un monsieur dont elle n'apercevait que le dos.

La comtesse pensa que la jeune fille travaillait à un portrait commandé, et comme elle ne tenait pas à se rencontrer avec un étranger, elle allait se retirer quand Odette l'aperçut et s'exclama. Le modèle se retourna vivement et le modèle, c'était Maxime de Chalandrey.

La comtesse ne s'attendait guère à le trouver là, mais elle n'en fut pas fâchée, puisqu'elle le cherchait. Mieux valait même que l'explication eût lieu en présence de la sœur de Lucien.

Le hasard avait donc bien arrangé les choses et tout le monde était content, car Odette et Maxime ne souhaitaient rien tant que de mettre madame de Pommeuse au courant de leur nouvelle situation d'amoureux déclarés.

Ce fut, pendant les premiers instants de cette heureuse réunion, un concert de félicitations réciproques.

La parole revenait de droit à Maxime pour annoncer ses récentes fiançailles; seulement, il ne savait par où commencer, et, pendant qu'il préparait son exorde, la comtesse, en les voyant si joyeux, se laissait aller à croire qu'il n'y avait pas un mot de vrai dans cette malveillante histoire racontée par M. Tévenec.

Maxime se décida enfin à lancer *ex abrupto* la grande nouvelle. Il prit à témoin de la sincérité des serments qu'ils avaient échangés, Odette, qui lui donna chaleureusement la réplique, et il termina en remerciant la comtesse de leur avoir porté bonheur.

La pauvre Octavie n'était guère en situation de porter bonheur à quelqu'un, à moins que ce ne fût par un effet de la loi des contrastes, et les larmes lui vinrent aux yeux en pensant aux chagrins qui l'accablaient.

Elle eut pourtant le courage d'embrasser Odette qui rayonnait de joie, parce qu'elle voyait bien maintenant que la lettre anonyme qu'elle avait reçue calomniait Maxime en l'accusant de faire la cour à madame de Pommeuse.

S'il avait eu l'intention de l'épouser ou même d'en faire sa maîtresse, il n'aurait pas profité avec tant d'empressement de la première occasion qui s'était présentée de lui annoncer qu'il venait de se fiancer à mademoiselle Croze.

La comtesse était moins sûre que sa protégée de se marier à son gré, et le moment était venu pour elle d'aborder la question qui l'amenait rue des Dames.

— Votre frère doit être bien heureux, dit-elle pour en arriver par une voie détournée à savoir ce qu'elle n'osait pas demander de but en blanc.

La figure d'Odette se rembrunit et elle répondit en secouant la tête :

— Il le serait complètement, s'il n'avait pas perdu sa place.

— C'est donc vrai ! murmura la comtesse. Le banquier qui l'employait l'a renvoyé.

— Vous savez cela ! s'écria Chalandrey.

— On vient de me l'apprendre.

— Qui donc a pu ?...

— Pourquoi vous cacherais-je que c'est M. Tévenec ?

— J'aurais dû m'en douter. Ah ! le misérable !... que vous a-t-il dit ?

— J'ose à peine vous le répéter.

— Je le devine, moi ! ce qu'il vous a dit... Il vous a dit que ce Sylvain Maubert, son digne ami, accusait Lucien d'avoir détourné des fonds de la caisse... c'est un infâme mensonge... Lucien a eu tort de ne pas souffleter cet homme... mais je m'en charge. Quant au sieur Tévenec...

— Je viens de rompre toutes mes relations avec lui, interrompit madame de Pommeuse.

— Permettez-moi, madame, de vous dire qu'il était temps. Ce drôle aurait fini par vous compromettre. Ici, je ne puis m'expliquer davantage, mais si vous voulez bien me faire l'honneur de me recevoir demain chez vous...

Maxime n'acheva pas sa phrase. Lucien Croze entrait dans l'atelier et n'en pouvait croire ses yeux en voyant la comtesse, la main appuyée sur l'épaule d'Odette qui pleurait, et Chalandrey gesticulant avec animation.

L'arrivée de Lucien complétait le tableau.

Il était très pâle et il salua gauchement madame de Pommeuse, presque aussi gênée que lui.

Evidemment, il se demandait pourquoi elle était venue et il se doutait qu'elle avait entendu parler de sa mésaventure.

Maxime se chargea de le renseigner.

— Eh ! bien, lui demanda-t-il brusquement. As-tu trouvé ?

— Rien, murmura Lucien. J'ai été éconduit partout... parce que partout on m'a posé la même question. On veut savoir pour quel motif j'ai quitté

la maison de banque où je travaillais depuis si longtemps.

— A ta place, moi je l'aurais dit... et j'aurais
ajouté que M. Maubert est un coquin qui t'a renvoyé
pour être agréable à un autre coquin avec lequel il
doit brasser des affaires véreuses. Tu devrais le mettre
au défi de porter plainte contre toi... il s'en gardera
bien, car il lui faudrait prouver que tu as pris de
l'argent dans la caisse et il n'y parviendrait pas. Ne
m'as-tu pas dit qu'il était seul quand il l'a véri-
fiée ?

— Oui... il en avait la clé et il connaissait le mot.
Il a prétendu qu'il manquait vingt mille francs.

— S'ils manquaient, c'est qu'il les a pris. Il s'est
volé lui-même... ou plutôt il a fait semblant de se
voler.

Vous entendez madame ? demanda tout à coup
Maxime en s'adressant à la comtesse.

— Parfaitement, dit-elle d'un ton ferme.

— Et vous ne croyez plus à l'indigne accusation
que cet homme a osé porter contre notre ami ?

— Je n'y ai jamais cru... et maintenant je suis certaine que cette accusation est fausse.

En parlant ainsi, madame de Pommeuse tendit sa
main à Lucien qui, n'osant pas la baiser, la serra
avec effusion.

— Moi aussi, reprit-elle, j'ai été calomniée et je
comprends combien vous devez souffrir. Laissez-moi
vous jurer que vous n'avez rien perdu de mon estime... ni de mon amitié.

Ses regards disaient assez qu'elle employait le

mot : amitié, pour un autre, plus expressif et plus tendre, qu'elle avait sur les lèvres.

Et elle ajouta :

— Voulez-vous que nous nous unissions contre vos ennemis, qui sont aussi les miens... les ennemis de votre sœur, les ennemis de M. Chalandrey?

Lucien n'eut pas le temps de répondre. La bonne, qui venait de rentrer à la maison, écarta le rideau et dit d'un air effaré :

— Mademoiselle, il y a en bas un homme... non, un monsieur qui demande à voir M. de Chalandrey. Je lui ai répondu que je ne connaissais pas ce nom-là... que c'était ici chez M. Croze... il veut monter tout de même...

— Dites-lui de vous remettre sa carte; interrompit Maxime, ou plutôt... non... j'y vais...

— Il prétend aussi qu'il est arrivé ici une dame et qu'il a besoin de lui parler... une dame en noir...

Ce signalement ne pouvait s'appliquer qu'à la comtesse. Elle pâlit : Chalandrey fronça le sourcil; le frère et la sœur échangèrent un regard inquiet.

— Et j'ai bien vu qu'il ne s'en ira pas sans monter, reprit la bonne; à moins que monsieur et madame ne descendent. Il attend dans le vestibule... et il n'est pas seul... il en a amené un autre... mais celui-là n'est pas un monsieur...

— Ah! décidément, il faut en finir, s'écria Maxime, et puisque cet individu a affaire à moi, c'est à moi de le mettre à la porte.

— N'y allez pas, supplia mademoiselle Croze, qui voyait déjà son fiancé aux prises avec des malfaiteurs.

— Ce n'est plus la peine, dit la servante; j'entends leurs pas dans l'escalier.

— Nous serons deux pour les recevoir, appuya Lucien Croze en se rapprochant de son ami qui avait fait quelques pas vers la porte.

Odette et la comtesse ne bougèrent pas, mais elles se serrèrent l'une contre l'autre. Elles avaient le pressentiment qu'un danger les menaçait. La comtesse surtout.

La bonne, médiocrement rassurée, battit en retraite. En sortant à reculons, elle tomba presque dans les bras d'un homme qui arrivait, et qui lui fit une telle peur qu'elle s'enfuit en le bousculant et ne s'arrêta qu'au bas de l'escalier.

L'homme qui avait reçu le choc se remit d'aplomb, s'avança, après avoir laissé retomber le rideau de tapisserie, et Chalandrey reconnut la malplaisante figure de M. Pigache.

Ni Lucien Croze, ni sa sœur, ni la comtesse n'avaient jamais vu le sous-chef de la sûreté et l'apparition de ce personnage les effraya moins qu'elle ne les étonna.

Maxime éclata :

— Que venez-vous faire ici, Monsieur? demanda-t-il du ton le plus agressif. Vos fonctions vous donnent peut-être le droit de me surveiller. Elles ne vous donnent pas le droit d'entrer de force chez mes amis... Ces dames n'ont rien à démêler avec vous.

— En êtes-vous bien sûr? répliqua froidement Pigache.

— Qu'osez vous dire ?

— Ne le prenez pas de si haut et veuillez m'écouter. C'est à vous que je m'adresse et je vous somme de me répondre, au lieu de m'interpeller comme vous le faites.

Pour commencer, nommez-moi les personnes présentes.

Chalandrey ne pouvait pas refuser.

—Voici M. Lucien Croze, dit-il rageusement ; mademoiselle est sa sœur, artiste peintre... vous voyez qu'elle fait mon portrait.

Le policier ne broncha pas. Évidemment, il n'avait pas reçu de plainte contre le jeune caissier de M. Maubert.

Il reprit en regardant Octavie qui commençait à perdre contenance :

— Et madame ?

— Madame est la comtesse de Pommeuse.

Ce nom aristocratique ne parut pas intimider M. Pigache qui tira de la poche de sa redingote un carnet et se mit à le feuilleter rapidement.

— Avenue Marceau, dit-il, après avoir trouvé la note qu'il cherchait. Madame est veuve.

— Allez-vous lui faire subir un interrogatoire ? s'écria Maxime, furieux.

— Je viens la prier de me renseigner sur des faits qui n'ont pas été suffisamment éclaircis, hier, quand je vous ai interrogé. Depuis combien de temps connaissez-vous madame ?

— Depuis... depuis toujours... Madame de Pommeuse a un salon... elle me fait l'honneur de m'y recevoir...

— Alors, vous la connaissiez déjà, lorsque vous l'avez rencontrée l'autre jour. Hier, vous m'avez dit le contraire.

— Je ne comprends pas. De quelle rencontre parlez-vous?

— De celle que avez faite, rue du Rocher, un matin ou vous passiez en voiture. Vous ne l'avez pas oubliée, je suppose, ni les suites qu'elle a eues.

— Rue... du Rocher ? je comprends de moins en moins.

La comtesse se sentait mourir. Elle comprenait très bien et elle se figurait que Maxime avait tout raconté à ce policier.

Maxime qui comprenait aussi, quoiqu'il fît l'étonné, regrettait amèrement de ne pas l'avoir informée de ce qui s'était passé, la veille, au pavillon; car il voyait bien que M. Pigache allait la questionner et qu'en lui répondant, elle allait lui en dire plus qu'il n'en savait.

Odette s'étonnait que son fiancé ne lui eût pas parlé de cette rencontre et le souvenir de la lettre anonyme lui revenait à l'esprit.

Lucien était le seul qui ne comprît rien du tout à ce qu'il entendait. Il n'avait jamais vu le sous-chef de la sûreté et il ignorait complètement les aventures de son ami Chalandrey. Il se rappelait bien l'avoir retrouvé par hasard, après l'avoir longtemps perdu de vue, dans cette rue du Rocher, dont

il était question, mais ce souvenir ne l'éclairait pas
sur la situation.

M. Pigache ne tarda pas à le renseigner.

— Vous n'allez pas, je suppose, nier aujourd'hui
ce que vous avez avoué, hier, dit-il sévèrement.

Maxime baissa la tête. Il s'apercevait qu'il s'était
enferré, et il ne savait comment se tirer de là.

— Vous avez avoué devant témoins, reprit le policier, et notamment devant M. d'Argental, votre
oncle. Seulement, vous n'avez pas dit toute la vérité. J'ai accepté votre déposition pour ce qu'elle
valait et je vous ai laissé partir, parce que je me réservais d'en contrôler l'exactitude... par les moyens
dont je dispose.

— C'est-à-dire en me faisant espionner.

— Je vous invite dans votre intérêt à prendre un
autre ton. Mon devoir est de vous soumettre à une
surveillance et je n'y ai pas manqué. J'ai placé des
agents devant la porte de l'hôtel que vous habitez,
rue de Naples afin de savoir qui vous receviez. Ils
ont vu arriver madame, ils l'ont suivie jusqu'ici et
ils sont venus m'avertir qu'elle y était.

Vous voyez que je joue cartes sur table.

— Que vos agents m'aient suivi, moi, je me l'ex-
pliquerais, mais suivre madame, par ce seul motif
qu'elle est venue me voir !... c'est trop fort, s'écria
Chalandrey ?

— Pas pour ce seul motif, répondit froidement
Pigache. C'est madame que vous avez accompagnée
en voiture jusqu'à la porte de Clichy.. madame que
vous avez affirmé ne pas connaître et que vous

16

déclarez maintenant avoir *toujours* connue... *toujours !*... c'est le mot dont vous venez de vous servir.

— J'ai dit ce que j'ai voulu... mais je vous répète que ce n'est pas elle qui est montée dans le fiacre où j'étais, dit Maxme avec impatience.

Il n'avait rien trouvé de mieux que de persister à mentir et il ne s'apercevait pas que la comtesse était tout près de défaillir.

— Regardez donc madame, ricana le policier. Elle ne serait pas si troublée si elle n'avait pas fait le voyage avec vous.

Il vous en coûte de la compromettre... je conçois cela... et pour vous mettre à l'aise, je vais l'interroger.

Parlez, madame. N'est-il pas vrai que l'autre jour, vous aviez prié M. de Chalandrey de vous voiturer jusqu'aux fortifications ?

Madame de Pommeuse n'aurait peut-être pas hésité à répondre affirmativement, si elle eût su jusqu'à quel point le sous-chef de la sûreté était informé.

Elle devinait à peu près que, dans des circonstances qu'elle ne connaissait pas, Maxime avait été forcé de convenir qu'une femme lui avait demandé de la conduire au boulevard Bessières. Mais Maxime n'avait-il dit que cela ? Elle en doutait ; et dans le doute, elle préférait se taire, surtout en présence de Lucien Croze et de sa sœur.

Elle maudissait la fatalité qui avait amené le policier dans cette maison où elle ne pouvait pas lui répondre franchement, sans mettre en défiance l'homme qu'elle aimait.

—Non, monsieur, balbutia-t-elle; ce n'est pas moi.

— Alors, décidément, vous aussi, vous niez l'évidence? dit M. Pigache. Vous avez grand tort, madame, et je vais vous montrer que vous avez tort.

Puis, élevant la voix, il appela:

— Piquet! entrez, mon brave!

L'appel fut entendu. Une grosse main souleva la portière en tapisserie et un homme entra, le chapeau à la main, un homme que Chalandrey reconnut tout de suite et que la comtesse se rappela avoir vu, un quart d'heure auparavant, sur le trottoir de la rue de Naples.

Cet homme, c'était le cocher qui, la veille, à l'angle du pavillon, s'était trouvé nez à nez avec le voyageur qu'il avait pris sur le boulevard, tout près la place de l'Opéra.

— Racontez-nous comment vous êtes ici, lui dit Pigache.

— Pour lors, commença le nommé Piquet, j'étais en faction, depuis ce matin, dans le café qui est en face de la maison de monsieur, quand j'ai vu madame débarquer devant la porte. Je ne pouvais pas me tromper, vu qu'elle est habillée comme l'autre fois. J'avais là une voiture à deux *canassons* qui mangeaient l'avoine. Je n'ai pris que le temps de les brider... votre agent m'a aidé...

— Et vous êtes arrivés tous les deux rue des Dames. Là mon agent, qui avait mes instructions, vous a commandé de rester sur votre siège, pendant qu'il venait me chercher au commissariat du quartier Monceau. Vous avez bien manœuvré et j'en ferai mon rapport à l'administration.

— Merci, mon commissaire... C'est égal! j'aurais voulu que ça durât plus longtemps... Rien à faire que d'ouvrir l'œil et ma journée payée au maximum !... ça m'allait, c'te position-là, et si j'avais été un pas grand'chose, j'aurais pas fait semblant de reconnaître la dame... mais on a de la conscience ou on n'en a pas... et j'en ai, moi, je m'en vante.

— Alors, vous êtes certain que c'est madame qui est descendue de votre fiacre sur le chemin de ronde? Vous m'avez cependant dit, hier, que vous n'aviez pas vu sa figure.

— Ça c'est vrai. Mais j'ai bien remarqué sa taille, sa tournure et sa toilette... et je lèverais la main que c'est elle.

— Que dites-vous de cela, madame? demanda Pigache en regardant fixement la comtesse qui se soutenait à peine.

Maxime jugea que le moment était venu d'intervenir pour empêcher la pauvre femme de se perdre tout à fait.

— N'interrogez pas madame de Pommeuse, dit-il vivement. Je vais vous répondre pour elle... et je commence par convenir que c'est à elle que j'ai rendu service, l'autre jour...

— L'aveu est un peu tardif.

— Je le lui ai rendu sans la connaître... C'est seulement quelques jours après que j'ai su à qui j'avais ou à faire...

— Mais vous le saviez déjà lorsque je vous ai questionné, hier?

— Oui, monsieur, et j'ai affirmé le contraire. Il est des cas où le devoir d'un galant homme est de mentir. Je me serais coupé la langue plutôt que de compromettre madame de Pommeuse qui avait eu confiance en moi, puisque, un peu plus tard, à une soirée qu'elle donnait, elle m'a remercié de l'avoir accompagnée dans ce voyage... rien ne l'obligeait à me faire cette confidence et, elle s'en serait bien gardée, si elle avait eu quelque chose à se reprocher... Mais madame de Pommeuse est aussi étrangère que moi au crime du pavillon.

— Alors, rien ne l'empêche de m'apprendre ce qu'elle allait faire dans ce quartier excentrique à huit heures du matin.

— Rien ne l'y force. Je ne le lui ai pas demandé, répliqua Maxime, qui s'obstinait à répondre pour la comtesse, et qui ne répondait pas très habilement.

— Vous, monsieur, vous n'êtes pas commissaire de police, et j'admets que vous respectiez les secrets d'une femme. Je ne suis pas tenu à la même réserve. Mon devoir, à moi, c'est de m'enquérir et je fais mon devoir en invitant madame à s'expliquer nettement.

La comtesse, qui pâlissait de plus en plus, se tut.

— Est-ce la présence de ce cocher qui vous gêne? demanda M. Pigache. Je n'ai plus besoin de lui, puisqu'il vous a reconnue.

Sortez, Piquet, et allez m'attendre dans la rue.

16.

Piquet ne se fit pas prier pour disparaître. Il aimait beaucoup mieux fumer sa pipe en plein air que d'assister à un interrogatoire qui ne l'intéressait pas du tout.

— Maintenant, reprit le sous-chef de la sûreté, vous pouvez parler, madame. Vous êtes ici chez des amis et vous savez par expérience que M. de Chalandrey est le plus discret des hommes. Vous n'avez donc rien à craindre en disant la vérité.,. et j'ajoute, pour vous mettre à l'aise, qu'il me semble peu probable que vous ayez participé au crime dont je cherche les auteurs.

Mais vous comprenez vous-même que, si vous persistiez à garder le silence, je finirais par vous soupçonner.

— Vous pourriez tout aussi bien me soupçonner, interrompit Chalandrey ; moi aussi, je suis allé, le jour du crime, au boulevard Bessières.

— Ce n'est pas du tout la même chose. Vous n'y seriez pas allé, si madame ne vous avait pas proposé de l'y conduire. Et, si elle s'est adressée à vous qu'elle ne connaissait pas, à ce moment-là, c'est qu'elle avait un intérêt majeur à s'y rendre... à heure fixe... et j'en conclus naturellement que quelqu'un l'y attendait.

Vous-même, monsieur, vous m'avez dit, hier, que vous aviez pensé que la personne qui vous avait quitté, à la porte de Clichy, en vous défendant de la suivre, allait à un rendez-vous.

— Je n'ai pas dit cela ! s'écria Maxime, d'autant plus vexé que c'était vrai.

—Pardon ! reprit M. Pigache, sans s'émouvoir, vous l'avez dit, devant témoins... devant votre oncle qui l'attesterait, au besoin. Vous avez même précisé en ajoutant que cette dame allait sans doute à un rendez-vous donné par un amant.

— Vous m'assommiez de questions. J'y ai coupé court en vous répondant la première bêtise qui m'a passé par la tête.

—Mais, non. C'était l'explication la plus naturelle du voyage matinal de madame... et si madame veut bien la confirmer, je m'en rapporterai volontiers à sa déclaration... à condition toutefois qu'elle me fournira des preuves à l'appui... c'est-à-dire qu'elle me désignera la maison où elle est entrée et qu'elle me nommera la personne qu'elle allait voir... je serai obligé de vérifier si c'est exact, mais l'enquête sera faite discrètement... et il ne s'ensuivra aucun scandale.

La comtesse faisait peine à voir. Pour elle, c'était bien le comble du malheur d'être interrogée et pressée de la sorte en présence de Lucien Croze. Il allait croire qu'elle avait un amant et pour détourner d'elle cette honte, elle n'avait qu'à dire la vérité. Mais la dire, c'était non seulement avouer qu'elle avait vu commettre le crime, mais encore signaler la présence à Paris de son frère, condamné par contumace.

Et ce dernier danger l'effrayait plus que tout le reste. Le passé se dressait devant elle. Elle croyait déjà entendre les magistrats lui reprocher l'origine de sa fortune et lui jeter à la face les méfaits de son père. Lucien, qui, ne savait pas encore qu'elle allait renoncer à cette fortune mal acquise, Lucien ne voudrait plus d'elle, quand il saurait l'histoire de cette famille Grelin dont elle était, pour son malheur.

Peu s'en fallut pourtant qu'elle n'avouât tout, au risque de mettre dans un mauvais cas Maxime de Chalandrey qui se trouverait, comme elle, convaincu de faux témoignage, si elle avouait.

Elle lisait sur la figure de Lucien les soupçons qui le torturaient et elle aurait voulu lui crier : Non, je n'ai pas d'amant. Je n'aime et n'ai jamais aimé que toi. Écoute mes aveux et quand tu les auras entendus, tu me jugeras.

Mais elle eut l'heureuse idée de regarder Maxime dont les yeux semblaient lui dire : N'avouez pas. Je me charge de rassurer Lucien.

Cette scène muette fut interrompue par M. Pigache qui prit la parole avec une douceur inattendue.

— Madame, dit-il, je comprends qu'il vous en coûte beaucoup de répondre à la question que je viens de vous poser... trop brutalement peut-être... et je veux bien ne pas insister. J'admets que vous avez de bonnes raisons pour vous taire. J'admets même que vous n'êtes absolument pour rien dans l'affaire criminelle qui m'occupe. Vous admettrez bien aussi que je dois vous demander certains renseignements dont j'ai besoin.

— Parlez, monsieur, murmura madame de Pommeuse, très étonnée de ce changement de ton.

— C'est votre père, n'est-ce pas, qui a fait bâtir le pavillon où le crime a été commis ?

— Oui... avant ma naissance, je crois... et il ne l'a jamais habité, que je sache.

— Cependant, vous y êtes allée... avec lui ?

— Il m'y a menée quelquefois, lorsque j'étais enfant.

— Mais il ne vous en a pas transmis la propriété ?

— Non, monsieur. Il l'a vendu, avant sa mort.

— A qui l'a-t-il vendu ?

— Je ne l'ai jamais su.

— Votre père ne vous l'a pas dit ?

— Mon père ne me parlait jamais de ses affaires.

— De sorte que vous ignorez de quelle nature elles étaient.

— Complètement.

— C'est extraordinaire. Il a laissé une fortune considérable... dont vous ne connaissez pas l'origine...

— Il l'avait gagnée dans le commerce.

— Vous avez été mariée ?

— Oui, monsieur, et je suis veuve depuis trois ans.

— Votre mari, le comte de Pommeuse, est mort par accident.

— D'une chute de cheval... au bois de Boulogne.

— Et vous étiez mariée sous le régime dotal : sa mort n'a rien changé à votre situation.

Maxime, qui écoutait de toutes ses oreilles, se demandait où Pigache voulait en venir avec toutes

ces questions, qui n'avaient qu'un rapport indirect
avec le sujet principal de l'interrogatoire, et Maxime
soupçonnait le policier émérite de préparer quelque
coup inattendu.

Il ne se trompait pas, car le sous-chef de la sûreté reprit d'un air assez indifférent :

— Vous n'êtes pas l'unique héritière de M. Grelin,
négociant... vous avez un frère...

— Il la tient ! pensa Maxime.

— J'en avais un, balbutia la comtesse. Il a quitté
la France...

— Mais vous l'avez connu.

— Oui... autrefois... et je ne sais pas ce qu'il est
devenu.

— Alors, depuis plusieurs années, vous ne l'avez
pas revu ?

— Non, monsieur.

— Très bien ! Je n'insiste pas. Les fautes sont per-
sonnelles et vous n'êtes pas responsable de celles
qu'il a commises. Si je vous ai parlé de lui, c'est que,
étant donnés ses antécédents, je pouvais supposer
qu'il n'était pas étranger à l'affaire du pavillon... Je
m'étais figuré que votre promenade matinale de
l'autre jour n'avait pour but que d'aller voir ce
frère... qui vous aurait écrit.

— Il a deviné, pensa Maxime.

— Mais, s'il en était ainsi, vous en conviendriez
sans difficulté, car je ne vous reprocherais pas de
vous être rendue à l'appel de ce malheureux.

— Bon ! se dit Chalandrey, voilà le piège. Il espère

qu'elle va avouer, et, quand ce sera fait, il la mènera grand train.

— Vous vous taisez, continua M. Pigache ; c'est que vous ne l'avez pas vu. Donc, de deux choses l'une : où vous êtes entrée dans l'ancienne propriété de votre père ; ou vous êtes allée rejoindre quelqu'un qui vous attendait... et dans ce dernier cas, vous feriez bien de vous confesser à moi... oh ! pas ici !... ce serait trop pénible pour vous... à la Préfecture, dans mon cabinet... je suis discret par état, et vous ne risqueriez rien de me confier votre secret... je n'en abuserais pas, et dès que je saurais à quoi m'en tenir, je vous laisserais en repos, car je n'aurais plus de motif pour m'occuper de vous.

Cette nouvelle invite aux aveux cachait évidemment, comme les précédentes, une arrière-pensée, mais elle avait cela de rassurant, qu'elle exprimait l'intention du policier de ne pas insister pour obtenir ces aveux, séance tenante.

Chalandrey avait cru, un instant, que la pauvre comtesse ne rentrerait pas chez elle, ce soir-là, et que lui-même, il pourrait bien aller coucher au dépôt de la Préfecture.

Maintenant, il ne craignait plus ce fâcheux dénouement d'une fatale entrevue et c'était beaucoup que de gagner du temps.

Avant qu'on interrogeât, derechef, madame de Pommeuse, il pourrait la voir et s'entendre avec elle ; la mettre au courant de la situation et lui expliquer comment, lorsque le cocher l'avait reconnu, dans l'enclos du boulevard Bessières, il s'était trouvé forcé de dire une partie de la vérité, mais rien qu'une partie. Il la mettrait ainsi en garde contre les embûches que la police ne manquerait pas de lui tendre.

Il pourrait aussi rassurer Odette, qui devait douter de son fiancé, depuis qu'elle assistait à cette scène incompréhensible pour elle, cette scène où il semblait jouer un rôle équivoque.

La comtesse, plus morte que vive, persistait à ne plus souffler mot, et, désespérant sans doute de rien tirer d'elle pour le moment, le sous-chef de la sûreté reprit d'un air dégagé :

— Du reste, madame, jusqu'à preuve du contraire, je ne vous accuse pas d'avoir trempé dans l'abominable assassinat dont je recherche les auteurs. Je me renseigne, voilà tout, et je me renseignerai encore. Quant je tiendrai les coupables, je vous mettrai en leur présence et nous verrons bien s'ils vous reconnaissent.

La perspective de cette confrontation n'était pas pour rassurer madame de Pommeuse, et elle ne put s'empêcher de frissonner à la seule pensée de se retrouver face à face avec les scélérats qui avaient tenu sa vie entre leurs mains et qui l'avaient épargnée, après avoir fait d'elle leur complice.

Maxime, s'il eût été soumis à la même épreuve, n'aurait eu rien à craindre. Il avait vu les assassins, mais les assassins ne l'avaient pas vu et n'auraient pas pu le reconnaître.

Et il ne s'effrayait pas trop de ce danger pour la comtesse, car il se persuadait de plus en plus que le police ne les trouverait jamais, ces bandis insaisissables qui se rassemblaient à certains jours pour commettre ou pour préparer des crimes et qui disparaissaient ensuite comme des fantômes.

— Je puis donc vous laisser libre, madame, continua M. Pigache. Je tenais absolument à vous interroger. C'est fait et je sais maintenant sur vous ce que je voulais savoir. Le reste me regarde. L'enquête va se poursuivre. Elle est en très bonne voie, et je suis en mesure d'affirmer que tout s'éclaircira très prochainement.

En attendant, je me permets de vous donner un conseil. Ne dirigez plus vos promenades du côté de la porte de Clichy. Une femme comme vous ne peut que se compromettre en fréquentant ce quartier mal habité.

Le policier souligna d'un sourire ironique cette recommandation assez superflue et, s'adressant à Maxime :

— A vous, monsieur, je n'ai rien à dire, et je veux bien oublier que vous avez fait, hier, une déposition inexacte. Je vous engage seulement à être prudent. Trop parler nuit; trop se taire nuit aussi quelquefois. Il faut trouver un moyen terme.

Sur cette conclusion, le sous-chef de la sûreté salua très brièvement l'assistance et se retira.

Ce n'était pas une fausse sortie, car le bruit de ses pas se perdit dans l'escalier. On entendit bientôt la porte de la rue se refermer sur lui, et le roulement d'une voiture qui s'éloignait, probablement celle que conduisait le cocher Piquet.

Les espions, grands ou petits, décampaient, et, certes, personne n'avait prévu que la désagréable visite du sieur Pigache finirait ainsi.

Après avoir intimidé et menacé tout le monde, il était devenu subitement tout sucre et tout miel. Il semblait qu'il fût venu causer amicalement avec des gens qu'il n'avait jamais soupçonnés.

Et pourtant, il laissait derrière lui l'inquiétude et la défiance qu'il avait adroitement semées.

Maxime y voyait plus clair que les autres et ce brusque revirement ne lui disait rien de bon. Il devinait que Pigache croyait les tenir tous et emportait la certitude de remettre la main sur eux, dès qu'il lui plairait.

Les pêcheurs à la ligne savent qu'il faut laisser filer le poisson qui commence à mordre à l'hameçon, et le *ferrer*, comme ils disent, en donnant un coup sec, aussitôt qu'il est pris, de façon à ne plus pouvoir se dégager.

Pigache faisait comme les pêcheurs : il laissait filer, en attendant qu'il *ferrât*.

Madame de Pommeuse n'était plus en état de raisonner, mais elle se sentait perdue, et aux craintes qui l'oppressaient s'ajoutait la douleur de voir que Lucien doutait d'elle.

Odette aussi, doutait ; elle doutait de son fiancé, engagé avec la comtesse dans une mystérieuse aventure.

Le frère et la sœur attendaient une explication et ils étaient trop fiers pour la demander.

Maxime comprit, le premier, qu'il fallait avant tout mettre fin à une situation navrante.

— Venez, madame, dit-il à la comtesse, en prenant son chapeau.

Elle le suivit machinalement, et Maxime dit tout bas à Lucien qui les reconduisait :

— Fais-moi crédit d'un jour. Demain, je t'expliquerai tout.

VII

La fin de l'hiver est une fête pour les Parisiens, à quelque catégorie sociale qu'ils appartiennent.

Les pauvres se réjouissent de n'avoir plus froid; les ménages modestes se réjouissent de ne plus dépenser d'argent pour se chauffer; les riches s'empressent d'aller prendre le soleil, — *tomar el sol*, comme on dit à Madrid.

A vrai dire, il arrive assez souvent que le printemps fait faux bond, mais il y a toujours, au mois de mars, quelques belles journées, et les heureux de ce monde en profitent pour courir aux Champs-Elysées et au Bois.

Les équipages roulent, les cavaliers se donnent carrière, et les promeneurs à pied arpentent allègrement les bas-côtés de la grande avenue, voire même, s'ils sont bons marcheurs, les allées qui bordent les lacs.

On se croirait reporté à cinquante ans en arrière, alors que, pendant la semaine sainte, le traditionnel défilé de Longchamp rassemblait entre la place de la Concorde et l'Arc-de-Triomphe, le tout Paris de ce temps-là.

Maintenant, c'est Longchamp toutes les fois qu'il fait beau.

Et le lendemain de la scène à cinq ou six personnages, qui s'était jouée, rue des Dames, il faisait un temps superbe.

Maxime de Chalandrey avait, la veille reconduit chez elle madame de Pommeuse, et on croira sans peine, qu'ils avaient eu, en route, une conversation intéressante.

Après s'être contenus en présence du terrible Pigache, ils pouvaient enfin parler à cœur ouvert et se dire tout ce que Lucien et sa sœur ne devaient pas entendre.

Avant de leur exposer les dessous de la situation, Maxime et la comtesse éprouvaient le besoin de se concerter, car ni l'un ni l'autre ne voulait rester sous le coup d'accusations qui menaçaient de troubler profondément leurs amours.

Lucien croyait peut-être que madame de Pommeuse avait un amant; Odette soupçonnait peut-être que madame de Pommeuse était ou avait été la maîtresse de Maxime.

Le seul moyen de les détromper, c'était de leur confesser toute la vérité — aveu pénible surtout pour la comtesse, qui serait obligée de montrer à l'homme qu'elle aimait des plaies de famille qu'elle aurait voulu lui cacher.

Chalandrey, en partant, avait promis à Lucien de lui expliquer le mystère du voyage matinal au boulevard Bessières, et il comptait tenir sa promesse.

Encore fallait-il que madame de Pommeuse l'autorisât à révéler l'existence de ce frère qui lui avait coûté si cher.

Quant à la sinistre aventure du pavillon, Lucien n'en avait aucune idée. Pourquoi Maxime lui en aurait-il parlé ? La comtesse avait compris que c'était inutile et, d'un commun accord, ils avaient décidé que Maxime se bornerait à raconter à Lucien Croze que l'imprudente Octavie était allée voir son frère, rentré à Paris malgré elle, et lui avait donné de l'argent pour qu'il s'éloignât encore une fois de la France, où il pouvait être arrêté d'un moment à l'autre.

Mais il avait été convenu aussi que Maxime n'en dirait pas davantage.

Madame de Pommeuse, par la même occasion, l'avait consulté sur le projet qu'elle avait formé de donner toute sa fortune à des œuvres de bienfaisance et Maxime avait été d'avis que le moment serait très mal choisi pour accomplir ce sacrifice qui ne manquerait pas d'attirer sur elle l'attention du monde. Il s'était évertué à la convaincre qu'elle devait au contraire continuer son train de vie, ne fût-ce que pour déjouer les suppositions malveillantes. Et il l'avait convertie à ses idées, sans trop de peine.

Ils s'étaient séparés en se promettant réciproquement de se soutenir, quoi qu'il advînt, mais de se voir le moins possible, afin de dérouter les espions qui allaient les surveiller, ce n'était pas douteux.

Plus de visites de Maxime à l'hôtel de l'avenue Marceau ; plus d'excursions imprudentes.

Si de nouveaux incidents les mettaient dans la nécessité de s'aboucher, ils se rencontreraient au Bois, comme par hasard : Maxime à cheval et la comtesse en voiture. Ils échangeraient là quelques mots et ce serait tout, sauf à prendre, en passant, rendez-vous ailleurs, s'il y avait lieu de conférer plus longuement.

Chalandrey, après avoir accompagné madame de Pommeuse, s'était fait conduire au cercle où il avait dîné et il était allé finir sa soirée au théâtre ; à l'Opéra, où on donnait *Don Juan* et où il avait pensé tout le temps aux airs chantés par Odette à la dernière soirée de la comtesse.

Il espérait presque y rencontrer son oncle qui y venait quelquefois, les soirs où on jouait du Mozart, mais M. d'Argental ne s'y était pas montré. Évidemment, le commandant boudait.

Après l'incident de l'enclos, qui avait suivi le déjeuner chez la mère Caspienne, le commandant était parti fâché, et quand cela lui arrivait, il disparaissait jusqu'à ce que sa mauvaise humeur fût passée.

Maxime ne l'avait pas vu non plus, le lendemain, quoique le temps fût propice à une longue chevauchée. L'ancien chef d'escadrons, qui ne manquait guère les occasions de monter les chevaux de son neveu, n'avait point paru à l'hôtel de la rue de Naples, et Maxime s'était décidé, sans regret, à monter seul.

M. d'Argental l'aurait gêné pour aborder la comtesse, s'il la rencontrait.

Maxime était donc sorti, vers trois heures, sur une jument baie qu'il avait achetée récemment et il s'était dirigé, au pas, vers le Bois, par les boulevards extérieurs.

L'équitation est un exercice hygiénique et agréable qui rafraîchit les idées et favorise les réflexions ; surtout l'équitation aux allures tranquilles.

Chalandrey rêvait donc à loisir aux événements de la veille, aux dangers qui le menaçaient, aux espérances qui lui restaient et il ne prit le trot qu'à la place de l'Étoile pour ne le quitter qu'à la pointe du premier lac.

Là, il fut accosté par un cavalier, par ce Goudal, membre de son cercle et viveur bien informé, qui lui avait donné naguère la première nouvelle de la découverte d'un cadavre dans le fossé des fortifications.

Goudal était un amateur de chevaux et un habitué du Bois. On le voyait cavalcader tous les matins dans l'allée des Poteaux et il revenait souvent, l'après-midi, passer en revue les demi-mondaines qu'il connaissait toutes.

Chalandrey n'était pas très lié avec ce joyeux garçon ; mais il le trouvait assez amusant et quand il voulait savoir à quoi s'en tenir sur une femme à la mode, il s'adressait volontiers à lui, comme il aurait consulté un dictionnaire ou un répertoire.

Ce jour-là, il ne songeait guère à prendre des informations sur les demoiselles qui passaient, mais il se souvenait de celles que Goudal lui avait fournies spontanément sur l'homme exposé à la Morgue.

et il ne désespérait pas d'en tirer des renseignements complémentaires.

— Vous avez là une jolie bête, lui dit Goudal. Je
crois que mon cheval la battrait au trot, mais elle a
du sang. Voulez-vous que nous les essayions dans
l'allée de Longchamp... un simple *match* de dix
louis... à seule fin de ne pas perdre l'habitude de
parier.

— Volontiers... après que nous aurons fait le tour
des lacs, répondit Chalandrey, qui se promettait
de perdre en route ce compagnon par trop sans
gêne.

— C'est entendu, mon cher. Je tiens autant que
vous à inspecter les jolies femmes et aujourd'hui, il
en pleut... même des femmes du monde... Je viens
d'en rencontrer une qui, comme beauté, rendrait
des points à toutes les horizontales en vogue... la
comtesse de Pommeuse.

Vous la connaissez, je crois, cette comtesse?

— Très peu. Mon oncle m'a présenté chez elle,
mais je n'y ai plus remis les pieds.

— Moi, je ne la connais que de vue, mais j'ai
beaucoup vu Pommeuse avant qu'il ne l'épousât.
Elle a eu de la chance de le perdre, car c'était un
triste sire.

Goudal, visiblement, ne demandait qu'à bavarder
sur la comtesse, mais il n'aurait rien appris de nouveau à Chalandrey qui s'empressa de changer de
conversation.

— Expliquez-moi donc ce qui se passe à notre

17.

cercle, dit-il. J'y ai dîné hier et nous n'étions que cinq ou six à la grande table. J'ai eu pour voisins deux vieux bonzes dont je ne sais même pas les noms et qui n'ont ouvert la bouche que pour manger. Le maître d'hôtel avait l'air lugubre et je n'ai trouvé personne à qui causer dans le grand salon, en prenant mon café.

Aussi, je me suis sauvé.

— Alors, vous ne savez pas la grande nouvelle ?

— Pas du tout. Est-ce qu'on va nous supprimer par ordonnance de police ?

— Ça pourrait bien arriver, mais nous n'en sommes pas encore là. Voici l'histoire. Vous vous souvenez que j'avais reconnu, à la Morgue, l'individu qu'on a étranglé ; je l'avais reconnu pour avoir été des nôtres, mais je m'étais bien gardé de signaler le fait à la justice. D'autres, moins prudents que moi, sont allés déclarer au préfet de police que cet homme était un certain Soulas, une espèce d'aigrefin qui sortait on ne sait d'où, qui vivait on ne sait de quoi et qu'on soupçonne maintenant avoir été assassiné par une bande de coquins dont il faisait partie.

Je vous laisse à penser si, depuis cette jolie découverte, le Cercle est en odeur de sainteté. Il est déjà question de le faire fermer, sous prétexte qu'on y reçoit tout le monde, comme dans un tripot. Et le fait est que c'est raide d'avoir admis un filou... et même pis qu'un filou, s'il est vrai que ce Soulas était affilié à une société de malfaiteurs.

— On doit savoir qui l'a présenté chez nous. Il faut deux parrains.

— Le comité s'est contenté d'un, et ce qu'il y a de plus fort, c'est que ce parrain unique est un monsieur qui est du cercle depuis la fondation, mais qui n'y vient jamais et qui n'est connu ni de vous, ni de moi, ni de bien d'autres. Il est vrai qu'il a ce qu'on appelle *de la surface*. Il est riche et bien posé dans le monde des affaires.

— Alors, comment a-t-il pu patronner un homme taré ?

— Il dit, paraît-il, que cet homme lui avait été recommandé par un de ses amis de province et que n'ayant pas de motif pour le soupçonner d'être un mal vivant, il n'a pas cru se compromettre en l'autorisant à le prendre pour répondant. Il croyait qu'il s'agissait d'une simple formalité, et il n'y attachait aucune importance. Il décline toute responsabilité.

— Voilà un étrange personnage. Et ceux qui l'ont interrogé se sont contentés de cette explication ?

— Je n'en sais rien. Tout cela s'est passé hier et mes nouvelles s'arrêtent là. Mais je suis à peu près décidé à donner ma démission du club et je vous engage à en faire autant.

— Je n'y manquerai pas et j'avertirai mon oncle qui, lui aussi, s'est fourvoyé là.

— Je me demande pourquoi, car il ne joue pas, votre oncle, et c'est la grosse partie qui nous attirait, nous autres. Ce que nous avons dû être volés !

— Fortement, je n'en doute pas. Et je ne tiens pas

à l'être encore. Ce Soulas n'était probablement pas
le seul à exercer ses talents chez nous...

— Non, car il ne tenait jamais les cartes. Il devait
avoir des associés auxquels il faisait des signes... et
ceux-là ne sont pas pris. Mais qu'on ait admis un
brigand comme celui qui est mort de la main de ses
complices, c'est trop fort, ma parole d'honneur !

— Ce qui est plus fort encore, c'est qu'il ait
trouvé pour le présenter un homme honorable.

— Honorable... jusqu'à preuve du contraire. Je
ne la garantirais pas, son honorabilité. D'abord, c'est
un financier, un manieur d'argent, et tous ces gens-
là sont sujets à caution.

— Comment se nomme-t-il ?

— Sylvain Maubert. Il est banquier, et connu
comme le loup blanc dans le quartier qu'il habite.

— Sylvain Maubert ! répéta Chalandrey, en tres-
saillant sur sa selle.

— Oui, mon cher, dit Goudal. Est-ce que vous le
connaissez ?

— Moi ?... pas du tout.

— C'est singulier... à votre air, j'avais cru...

— Que j'étais en relations avec ce monsieur...
vous vous êtes trompé. Je ne vois pas le monde de
la finance et je n'en suis pas encore à avoir affaire
aux usuriers.

La vérité est que j'ai déjà entendu prononcer
ce nom-là... je ne me rappelle plus par qui, ni dans
quelles circonstances...

— Oh ! je pense bien que vous n'êtes pas l'ami de

ce personnage, car il me semble, à moi, très compromis.

— Quoi ! vous pensez qu'il était de la même bande que l'escroc qu'on a étranglé ?

— Ça ne m'étonnerait pas. Mais je n'ai pas entendu dire, jusqu'à présent, que la justice le soupçonnât. Il est couvert par sa situation de notable commerçant.

— Cependant, on l'a interrogé, puisque vous savez ce qu'il a répondu.

— Oui... notre comité s'est ému. Deux de ces messieurs sont allés voir Maubert... et il leur a fourni des explications... qui n'expliquent rien. On en est là. On va décider aujourd'hui si on le rayera de la liste des membres du club. C'est s'y prendre un peu tard et il faudrait en rayer bien d'autres pour que l'épuration fût complète. D'ailleurs, l'expulsion de ce maltôtier ne sauverait probablement pas le cercle.

C'est pourquoi je vais faire comme les rats qui déménagent quand ils sentent que la maison va crouler.

Maxime ne jugea pas nécessaire d'exprimer de nouveau son intention de se retirer aussi et la conversation tomba momentanément.

Maxime se demandait s'il devait se réjouir de ce qu'il venait d'apprendre.

Assurément, il était fort aise de savoir que ce Maubert, accusateur de Lucien Croze, était un homme suspect au premier chef ; mais, d'un autre côté, il redoutait des découvertes préjudiciables à madame de Pommeuse, car elle ne devait pas souhaiter qu'on arrêtât les assassins du pavillon qui, s'ils étaient pris, pourraient la mettre en cause, ne fût-ce que pour se venger d'elle qu'ils soupçonneraient de les avoir dénoncés.

Il se demandait aussi quel rôle avait joué dans tout cela M. Tévenec, ami de l'équivoque banquier de la rue des Petites-Écuries et représentant du propriétaire actuel de l'immeuble du boulevard Bessières, dont il touchait les loyers, affirmait Virginie Crochard, la cabaretière.

Et il entrevoyait des complications inquiétantes, non seulement pour lui et pour la comtesse, mais aussi pour ses amis de la rue des Dames.

M. Pigache avait l'œil sur eux et M. Pigache tenait dans ses mains de policier tous les fils de cette enquête à plusieurs faces. Rien n'empêchait qu'un beau jour, Lucien et sa sœur se trouvassent compromis, ou tout au moins appelés à témoigner en justice dans un procès criminel dont ils ne connaissaient pas le premier mot.

— Tenez, mon cher, reprit Goudal, je viens de rencontrer un des nôtres qui a poussé, ces jours-ci, comme un champignon, et qui ne me paraît pas valoir beaucoup mieux que le Soulas en question.

— Qui donc? demanda Chalandrey.

— Atkins, cet Américain qui gagne toujours. D'où sort-il, celui-là? Personne ne s'en est informé et vous verrez qu'on s'apercevra, un de ces jours, que c'est un filou.

— Le fait est qu'il a une veine insolente. L'autre jour, il m'a enlevé plus de mille louis, en moins d'une heure.

— Et vous dites qu'il est ici ?

— Parfaitement. Il monte un cheval noir qui a dû lui coûter très cher, car ce monsieur ne se refuse rien. Et ce qui me ferait croire qu'il n'est pas Américain, c'est qu'il monte selon les principes de la vieille école française et non en casse-cou, comme les autres Yankees.

— Il doit, tout au moins, avoir habité Paris, quand il était jeune, car l'équitation raisonnée est un art qu'on n'apprend pas de l'autre côté de l'Atlantique.

— Quoiqu'il en soit, je me défie de ce monsieur. Il est trop liant. Tout à l'heure, si je m'étais laissé faire, il ne m'aurait pas lâché, et je ne tiens pas du tout à me montrer avec lui au bois de Boulogne, où tout le monde me connaît. Aussi, l'ai-je reçu fraîchement. Il a compris et il a piqué des deux. Mais il n'a pas repris le chemin de Paris et nous le rencontrerons très probablement.

Tout en causant, Chalandrey et Goudal avaient fait du chemin. Ils avançaient maintenant, au milieu des voitures qui encombraient l'allée circulaire, et ils croisaient à chaque instant des demoiselles couchées plutôt qu'assises dans des victorias fringantes.

Chalandrey ne les regardait guère, mais Goudal leur souriait en passant, et tout à coup, il s'écria :

— Tiens ! Blanche Porée ! J'ai deux mots à lui dire et... on ne sait pas ce qui peut arriver. Excusez-moi si je vous quitte. Bonne promenade, mon cher !

Et il poussa son cheval à travers les équipages.

Maxime ne chercha point à le retenir. Il s'estimait heureux de reprendre sa liberté, car il ne désespérait pas d'apercevoir la comtesse et il lui tardait de lui communiquer les nouvelles qu'il venait d'apprendre.

Ce fut le commandant qu'il aperçut, monté sur un *hack* emprunté à l'écurie de son neveu, un cheval difficile qu'il travaillait consciencieusement, au milieu de cette cohue roulante. Il lui faisait exécuter des changements de jambe et des pas de côté, absolument comme s'il eût été au manège, mais il ne paraissait pas qu'il produisît l'effet qu'il attendait, car les femmes riaient de cette fantasia mal placée et les cochers se garaient, de peur d'attraper des coups de pied.

Il avisa Maxime et s'empressa de couper la file pour venir se placer à côté de lui.

Maxime se serait bien passé de cet honneur, mais il fit, comme on dit, bonne mine à mauvais jeu et il accueillit son oncle par un salut de bienvenue.

— Vous n'êtes donc pas fâché contre moi, lui dit-il en souriant.

— Je devrais l'être, après toutes les sottises que tu as faites, répondit M. d'Argental, mais je n'ai pas de rancune et la preuve c'est que je viens de chez toi et que, ne t'ayant pas trouvé, j'ai donné à ton groom l'ordre de me seller ce carcan qui t'appartient. Tu devrais me remercier, car il aurait grand besoin d'être enfourché souvent par un vieux cavalier comme moi. Il n'a plus de bouche, depuis que tu le laisses monter par un jockey.

Maintenant, parlons d'autre chose. As-tu revu la comtesse ?

Cette question, posée à brûle-pourpoint, déconcerta Maxime qui aurait bien dû la prévoir et qui ne savait comment y répondre, car il était plus résolu que jamais à ne pas mettre son oncle au courant des affaires de madame de Pommeuse.

A tout hasard, il se décida à mentir. Il ne faisait pas autre chose depuis quelques jours et la nécessité où il se trouvait à chaque instant de dire le contraire de la vérité n'était pas le moindre châtiment de ses imprudences et de ses fautes.

— Pas encore, dit-il, mais je n'ai pas de parti pris et je la reverrai certainement. J'attends qu'il se présente une occasion de l'assurer que, si je ne me mets pas sur les rangs pour l'épouser, je n'en reste pas moins son très dévoué serviteur.

— Comme tu voudras. J'ai renoncé à te convertir. Où en es-tu avec la police ?

— Mais... toujours au même point.

— Alors, elle te laisse tranquille ?

— Oui, jusqu'à présent... et je commence à espérer qu'elle ne s'occupera plus de moi.

— Je crois que tu te flattes, mais qu'y faire ?... le vin est tiré, il faut le boire... et en ce qui me concerne, je suis résigné d'avance à être encore tracassé, puisque j'ai eu la mauvaise chance de me trouver là quand ce cocher t'a reconnu. Je m'en moque. Ils ne me feront pas dire ce que je ne sais pas.

Et de la dame voilée qui t'a mis dans ce joli
pétrin, tu n'as pas de nouvelles?

— Aucune, répondit Chalandrey.

Un mensonge de plus ne lui coûtait guère et il
savait bien que son oncle était à cent lieues de se
douter que la dame en question s'appelait la comtesse de Pommeuse.

— Alors, tout va bien, dit le commandant. Comment se porte la petite chanteuse qui t'a donné dans
l'œil, l'autre soir, avenue Marceau?

— Décidément, mon cher oncle, répliqua Maxime
agacé, vous faites concurrence à ce Pigache qui nous
a si fort tourmentés, avant-hier.

D'où vous vient cette rage de m'interroger sur
tout et à tout propos?

— Ne te fâche pas. C'est fini. Et du reste... je ne
me trompe pas... c'est bien le grand coupé bleu de
madame de Pommeuse qui vient à nous... Je veux
lui présenter mes hommages, et j'espère bien que
tu ne vas pas me fausser compagnie. Voici l'occasion
de rentrer en grâce que tu cherchais.

Maxime ne demandait, en effet, qu'à rencontrer la
comtesse, mais il aurait voulu lui parler sans témoins, et la présence de son oncle allait le gêner
beaucoup.

Il fallut bien en passer par là et se porter avec
M. d'Argental à la rencontre du coupé; seulement, il
eut soin de se placer près de la portière de droite,
pendant que le commandant occupait l'autre.

Ils avaient fait volter leurs chevaux et, ainsi
escortée, la comtesse avait l'air de rentrer à Paris,

comme une reine, entre deux écuyers de service.

Elle n'avait vu d'abord que Chalandrey et elle s'était penchée aussitôt pour entamer avec lui une conversation intéressante, mais l'oncle s'était montré du côté opposé et elle avait dû arrêter son premier mouvement pour faire face à ce respectable survenant.

Sur quoi, l'ex-chef d'escadrons, toujours galant, à l'ancienne mode, se lança dans des compliments à perte de vue sur la beauté de la jeune veuve, sur l'élégance de sa toilette et sur la tenue de son équipage.

Madame de Pommeuse était obligée de lui répondre poliment et il s'écoula cinq longues minutes avant que Maxime pût placer un mot.

A l'attitude de la comtesse et aux coups d'œil qu'elle lui lançait à la dérobée, il devinait qu'elle avait quelque chose d'important à lui dire et il maudissait son oncle qui était venu fort mal à propos se mettre en tiers dans cette entrevue fortuite et qui ne faisait pas mine de vouloir détaler.

— Messieurs, dit Octavie, en souriant, vous êtes fort aimables de me faire cortège, mais au milieu de cet enchevêtrement de voitures, je tremble pour les jambes de vos chevaux.

Ce discours qui s'adressait aux deux cavaliers, n'était à autre fin que de décider M. d'Argental à prendre les devants, mais il ne comprit pas l'avertissement.

— Ne craignez rien, chère madame, dit-il, j'en ai vu bien d'autres, quand je commandais mon esca-

dron. Il m'est arrivé plus d'une fois d'être obligé de
manœuvrer à travers des caissons d'artillerie.

Cette vanterie ne porta pas bonheur à l'ancien cuirassier. Un cocher maladroit, qui conduisait à fond
de train la victoria d'une donzelle à chignon jaune,
accrocha avec une de ses roues le genou gauche de
Pierre d'Argental et faillit le désarçonner.

L'oncle se remit d'aplomb sur sa selle, tourna
bride, et se lança au galop à la poursuite de ce drôle
qu'il voulait cravacher.

Maxime et la comtesse se préoccupèrent peu de
l'accident et de la scène qui allait s'en suivre.

Ils étaient seuls, enfin, et la comtesse en profita
pour dire à son ami :

— Mon frère est à Paris. Je viens de le rencontrer.

— Votre frère ! répéta Maxime : mais ce n'est pas
possible ! S'il était resté à Paris, il n'oserait pas se
montrer.

— Je l'ai vu, vous dis-je, murmura la comtesse.

— Où donc ?

— Ici... au bois de Boulogne... il est venu à cheval et il a passé tout près de moi. Je l'ai parfaitement reconnu, quoiqu'il ne porte plus toute sa
barbe, comme il la portait le jour où vous l'avez vu
dans le pavillon.

— Vous avez pu vous tromper.

— Non, je suis certaine que c'est lui.

— Alors, il a dû vous reconnaître ?

— Je le crois.

— Et il ne vous a pas parlé ?

— Non..., fort heureusement. Mais ce qu'il n'a pas

fait aujourd'hui, il peut le faire demain... et alors...

— Voulez-vous me permettre de vous donner un conseil ?

— Oui, certes... N'êtes-vous pas le seul ami qui me reste ?

— Le seul, non. Lucien Croze se jetterait au feu pour vous. Mais Lucien ne peut vous être d'aucune utilité dans la circonstance, puisqu'il ignore l'existence de ce malheureux.

Je voudrais qu'il l'ignorât toujours et je crains... que votre frère soit arrêté, jugé et condamné de nouveau, après l'avoir déjà été par contumace. Cette fois, ce serait bien pis, car son procès aurait un retentissement énorme...

— Je serais perdue...

— Ce n'est pas mon avis, car vous pourriez enfin dire toute la vérité... et Lucien ne vous soupçonnerais plus d'être allée à un rendez-vous donné par un amant. Quant à l'opinion du monde...

— Au point où j'en suis, je pourrais la braver. Mais je l'aimais, ce frère indigne... avant qu'il se fût déshonoré... et le voir assis sur le banc des criminels !... témoigner contre lui !...

— Ce ne serait pas témoigner contre lui que d'avouer que vous l'avez vu et que vous lui avez remis de l'argent pour qu'il pût quitter la France. Quelle est donc la femme qui, en pareil cas, n'aurait pas fait comme vous ? Personne ne vous blâmerait.

— Quoi ! vous me conseillez de le dénoncer !

— Non. Mieux vaudrait cent fois qu'il consentît à retourner en Amérique, comme il vous l'a promis.

Mais tout indique qu'il n'y songe pas. Il aura employé vos trente mille francs à faire peau neuve, et, tant qu'ils dureront, il mènera joyeuse vie. Il croit que la police l'a oublié.

— Tévenec, son pire ennemi, sait qu'il est à Paris. Il me l'a dit...

— Mais il ne le dira pas à d'autres, car il est fort compromis lui-même... ou il le sera... d'après ce que je viens d'apprendre. Mon oncle va nous rejoindre d'un instant à l'autre... je n'aurais pas le temps de vous raconter ce que je sais sur les accointances de ce Tévenec... ce sera pour notre prochaine rencontre... et je reviens à votre frère. S'il se fait prendre, et c'est fort à craindre, il aura peut-être l'audace de se réclamer de vous... et, dans tous les cas, le juge qui instruira son affaire, saura que vous êtes sa sœur... vous serez interrogée, et si cela arrive, vous n'aurez pas d'autre parti à prendre que de dire franchement ce qui s'est passé... c'est le conseil que je vous donne et si vous êtes décidée à le suivre, je puis, dès à présent, expliquer à Lucien Croze pourquoi vous êtes allée au boulevard Bessières.

— Il ne vous croira pas.

— Je me charge de le convaincre.

— Lui direz-vous aussi que j'ai assisté à un meurtre épouvantable ?... Lui direz-vous que les assassins m'ont forcée à les aider ?

— Non... c'est inutile. Mais si jamais la justice vous mettait en cause, je vous conseillerais de ne rien lui cacher... et si on vous confrontait avec un

des bandits du pavillon, vous n'auriez rien de mieux
à faire que de le reconnaître et de m'appeler en témoignage, s'il s'avisait de vous accuser de compli-
cité.

Je dirais ce que j'ai vu... et ce serait pour moi
un véritable soulagement, car je suis las de dissi-
muler et de mentir à tout propos.

J'aime, moi aussi... j'aime mademoiselle Croze,
et je suis sûr qu'elle me soupçonne de la tromper...
comme vous soupçonne Lucien. Je voudrais que la
lumière se fît pour tout le monde... et si vous vou-
liez connaître le fond de ma pensée, je vous dirais
que je me suis déjà demandé, plus d'une fois, si nous
ne ferions pas mieux d'aller au-devant du danger.

— Comment l'entendez-vous ?

— J'entends que nous devrions, vous et moi, nous
présenter ensemble devant le juge d'instruction et
lui raconter spontanément notre aventure, en nous
mettant à sa disposition pour la suite du procès. Il
nous saurait gré de notre franchise et il n'aurait
garde de chercher à vous compromettre.

— S'il ne s'agissait que de moi, je n'hésiterais
peut-être pas à tenter cette démarche, mais elle équi-
vaudrait à livrer mon malheureux frère, puisque je
ne pourrais pas dire la vérité, sans signaler sa présence à Paris. On l'arrêterait... il irait au bagne...

— Il y aurait un moyen de vous épargner cette
douleur. Si je savais où le trouver, je le forcerais
bien à partir... et une fois hors de France rien ne
nous empêcherait plus d'agir.

Mais où le prendre ?.. J'ignore ce qu'il fait à

Paris. Il a dû changer de nom... et le diable sait où
il loge. Ma seule chance, c'est de le rencontrer... e
cela peut m'arriver, puisqu'il ose se montrer a
Bois...

— Si vous le rencontriez, vous ne le reconnaî
triez pas.

— Oh ! que si !... et je l'aborderais carrément
Vous m'y autorisez, je pense ?

— Oui, et cependant...

— Je lui dirais son fait et je l'avertirais que s'i
ne décampe pas de Paris, il sera infailliblement pris
J'ajouterais que...

— Voici votre oncle, dit vivement la comtesse.

Pour causer avec madame de Pommeuse, Cha
landrey, monté sur un grand cheval, était obligé d
se pencher, et il n'avait pas vu arriver le comman
dant qui, ayant fini par rattraper le coupé, lou
voyait à travers les voitures, afin de reprendre s
place à la portière de droite.

Il arrivait encore rouge de colère, et son arrivé
coupait court à l'entretien, au moment le plus inté
ressant.

— Le drôle m'a fait courir, dit-il en agitant sa cr
vache, mais je l'ai corrigé, comme il le méritait, e
tout le monde m'a donné raison.

— C'est fort heureux, car vous auriez pu vou
faire mettre au poste, murmura Maxime, qu
n'aurait pas été fâché que son oncle ne revin
plus.

— J'aurais bien voulu voir ça ! s'écria M. d'A
gental. Un gredin qui m'a presque déboîté le genou

J'ai appelé un garde du bois et quand il a su qui j'é-
tais, il a pris le nom et l'adresse de ce maroufle, pour
lui dresser procès-verbal. Ce qu'il y a eu d'amusant,
c'est que la donzelle qui était dans la victoria me
faisait les yeux doux, pendant ce temps-là. Elle avait
l'air de me dire : maintenant que vous savez où je
demeure, venez donc me voir... je vous ferai des
excuses.

Le commandant put croire que cette appréciation
assez leste avait choqué la comtesse, car elle lui dit
d'un ton bref :

— Mon cher commandant, la conclusion que je
tire de votre aventure, c'est que, au milieu de cette
foule, il pourrait vous arriver d'autres accidents, si
vous continuiez à m'escorter. Il faut d'ailleurs que
je rentre chez moi. Faites-moi donc le plaisir de dire
à mon cocher de rentrer à Paris.

Au revoir, messieurs !

M. d'Argental, un peu interloqué, exécuta l'ordre
qu'il venait de recevoir et le coupé fila vers l'avenue
du Bois de Boulogne, avant que Chalandrey eût le
temps de dire un mot de plus à madame de Pommeuse.

L'oncle et le neveu se retrouvèrent côte à côte et
ne songèrent plus ni l'un ni l'autre à suivre la voiture qui emportait la comtesse.

L'oncle n'avait pas encore digéré sa colère et mau-
gréait de plus belle contre le maladroit qui l'avait accroché. Le neveu ne pensait qu'à l'explication que le
retour du commandant venait d'interrompre et se
demandait s'il avait converti à ses idées hardies la

pauvre femme qu'il aurait voulu préserver des périls de toute sorte qui la menaçaient.

La réapparition du frère compliquait terriblement la situation et Maxime persistait à croire que madame de Pommeuse n'échapperait à une catastrophe qu'en séparant sa cause de celle de ce misérable.

Seulement, il aurait voulu d'abord la débarrasser de lui, en le forçant à partir et il ne savait comment s'y prendre dans ce Paris, qui est la ville du monde où les coquins ont le plus de facilités pour se cacher.

On n'arrête guère, c'est connu, que ceux qui sont assez bêtes pour n'y pas rester, après avoir commis un gros crime.

Ceux-là vont se faire pincer à Marseille ou à Constantine et c'est leur faute.

A plus forte raison, un contumace condamné depuis sept ans, peut-il impunément habiter Paris, où on oublie les absents au bout de six mois.

Ainsi s'expliquait l'audace de ce frère qui ne craignait pas de se montrer au Bois, à l'heure où le beau monde s'y promène, et qui d'ailleurs ignorait le danger qu'avait couru sa sœur, après son unique entrevue avec elle, puisqu'il était sorti du pavillon, avant que la bande y entrât.

Peut-être eût-il été moins hardi, s'il avait su que madame de Pommeuse, née Grelin, comme lui, pouvait d'un jour à l'autre, se trouver impliquée dans une affaire criminelle et mise en demeure d'expliquer pourquoi elle était venue au boulevard Bessières.

— Eh ! bien, demanda le commandant, un peu calmé, as-tu profité de mon absence pour faire ta paix avec la comtesse ?

— Nous n'avons jamais été brouillés, je vous l'ai déjà dit, mon cher oncle, répondit Maxime, et vous avez pu voir tout à l'heure qu'elle ne m'a pas mal accueilli...

— Parce que j'étais là... mais je parierais bien qu'elle t'en veut. Elle ne serait pas femme si elle te pardonnait d'avoir, dans son salon et sous ses yeux, fait la cour à cette chanteuse, au lieu de t'occuper d'elle.

— Vous vous trompez absolument. Madame de Pommeuse ne m'en veut pas du tout. Je crois même qu'elle me sait très bon gré de ne pas m'être mis sur les rangs pour l'épouser. Elle a bien assez d'adorateurs, sans que j'aille grossir ce troupeaux de prétendants.

Et je vous ferai remarquer que vous m'aviez promis de ne plus revenir sur ce sujet.

— C'est juste. J'ai tort. Et aussi bien, cela ne sert à rien, puisque tu es incurable. Du reste, j'en ai assez de travailler ton alezan qui me casse les bras, à force de tirer dessus. Je vais lui rendre la main et le ramener chez toi, au galop de charge. Ça lui fera du bien.

Rentres-tu à Paris avec moi ?

Maxime ne répondit pas. Il était occupé à regarder un cavalier qui venait en sens inverse, au pas, de l'autre côté de l'allée et qui ne pouvait pas tarder à

les croiser, à distance, car il y avait entre eux et lui,
deux files de voitures.

Il les croisa en effet et il salua, en passant, comme
on ne salue guère, à cheval, les gens qu'on connaît.
Au lieu de leur faire un signe de main, il souleva
son chapeau et il s'inclina sur sa selle, comme il aurait pu le faire pour une femme.

— Voilà un monsieur bien poli, dit M. d'Argental.
Est-ce à nous que s'adresse ce salut à la française ?

—Probablement, répondit d'assez mauvaise grâce
Maxime de Chalandrey.

— Alors, dit l'oncle, c'est à toi seul qu'est dédié
ce coup de chapeau, car je ne connais pas du tout ce
monsieur... et je regrette de ne pas le connaître ; il
monte un cheval superbe et il le monte très bien... ça
ne court pas les rues ce talent-là... sans compter
qu'on ne salue plus maintenant que du bout des
doigts... cet homme a conservé les vieilles traditions
qui sont les bonnes.

Qui est-ce ?

— Un membre de notre cercle. Vous avez pu l'y
voir.

— Je n'en ai pas souvenir. Et pourtant il me
semble que sa figure ne m'est pas tout à fait inconnue. Je l'ai peut-être rencontré, autrefois, dans le
monde.

Mais, toi, tu le connais ?

— Oh ! fort peu. Il n'y a pas longtemps qu'il fait
partie du cercle. Et je me demande pourquoi il m'a
salué... à moins que ce ne soit parce qu'il m'a gagné
quinze cents louis, l'autre jour.

— Ce n'était pas une raison pour ne pas lui rendre sa politesse... J'ai failli la lui rendre, moi... il faut toujours rendre un salut.

— Toujours, non. Il y a de par le monde des gens que ni vous ni moi ne saluerions, sous aucun prétexte.

— Est-ce à dire que celui-là est de cette catégorie?

— Je n'en sais rien... Mais je sais qu'il me déplaît... c'est un étranger et je me défie toujours des étrangers... de plus, ce monsieur tourne autour de moi... je le trouve trop liant et je veux le *couper*, comme disent les Anglais. J'ai fait exprès de ne pas le saluer et j'espère qu'il ne recommencera plus à m'ôter son chapeau, quand je le rencontrerai.

— Au fait !... tu as peut-être raison... il est assez mal composé, notre cercle...

— Encore plus mal que vous ne pensez... si mal que je compte donner ma démission un de ces jours.

— Ce n'est pas moi qui te détournerai de ce projet. Moins tu auras d'occasions de jouer, mieux cela vaudra. Et je ferai probablement comme toi, car je ne sais pas pourquoi je me suis mis de ce tripot, moi qui ne cultive pas le baccarat.

Je ne regretterai que la table... et encore !... il y a des jours où le dîner n'est pas bon.

A propos, comment s'appelle-t-il, ce monsieur si poli ?

— Atkins, je crois. C'est un Américain.

— Il en a assez l'air.

— Un Américain très francisé. Il parle notre langue

18.

comme s'il était né à Paris... c'est même un des motifs qui me l'ont rendu suspect.

— Tu es trop soupçonneux... mais après tout, la prudence est la mère de la sûreté, et dans ce pêle-mêle de Paris, on ne sait jamais à qui on a à faire... *coupe* donc M. Atkins, puisqu'il te déplaît, et s'il s'avisait de te chercher noise, à propos du salut que tu ne lui as pas rendu, propose lui carrément la botte... On dit que, là-bas, ils se battent à la carabine ou au revolver... tu lui offriras le choix entre l'épée et le sabre... il faudra bien qu'il accepte... et je te servirai de témoin... ça me rajeunira de dix ans... car je n'ai pas été sur le terrain depuis que j'ai quitté le service.

— Je ne demanderais pas mieux que de vous faire ce plaisir, mon cher oncle, dit en souriant Maxime, mais je crois bien que M. Atkins ne me fournira pas l'occasion de vous êtes agréable. Il est trop insinuant pour être friand de la lame.

— Ne t'y fie pas, grommela l'oncle en hochant la tête. Ton pauvre père a reçu une fois un bon coup de pointe d'un mari qui avait l'air aussi doux qu'un mouton... et, entre nous, ton père ne l'avait pas volé... j'y étais... et sans moi qui ai arrêté le combat, il lui serait peut-être arrivé pis, car le mouton était devenu enragé, et voulait à toute force continuer.

— Que n'étiez-vous là aussi, lorsqu'il s'est battu au bois de Vincennes ! dit Maxime, subitement assombri par le souvenir que le commandant évoquait mal à propos.

— Il ne s'est pas battu ; il a été assassiné et tu me rappelles que je n'ai pas vengé sa mort. Ah ! si je savais où est le traître qui l'a tué, j'aurais plus vite fait de régler son compte que le sieur Pigache de mettre la main sur les assassins du pavillon. Mais il y a dix ans que le malheur est arrivé et je n'espère plus découvrir ce misérable… il faudrait un miracle.

— Et Dieu n'en fait plus, dit amèrement Maxime.

— Bah ! qui sait ?… J'espère toujours, et il m'arrive encore de temps en temps de m'informer auprès des anciens amis de ton père… malheureusement, ils n'en ont jamais su plus long que moi… et je me demande quelquefois si je ne devrais pas m'adresser aux magistrats qui se sont jadis occupés de cette affaire… il doit rester des traces de l'instruction qui n'a pas abouti et dont je n'ai pas connu tous les détails… peut-être, si on voulait me communiquer les pièces…

Mais je t'attriste, mon cher garçon, et en voilà assez sur ce triste sujet. Un temps de galop nous le fera oublier.

Nous voici à la pointe du lac. Veux-tu que nous filions ensemble sur Paris, à grande vitesse ?

— Non… je préfère rester encore une heure au Bois. J'ai un mal de tête fou, et le grand air me fait du bien. Je vais pousser jusqu'à Madrid.

— Comme il te plaira. Moi, je vais remettre ton cheval à ton groom et lui donner quelques avis sur la façon de le monter. Je descendrai ensuite au café du Helder où j'ai donné rendez-vous à un vieux camarade. Si je ne te revois pas, ce soir, j'irai te demander à déjeuner demain matin.

Ayant dit, le commandant donna de l'éperon et disparut dans un tourbillon de poussière soulevé par les voitures qui continuaient à arriver en masse.

Chalandrey tourna bride, très satisfait d'être seul et très désireux de sortir de la foule.

Quoiqu'il en eût dit à son oncle, il ne tenait pas plus à aller à Madrid qu'ailleurs, et cependant, il prit la route latérale qui conduit à ce restaurant, très fréquenté pendant la belle saison. Il la prit, sauf à changer de direction, s'il rencontrait trop de monde.

Il allait au pas, absorbé dans ses réflexions qui n'étaient pas gaies et cherchant à coordonner ses idées que de nouveaux incidents venaient d'embrouiller.

Depuis son premier voyage aux fortifications, la situation où le hasard l'avait jeté ne faisait que se compliquer de plus en plus.

Chaque jour était marqué par un événement. Maxime avait commencé par reconnaître en la personne de la comtesse de Pommeuse la femme qu'il avait accompagnée au boulevard Bessières et retrouvée, un instant après, aux prises avec les assassins.

Ensuite, étaient venues les confidences de la dame, incomplètes d'abord, puis, achevées sur un banc du square Notre-Dame, et suivies d'un accident de voiture qui avait failli coûter la vie au confident.

Après, il y avait eu le déjeuner chez la mère Caspienne, la visite du souterrain et l'interrogatoire du sous-chef de la sûreté, qui avait recommencé le lendemain dans la maisonnette de la rue des Dames, plus serré cette fois et beaucoup plus inquiétant, parce que Lucien Croze et sa sœur avaient à en redouter les suites.

Et enfin Chalandrey avait appris de la bouche de la comtesse que ce frère, qui était la cause première de tous ces malheurs, n'avait pas quitté Paris.

Comment faire face aux dangers qui le menaçaient de tous les côtés, lui et les personnes qui lui étaient chères?

La police, les assassins et le frère maudit, c'était trop d'ennemis à combattre à la fois.

Ah! l'oncle d'Argental avait bien pris son temps pour lui rappeler la mort tragique d'un père tué dans un duel déloyal! Il n'en fallait pas tant pour que le pauvre Maxime perdît la tête, et il n'avait pas tort de vouloir en finir, par un coup désespéré, avec des embarras inextricables.

Plus il y pensait et plus il s'affermissait dans cette idée qu'il n'y avait qu'un moyen d'en sortir et que ce moyen, c'était de tout avouer à la justice.

Il ne lui restait qu'à faire accepter à la comtesse cette dure, mais salutaire nécessité de dire la vérité, quoi qu'il pût advenir d'un frère tout à fait indigne de l'intérêt qu'elle lui portait et même de sa pitié.

Et il ne souhaitait rien tant que de le rencontrer au Bois où sa sœur venait de le voir, car il se faisait fort de le reconnaître, bien qu'il ne l'eût regardé que d'assez loin et, par un jour douteux, dans la grande salle du pavillon.

Il se proposait de l'aborder en l'appelant par son nom et de lui faire peur, afin de le décider à mettre l'Océan Atlantique entre lui et la police française qui avait eu vent de sa présence à Paris.

Et au cas où ce chenapan prétexterait qu'il ne lui restait plus assez d'argent pour s'embarquer, Maxime comptait lui en offrir, à condition qu'il se laisserait accompagner jusqu'au Havre et que la somme lui serait remise seulement sur le pont du paquebot, au moment du départ.

Le bien intentionné neveu de Pierre d'Argental combinait ces beaux plans sur la route de Madrid, sans songer qu'en s'écartant ainsi des allées fréquentées, il diminuait ses chances de rejoindre l'homme qu'il cherchait.

Il s'en allait rêvant tristement et laissant flotter les rênes, absolument comme Hippolyte dans le fameux récit de Théramène, et pas plus que ce jeune héros, fils de Thésée, il ne prévoyait que sa promenade se terminerait par un accident.

Il passait, sans les voir, à côté des gens qui cheminaient à pied, et il ne remarquait pas un homme en blouse qui le précédait de quelques pas, un vieil ouvrier, à barbe grise, de l'aspect le plus inoffensif.

Maxime, tout en chevauchant, mâchonnait un cigare que son oncle lui avait offert avant de le quitter et qu'il oubliait d'allumer.

Au moment où il arrivait à l'allée de Longchamp, que traverse la route de Madrid, l'homme qui marchait devant lui s'arrêta tout à coup, tira de sa poche une pierre à fusil, un morceau d'amadou et se mit à battre le briquet, dans l'intention évidente de fumer une courte pipe qu'il tenait entre ses dents.

— Voulez-vous du feu, mon bourgeois? demanda-t-il en voyant que le cigare de Chalandrey ne brûlait pas.

Ce vieux avait une bonne figure. Maxime, subitement tiré de sa rêverie, ne voulut pas le désobliger.

— Volontiers, mon brave, dit-il en arrêtant son cheval.

— A la bonne heure! vous n'êtes pas fier, grommela le bonhomme; ça me fait plaisir de vous donner du feu. Seulement, baissez-vous un peu que je vous allume.

Maxime, pour ne pas faire les choses à demi, se pencha sur sa selle et appliqua le bout de son cigare contre l'amadou collé sur la pierre à fusil que l'ouvrier lui présentait, à bout de bras.

— Là! s'écria ce complaisant vieillard, ça y est, mon bourgeois. L'amadou brûle en plein air et il n'empeste pas comme les allumettes de la régie, pas vrai?

— Merci, mon ami!

— Vous avez tout de même une jolie bête entre les jambes... je m'y connais un peu... je suis maréchal ferrant, de mon état, reprit le vieux en caressant, de la main qui tenait la pierre à fusil, l'encolure et la tête de la jument.

Tout à coup, la pauvre bête se cabra si brusquement qu'elle faillit jeter bas son cavalier. Il tint bon, mais elle se lança, en bondissant de douleur, dans l'allée de Longchamp et Maxime essaya en vain de la retenir.

— Ah! le gredin! dit-il entre ses dents, il lui a jeté de l'amadou dans l'oreille... rien ne l'arrêtera et si elle ne manque pas des quatre pieds, elle va me casser la tête contre un arbre... c'est une nouvelle édition du coup de la carriole sur le Quai aux Fleurs... mais cette fois, je n'en reviendrai pas... ils en ont fini avec moi, les assassins.

Maxime ne s'exagérait pas le danger, car il y avait bien trois chances contre une pour que cette course effrénée se terminât par une catastrophe.

Un cheval qui *s'emballe*, parce qu'il a eu peur ou parce que son cavalier l'a attaqué trop brusquement, finit toujours par s'arrêter, quand il est à bout de vent.

Il ne s'agit pour celui qui le monte que de conserver son assiette et de tenir de la main et des jambes, afin d'empêcher la bête de s'abattre ou de se jeter contre un obstacle.

Et Maxime était mieux que personne en état d'appliquer ce principe d'équitation qu'il connaissait fort bien, car à sept ans son père l'avait mis en selle et il avait, pour ainsi dire, passé sa vie à cheval.

Mais la jument n'était pas seulement emballée, elle était affolée par la douleur; l'amadou tombé tout au fond de l'oreille continuait à brûler. Elle ne cessait de hennir et de bondir, sans ralentir le galop effréné qu'elle avait pris.

Tout autre que Cholandray eût été désarçonné dix

fois, mais il tenait ferme, à force de souplesse, de vigueur et de sang-froid.

L'allée de Longchamp est très large, très longue, et du côté de Saint-Cloud, elle aboutit à un vaste rond-point.

C'était une chance heureuse que d'avoir de l'espace devant soi et Chalandrey n'avait pas perdu tout espoir d'éviter un accident grave; d'autant que cette route n'était pas encombrée, comme la route des lacs. Il n'avait pas encore rencontré une seule voiture et il n'apercevait dans le lointain que deux ou trois fiacres roulant au pas et quelques cavaliers isolés. Donc, pas de chocs à craindre, pour le moment, car les piétons qui cheminaient sur les bas-côtés, s'empressaient de se garer, en voyant arriver ce tourbillon furieux.

— Du moins, je n'écraserai personne, se disait le dernier des Chalandrey; mais je crois bien que je vais me casser la tête... Il était écrit que ce serait ma fin... seulement j'aurais préféré me la casser d'un coup de pistolet... et le plus tard possible.

Ce neveu d'un brave soldat était un gars bien trempé, et quoiqu'il se rendît très exactement compte du danger qu'il courait, il était resté complètement maître de lui.

On a dit souvent que l'homme qu'on mène à l'échafaud pense beaucoup plus pendant les dernières secondes de son existence qu'il ne penserait pendant toute une journée, s'il était sûr de vivre.

Ce phénomène se produisit chez Maxime, emporté par son cheval.

La lucidité et la mémoire lui étaient revenues. Il se souvenait du passé et il prévoyait l'avenir. Toute sa vie d'autrefois lui apparaissait avec une netteté extraordinaire et il apercevait clairement toutes les conséquences de sa mort imminente.

Il se rappelait son enfance et sa jeunesse : les années de collège, les nuits joyeuses et les nuits funestes, les soupers et le jeu ; des figures de maîtresses oubliées passaient devant ses yeux.

Il évoquait aussi le fier visage de la comtesse et la chaste image d'Odette.

Et il pensait :

— Elles seront plus à plaindre que moi. J'ai vécu, moi, bien vécu... sans souffrances et sans soucis. Je m'en vais au bon moment. Je n'aurai connu ni la vieillesse, ni la pauvreté. Mais, elles !

Madame de Pommeuse est entourée de scélérats qui ont juré sa perte et de fades adorateurs qui ne visent que sa fortune. Après moi, elle n'aura plus d'autre ami véritable que Lucien Croze... et Lucien, attaqué lui-même, n'est pas en état de la défendre... d'ailleurs, ceux qui l'ont déjà calomnié parviendront sans doute à la brouiller avec lui... Elle ne l'épousera jamais. Ce mariage qui la sauverait, Tévenec trouvera bien un moyen de l'empêcher... Et la pauvre comtesse, seule contre tant d'ennemis acharnés, succombera comme une biche forcée par une meute. Ce sera une curée... ils la dévoreront... et j'étais sûr de l'arracher à leurs crocs, car j'allais la débarrasser de son frère et je l'aurais décidée à suivre le bon conseil que je lui ai donné d'aller spontanément raconter son aventure au juge d'instruction.

Et Odette!... son frère lui reste, mais son frère n'est pas suffisamment armé pour les batailles de la vie. Ses persécuteurs auront facilement raison de lui. Il sera mis à l'index partout. De quoi vivra-t-il?... ne se fera-t-il pas soldat, laissant Odette sans appui, et presque sans autres ressources que le produit de son travail?...

Encore si j'avais songé à écrire mon testament pour lui laisser ce qui me reste de ma fortune!... mais, non... c'est mon oncle qui héritera de moi... il n'y aura que lui qui gagnera quelque chose à ma mort... et en ce monde, j'aurai porté malheur à tous ceux que j'aimais...

Maxime Chalandrey mit beaucoup moins de temps à penser tout cela qu'il n'en faut pour l'écrire.

La jument, toujours folle de douleur, n'avait pas ralenti son train. Elle passait comme un boulet de canon devant de rares promeneurs, effarés. Quelques-uns avaient la généreuse velléité de l'arrêter, en lui sautant aux naseaux, mais l'essai était trop périlleux et personne n'osa le tenter.

A ce galop vertigineux, elle avait déjà traversé l'allée de la reine Marguerite qui rencontre l'allée de Longchamp, non loin du pré Catelan, et elle arrivait à un carrefour où s'embranchent plusieurs routes.

A droite de ce rond-point, c'est le champ de courses de Longchamp, à gauche, c'est la grande cascade, tout près de laquelle il y a un café-restaurant très fréquenté, quand il fait beau.

Maxime, toujours lucide, apercevait déjà des gens attablés en plein air et un cavalier, monté sur un cheval noir, un cavalier qui, sans quitter la selle, avalait le contenu d'une chope de bière apportée sur un plateau, par un garçon.

Et Maxime avait de si bons yeux qu'il reconnut de très loin ce buveur à cheval.

C'était l'Américain du cercle, cet Atkins qui l'avait salué près du lac, avec tant de politesse.

En le voyant là, Maxime fut pris d'une colère indicible. Il était résigné à se rompre le cou, mais il enrageait de penser que ce personnage antipathique allait peut-être assister à sa chute.

Un homme emporté par sa monture est toujours ridicule et le moins qu'il pût arriver à Maxime, c'était de passer devant M. Atkins, lequel ne se priverait certainement pas de rire de sa situation.

Et les consommateurs feraient chorus. C'est la règle en pareil cas et lorsque le cavalier *emballé* tombe, les spectateurs de l'accident commencent par se tordre avant de l'aider à se relever, s'il n'a pas la tête ou les jambes cassées.

Exaspéré par l'idée de servir de risée à des imbéciles et à un Yankee suspect, Chalandrey commit une faute équestre, la première depuis que son cheval avait gagné à la main.

Il s'était borné jusqu'alors à le maintenir, la tête droite, et grâce à ce système, il avait pu éviter un accident, mais à ce moment, il fit un violent effort pour changer de direction et lancer la jument sur le champ de courses où elle aurait pu se donner carrière.

L'effet de cette saccade fut désastreux.

Brusquement privée de l'appui du mors, la jument manqua des quatre pieds et Chalandrey, projeté en avant, alla tomber, la tête la première, sur le macadam du carrefour.

Alors, ce fut fini de rire pour les sots qui se tenaient les côtes en voyant un monsieur galoper plus vite qu'il n'aurait voulu. Ils se précipitèrent tous à la fois pour lui porter secours, maintenant qu'il n'était plus temps.

M. Atkins, lui-même, s'empressa de mettre pied à terre et de courir comme les autres.

Le cheval, en s'abattant, s'était tué raide, et il ne paraissait pas que le cavalier eût eu meilleure fortune.

Il était resté étendu sur le ventre, les bras en croix, les jambes écartées et il ne bougeait pas plus qu'un cadavre.

L'Américain, arrivé bon premier dans cette course au blessé, s'agenouilla près du corps et le retourna sur le dos.

Chalandrey avait les yeux fermés et ne donnait aucun signe de vie. Un mince filet de sang coulait sur son front et on pouvait croire que, dans cette terrible chute, il s'était brisé le crâne.

— Il est mort! criait-on de tous côtés.

M. Atkins se penche sur son visage, lui mit la main sur la poitrine et déclara qu'il respirait encore.

Les gens qui l'entouraient le prirent pour un médecin, quoiqu'il n'en eût pas l'air, et il ne jugea pas à propos de les tirer d'erreur. Il s'empressa même de diagnostiquer et de pronostiquer magistralement, comme aurait pu le faire un véritable docteur. Il parla de fracture à la base du crâne, de commotion cérébrale, d'état comateux, et après avoir défilé un long chapelet de termes scientifiques, il prononça qu'il n'y avait rien à faire sur place et qu'il fallait, sans perdre un instant, ramener le blessé à son domicile.

Il ajouta qu'il le connaissait, qu'il savait son adresse et qu'il se chargeait de le reconduire chez lui.

Il ne s'agissait que de trouver un fiacre et il s'en présenta un qui rentrait à vide, après avoir conduit des bourgeois à Saint-Cloud.

Les airs d'autorité imposent toujours aux foules et parmi les assistants, personne ne songea à s'enquérir du droit que pouvait avoir M. Atkins à s'emparer ainsi d'un homme privé de connaissance, ni même à lui demander son nom.

Quatre messieurs de bonne volonté hissèrent le pauvre Chalandrey dans le fiacre et l'y couchèrent sur une banquette.

Atkins remit son cheval à la garde du maître du restaurant de la cascade et monta dans la voiture après avoir dit au cocher d'aller rue de Naples, 29.

Tout cela fut fait si vite que les gens attirés par l'accident n'y virent, comme on dit, que du feu.

Chalandrey restait entre les mains et à la merci

d'un homme qu'il avait refusé de saluer, une demi-heure auparavant, et, pendant ce temps-là, l'oncle d'Argental galopait vers Paris sans se douter que son neveu était en danger de mort.

La comtesse s'en doutait encore moins, car elle ignorait l'existence de cet Américain qui ramenait Maxime et que le commandant avait remarqué, avant de piquer des deux.

Si le malheureux Chalandrey eût été en état de rai-sonner, il se serait demandé pourquoi M. Atkins prenait tant de peine, mais il ne voyait ni n'enten-dait rien. On aurait pu le jeter à la Seine, sans qu'il s'en aperçût. Chalandrey n'était plus qu'une masse inerte. La vie matérielle persistait; le cerveau ne pensait plus.

Du reste, M. Atkins n'avait certainement pas ormé le noir dessein de supprimer, ni même d'enle-ver et de séquestrer l'homme qu'il secourait avec tant de zèle ; et la preuve c'est qu'il le conduisait rue de Naples.

Comment connaissait-il son adresse ? Peut-être l'avait-il demandée au cercle, après la partie de bac-carat où Maxime était resté son débiteur.

Toujours est-il que, pendant le trajet, qui fut long, il eut grand soin de lui et qu'en arrivant à destination, il aida le valet de chambre à le trans-porter sur son lit.

Maxime n'avait pas encore ouvert les yeux, mais il respirait plus régulièrement et le sang remontait à ses joues pâles.

— M. de Chalandrey a fait une chute de cheval au

Bois de Boulogne, dit l'Américain. Je veillerai sur lui pendant que vous irez chercher son médecin ordinaire.

Le domestique, croyant avoir affaire à un ami de son maître, s'empressa d'exécuter l'ordre qu'il venait de recevoir, et Atkins resta seul avec le blessé.

S'il avait eu de mauvaises intentions, c'eût été le moment d'agir.

On a vu, dit-on, de hardis coquins profiter d'une occasion pareille pour dévaliser un appartement.

Mais un monsieur qui fait au jeu des gains de cent mille francs n'a pas besoin de forcer des tiroirs et celui-là n'y songea guère.

Il est vrai qu'il ne songeait pas non plus à donner des soins au malheureux Maxime, ni à le tirer de la torpeur où il était toujours plongé.

On aurait pu croire qu'il était venu là pour faire l'inventaire du mobilier, car il se mit à tourner autour de la chambre, en examinant de près les tableaux accrochés aux murs et les objets d'art : médaillons, statuettes et autres qui garnissaient les étagères.

Sans doute, il ne trouva pas ce qu'il cherchait, car il passa dans la salle à manger où il avisa un portrait qui absorba bientôt toute son attention.

Ce portrait, c'était celui de M. de Chalandrey, le père, en grand uniforme de capitaine des guides de la garde impériale.

Atkins le regarda longtemps et quand il l'eut assez vu, il descendit lestement l'escalier et sortit de la maison sans s'inquiéter du blessé qu'il avait pris la peine de ramener.

Atkins savait maintenant ce qu'il voulait savoir.

FIN DU TOME PREMIER

ÉMILE COLIN. — IMPRIMERIE DE LAGNY.